姫騎士様のヒモ
He is a kept man
for princess knight.
4

「本当だったらアルウィンさんも
おしゃれして楽しめたのになあ」

「さしずめ今の私は『異端者』……いや」
アルウィンは少し考えると明るい声で言った。

「『聖像破壊者《アイコノクラスト》』といったところか」

【『灰色の隣人《グレイ・ネイバー》』内地図】

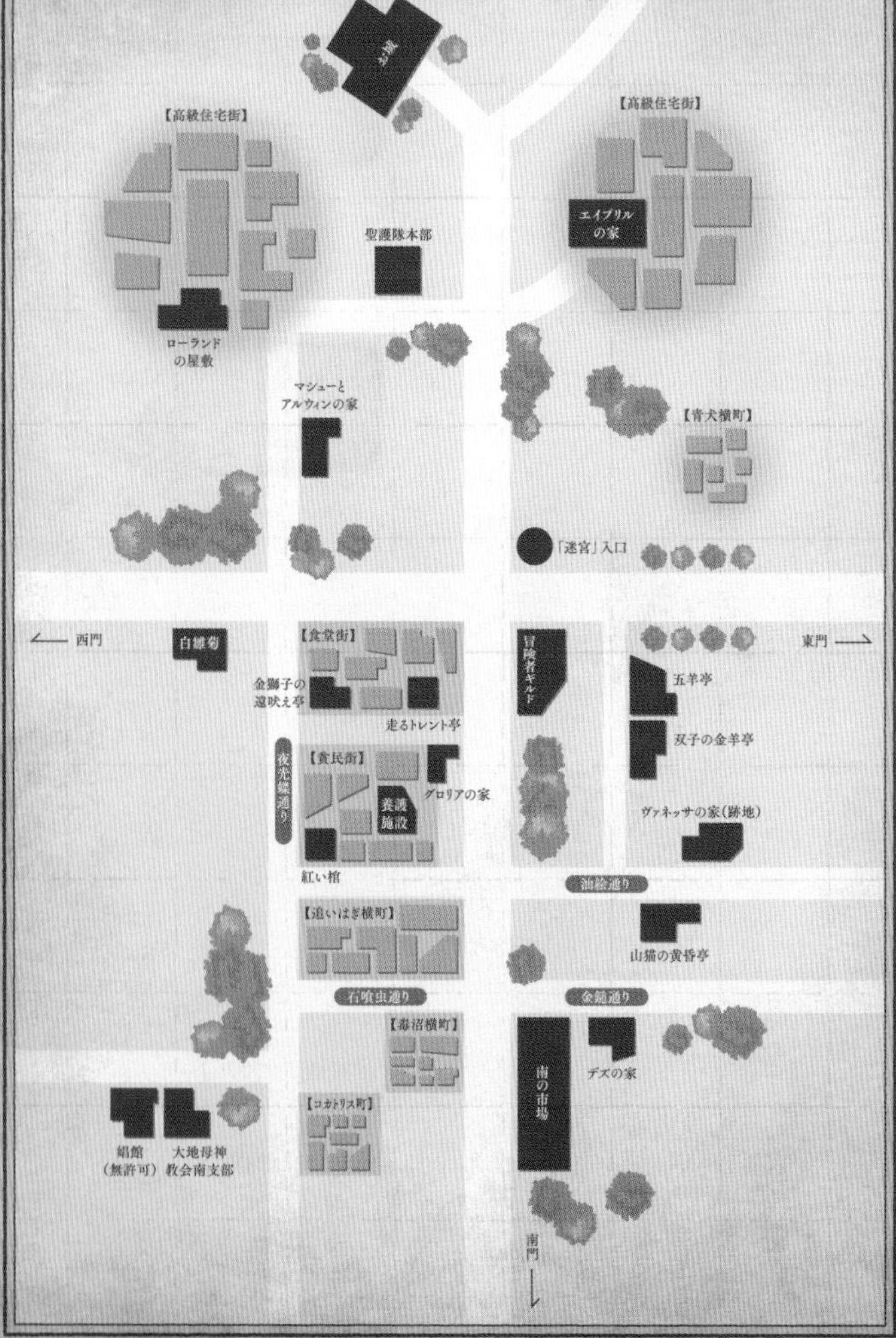

CHARACTER

アルウィン

ダンジョン攻略の急先鋒。亡国の姫で、『星命結晶』を探す。
マシューの前だけでは、子供っぽい一面を見せるらしい。

マシュー

経歴不詳の元冒険者。街では腰抜けとバカにされている。
太陽神の呪いを受け、陽の光の下でしか力を振るえない。

エイプリル

ギルドマスターの孫娘。周りの大人からマシューに近づくなと言われている。

デズ

ギルドの専属冒険者。気難しいドワーフ。マシューの過去を知る数少ない人物。

He is a kept man for princess knight.

CHARACTER

ラルフ

『戦女神の盾《イージス》』の年若い戦士。アルウィンに惚れている。マシューを疎む。

ノエル

『戦女神の盾《イージス》』のメンバー。ラトヴィッジの姪で、アルウィンに心酔。

ベアトリス

有力パーティ『蛇の女王《メデューサ》』のリーダー。通称ビー、双子の妹。気分屋。

セシリア

有力パーティ『蛇の女王《メデューサ》』の参謀。通称シシー、双子の姉。キレると怖い。

ヴァネッサ

ギルド所属の一流の鑑定士。アルウィンの秘密を知ってしまったことで、マシューによって殺される。

ヴィンセント

聖護隊の隊長。『灰色の隣人《グレイ・ネイバー》』の治安維持に務める裏で、妹殺しの犯人を捜索。ヴァネッサの兄。

ニコラス

元太陽神教の神父で『伝道師』だったが、現在は太陽神の企てを止めるべくマシューに協力。

グロリア

ギルドの鑑定士。『贋作』集めが趣味で手癖が悪い。底知れないマシューを警戒している。

He is a kept man for princess knight.

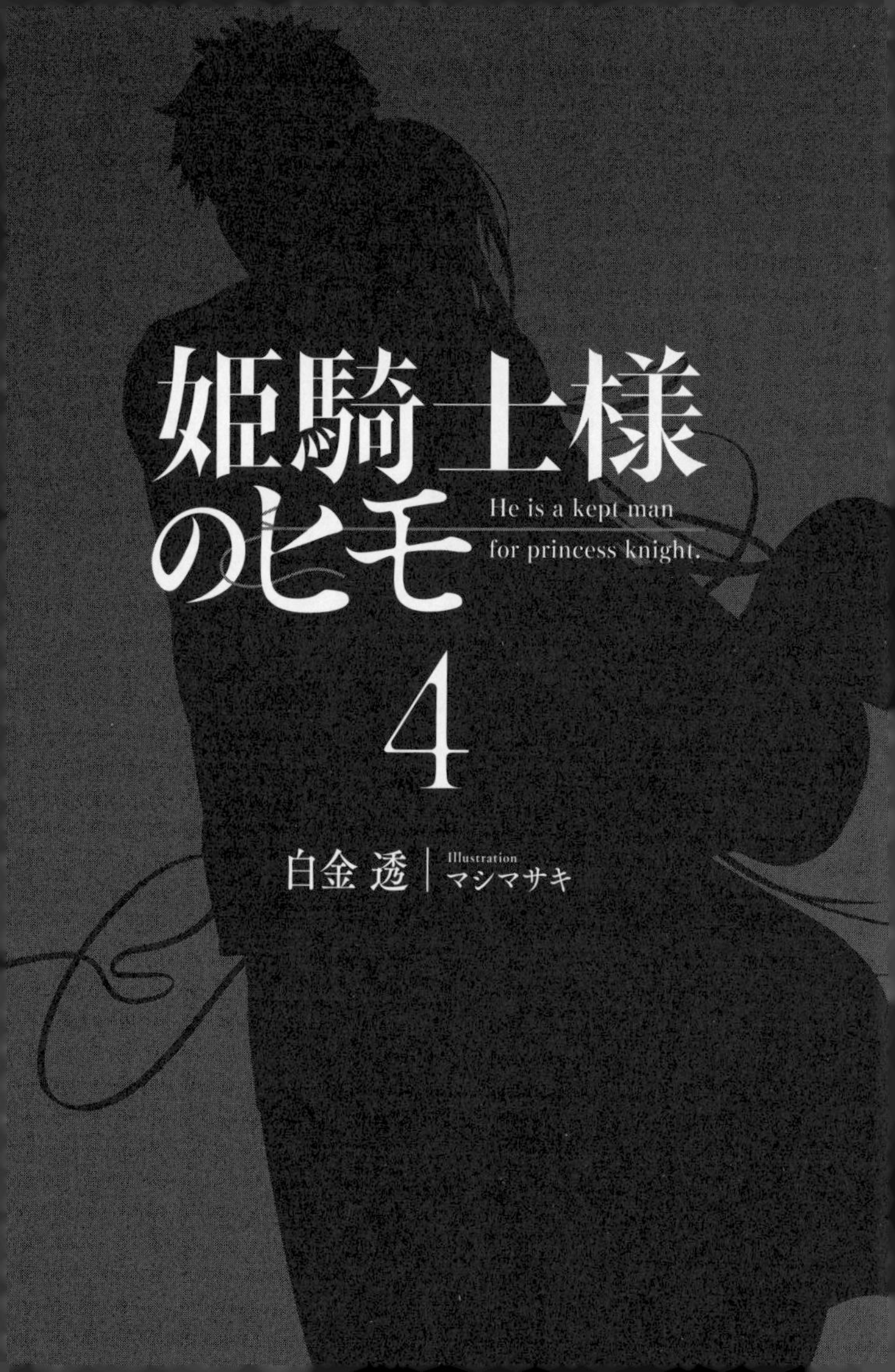

姫騎士様のヒモ

He is a kept man for princess knight.

4

白金 透
Illustration マシマサキ

CONTENTS

序章　無知という罪

アルウィンの故郷から『灰色の隣人《グレイ・ネイバー》』に戻ってきた俺たちを待っていたのは、見渡す限りの人だかりと大賑《おおにぎ》わいだった。通りの両端には出店が並び、大勢の客が詰めかけている。肉や甘味に汁物といった食い物だけではなく、髪飾りや腕輪に首飾りといった装飾品、占い師や小さな賭場《とば》まで出ている。吟遊詩人はリュートを弾《ひ》きながら気持ちよさそうに歌い、足下にはおひねりの銅貨が受け皿代わりの帽子からはみ出ている。

立ち尽くす俺たちの横を大勢の人間が通り過ぎていく。その中には『スタンピード』におびえて街から逃げ出していた連中までいる。

「ウワサとは随分違うようだな」

アルウィンは平静を装《よそお》っているが、内心では戸惑っているようだ。ラルフやノエルも困惑を隠せないでいる。デズも手で石ころをいじりながら用心深く周囲の様子をうかがっている。

俺の聞いた話が古かったのだろう。いつ魔物が大量発生するかと、恐怖に怯《おび》える気配などみじんもない。

へらへら笑いやがって。どいつもこいつも浮かれてやがる。

道端のあちこちに据え付けられた飾りや看板が、大賑《おおにぎ》わいの理由を告げていた。

「もうすぐ『建国祭』か」

アルウィンの声が雑踏に掻《か》き消える。


大昔、この辺りは戦乱が絶えない地だった。部族や集落、村や町でいがみあい、小さな国が乱立し、各地で領土拡大のための戦が繰り広げられていた。その中から一人の男が現れた。小国の貴族に過ぎなかった男は、戦上手だった。領地を広げ、周辺を制圧し、やがて大きな国を作り上げた。それが俺たちの住むレイフィール王国だ。その当時には『千年白夜』も発見されていたが、まだ『迷宮都市』の影も形もなかったらしい。

初代国王の死後、レイフィール王国では建国宣言した日を建国記念日と定め、毎年その時期に国を挙げての祭りが開かれることになっている。それが『建国祭』だ。特に今年は開国三百年とかで盛大なものになるらしい。この街でもやる予定だったが、『スタンピード』の影響で早々と中止が決まっていたはずだ。

重苦しい沈黙が訪れる。たまりかねたように口を開いたのはラルフだった。

「とりあえず、冒険者ギルドへ行きましょう。何か分かるかも知れません」

偉そうに仕切るのは気に入らないが、その意見には賛成だ。馬車も返さねえとな。

馬車を進ませる。御者席は俺とアルウィンだ。時折、アルウィンに気づいたのか、通行人が目を見開き、口元を押さえている。どいつもこいつも変な顔をしている。何か言っている奴《やつ》もいるようだが、街の賑《にぎ》わいに紛れてよく聞こえない。ただ、その表情は好意的なものには見えなかった。

町の活気とは裏腹に、冒険者ギルドの中は葬式のように静まり返っていた。

出入りする冒険者もまばらで、不景気だと顔に書いてある。街の中心部にある『迷宮』への扉は閉ざされたままだ。辛気くさいのも当然か。『迷宮』は冒険者にとって狩猟場のようなものだからな。獣を狩れなければ、狩人《かりゅうど》は飢えるだけだ。

「俺は馬車を返してくる。お前らも用事済ませておけ」

門のところでデズと一旦別れ、建物に入る。受付も閑散としていた。馬鹿騒ぎする冒険者どもの姿はなく、受付担当の強面《こわもて》が暇そうに爪の間に挟まった垢《あか》をほじり出している。それも片付いたのか、大あくびをしたところで表情が固まる。ほかの職員もそうだ。注目の的になっているのは、もちろんアルウィンだ。

重傷を負い、『迷宮病』にかかって故郷へ逃げ帰ったはずの姫騎士様が何の用で舞い戻ってきたのか。どいつもこいつもそう顔に書いてある。

「ギルドマスターを呼んでくれ」

不愉快な視線を気にした風もなく、アルウィンが受付の強面《こわもて》に話しかける。

「私が、アルウィン・メイベル・プリムローズ・マクタロードが戻ってきたと言ってくれ。そうすれば分かる」

「あの、マスターはただいま不在でして、ですから」

受付の強面《こわもて》は汗を吹き出しながら目を泳がせる。しどろもどろって感じだ。再起不能とウワサされていた姫騎士様をどう扱っていいのか分からず、困っているのだろう。

「ならば別の者でもいい。報告がてら色々話が聞きたい」

「あれ、帰ってたんだ」

どうしたものかと思っていたところで救いの乳……もとい女神が現れた。

鑑定士のグロリア・ビショップだ。俺は彼女に近づく。

「今戻ってきたところだよ。ちょいと話が聞きたい。少しばかり留守にしていたから現状を知りたくってね」

「それ鑑定の仕事じゃないでしょ」

しっし、と煩わしそうに手を振る。

「そう言うなよ。ちゃんと君の仕事も持ってきてある」

俺の手の中でドラゴンの鱗《うろこ》が鈍く光る。デズが解体している途中で、少しばかりくすねたものだ。さすがにこれが何なのか、一目で見抜いたらしい。グロリアの目が興味深そうに瞬《まばた》く。

「話を聞く価値はありそうね」

俺の手から鱗《うろこ》を取り上げ、ためつすがめつ見る。

「いいわ。教えてあげる」

グロリアの鑑定部屋は狭いので、デズの部屋で話を聞くことにした。デズはいないが、勝手知ったる親友の部屋だ。頑丈だけが取り柄のテーブルに、グロリアと差し向かいでアルウィンが座り、ラルフとノエルがその後ろに立つ。俺は少し離れた場所で壁にもたれかかる。

グロリアはサイズの合わないイスを揺らしながら、正面のアルウィンに向かい、口《くち》の端《はつ》を吊り上《あ》げる。

「元気そうじゃない。『迷宮病』ってもう治ったわけ？」

「お陰様でな」

正確には、一時的に治まっているだけだ。次にいつ発症するかは、アルウィン本人にも分からない。

「私のことより、この街の現状を知りたい。『スタンピード』はどうなった？」

グロリアは迷ったように小首をかしげる。

「簡単に言うとね、『スタンピード』はもう終息したことになっているわけ」

「どういうことだ？」

俺が問いかけると、グロリアは退屈そうに言った。

「『スタンピード』を起こそうとしていた『ソル・マグニ』を壊滅させたからよ」

第一章　怠惰の街

発端は、ギルドマスターの孫娘であるエイプリルの誘拐未遂事件だ。

アホンダラ太陽神を信仰する邪教集団『ソル・マグニ』は女子供を誘拐しては、生贄《いけにえ》と称して惨殺《ざんさつ》を繰り返していた。つい一月ほど前、とうとう魔の手はギルドマスターの孫娘であるエイプリルにも及んだ。護衛につけていた冒険者二人も不意打ちで倒され、馬車で連れ去られるところだった。幸いにもエイプリルは間一髪のところで何者かに救い出され、『聖護隊《せいごたい》』によって保護された。

未遂だったとはいえ、大事な孫娘を邪教の生贄《いけにえ》にされかけたのだ。じいさまは激怒した。ギルドマスターという立場と名前を最大限に利用し、冒険者を総動員して『ソル・マグニ』壊滅に乗り出したのだという。

街中を引《ひ》っ掻《か》き回《まわ》しての捜索の結果、街の南東にある廃屋に潜伏しているのを嗅ぎつけ、急襲した。

「率先して立ち上がった『蛇の女王《メデューサ》』のほかにも『金羊探検隊《アルゴー》』とか、今残っている高ランクの連中が全部、乗り込んだんだから。まるでドラゴン退治よ」

「大げさだな」

一匹くらいなら下のひげもじゃ一人で事足りる。

「で、その場にいた『ソル・マグニ』の連中は一人残らず捕まったか殺されたわ」

「その中に奇妙な怪物はいなかったか？」俺は聞いた。「目玉の大きな、手から光を出すバケモノだ」

あの怪物こそ『ソル・マグニ』の『教祖』であり、ナメクジ太陽神の『伝道師』だ。大迷宮『千年白夜《せんねんびゃくや》』の十三階に現れ、アルウィンを瀕死《ひんし》に追いやった。連中の本部がそこなら、あいつもいたはずだ。

「そいつなら『蛇の女王《メデューサ》』が倒したって話よ」

「マレット姉妹が？」

「かなり強くて、冒険者も二人ほどそいつに殺されたらしいわ。けど、最後は彼女たちの魔法で消し炭になったって」

アジトに残された資料からあいつらの計画も判明した。街の浄化作戦と称して『スタンピード』を誘発しようとしていたらしい。女子供を誘拐していたのも、そのための儀式に使う生贄《いけにえ》だった。

怪物を倒すと同時に頻発していた地震も収まった。調査に向かったギルド職員によれば『迷宮』内の魔物の数も減少傾向で、『スタンピード』以前に戻りつつあるという。

「もうすぐ『建国祭』じゃない？　最初は中止って話だったんだけど、『スタンピード』が終わったのなら、って急いで準備しているところ。今は街のあちこちで大わらわよ」

念のため『迷宮』はまだ閉鎖中だが、『建国祭』の後に再び開放する予定だそうだ。

しばしの沈黙の後、アルウィンが口を開いた。

「その怪物の正体は何だ？」

「大昔には悪魔との契約で怪物に姿を変える奴《やつ》もいたらしいから、その類なんじゃない？」

鼻汁太陽神を信仰する耳くそ野郎ならその程度、不思議ではない。みんなそう思っているのだろう。

「怪物、というのは、本当に死んだのか？」

「さあ？　直接見たわけじゃないから。でもあれ以来、街は平穏そのもの。生き残りくらいはどこかにいるかも知れないけど、もう大した動きは出来ないだろうってのが、偉い人の見方みたいね」

もちろん残党を警戒して、警備は例年より厳重にするそうだが、『建国祭』自体は予定通り執り行うそうだ。

アルウィンは眉をひそめる。グロリアの話に納得していないのは明らかだった。張り切って戻ってきたのに復讐《ふくしゅう》の相手はもういません、問題はすべて解決しました、では肩透かしもいいところだ。

俺とて今の話は半信半疑だ。俺の人生がそうそう都合良く進むものか。

「それで……」

アルウィンが口を開きかけた時、階段を駆け上がる音がした。

扉が勢いよく開かれ、銀髪の少女が飛び込んできた。

「アルウィンさん！」

ギルドマスターの孫娘・エイプリルだ。見たところ無事のようだ。この前、助け出してから色々あって話をする余裕もなかったからな。アルウィンを見るなり、目に涙を溜《た》め、飛び込むように抱き着いた。

「ケガはない？　今までどこに行っていたの？　もう平気なの？」

必死の形相で話しかけながらベタベタとアルウィンを触りまくる。

アルウィンはふっと微笑《ほほえ》むと、エイプリルの頭を撫《な》でた。

「心配をかけたな、もう大丈夫だ」

こらえていたものが堰《せき》を切ってあふれ出したのだろう。エイプリルは顔をくしゃくしゃにして泣き出した。まるで赤ん坊だ。鼻水まで垂らしてやがる。

「ほれ、美人が台無しだぜ」

親切なマシューさんがハンカチを差し出す。ところが、エイプリルは受け取る代わりに目をぎらつかせ、つま先で俺のすねを蹴りやがった。

「マシューさんのバカ！　勝手にいなくなっちゃうなんて！」

「ちゃんと手紙は残しただろ」

「あんな汚い字なんか読めないもん！　それに『エイプリル』の綴《つづ》り、間違えている！　だから書き取りの勉強しときなさいって言ったじゃない！」

ダメ出ししながら足を蹴りまくる。ひでえ暴力教師だ。

「戻ってきたなら連絡してよ！」

「たった今戻ってきたばかりなんだよ。それと泣くか怒るか笑うか、どれかにしろ」

「うるさい！　バカ！」

「悪かったよ、あめ玉やるからそう怒るな」

「知らない！」

ぷい、と顔を背けると場に笑いが巻き起こる。アルウィンだけでなく、ノエルやラルフ、グロリアまで笑ってやがる。後で覚えてやがれ。

エイプリルは離れていた時間を埋めるように話し出した。例の誘拐騒ぎでじいさまからしばらく外出を禁止されていたそうだ。ギルドに出入りできるようになったのもつい先日のことらしい。

「じーじってば、『建国祭』にも行ったらダメ、なんて言うんだから。ひどいと思わない？」

「そいつはひどい」

俺は大げさにうなずいてみせた。

「同情を誘いながら自分の求める答えに誘導するくらいには、君も大人だってのにね」

またすねを蹴り飛ばされた。笑いが巻き起こる。

いつの間にか空気が弛緩《しかん》してしまったようだ。

「今日はこの辺りにしようか」

アルウィンは微笑《ほほえ》みながら立ち上がった。実際、エイプリルのいるところでする話でもない。

「もう行っちゃうの?」

エイプリルがすがるようにアルウィンの手を取る。

「また来る」

「大丈夫だからね、ワタシ、アルウィンさんのこと信じているから。だから……」

何か言いかけたエイプリルを抱きしめ、頭を撫《な》でてアルウィンは部屋を出ていった。ああいうのが本当に様になるお方だね。俺がやったら即、牢屋《ろうや》行きだ。足音が遠ざかっていくのを聞いて、あわててノエルたちも後ろに続く。

最後に俺が外に出ようとしたところでグロリアが呼び止めた。

「いや、まだこっちの話が終わってないんだけど。この鱗《うろこ》はどこで手に入れたの?」

「デズに聞いてくれ」

多分、『大竜洞《だいりゅうどう》』とか色々言えない話が多くて、だんまりを決め込むと思うけど。

なおも食い下がるグロリアを適当にあしらい、階段を降りるとカウンター前でアルウィンたちが知り合いと話をしていた。『黄金の剣士《クリユサオル》』のリーダー・レックスだ。こいつともアルウィン救出以来、ろくに顔を合わせていない。そういえば、まだ礼を言っていなかったな、と会話に交ざろうとしたところで、ラルフのアホが怒声を上げた。

「ふざけるな、姫様がそんなマネするわけがないだろう！」

あまりの大声に、カウンターの奥にいた職員まで顔を出して来た。

「大声を出すな、ラルフ。迷惑だ」

「ですが」

アルウィンにたしなめられてもまだ不服そうに顔をしかめている。隣にいるノエルも声は上げないものの、怒りをこらえている様子が見て取れた。

「俺に怒っても困る。そういうウワサが流れているのは事実だし、俺が広めたわけでもない」

「何の話？」

俺が話しかけると、何故《なぜ》かレックスは気まずそうに目をそらし、そのまま黙り込む。代わりにアルウィンが投げやりな口調で答えた。

「私の悪評が流れているとかで、ちょっとな」

どんなウワサ？　ともう一度質問すると、怒りに目を据えながら言った。

「『ソル・マグニ』を操り、『スタンピード』を引き起こそうとしたのは、私だそうだ」

ウワサによればこういうことらしい。『深紅の姫騎士』ことアルウィンは一刻も早く『迷宮』の宝・『星命結晶《せいめいけっしょう》』を手に入れるべく、『スタンピード』の発生を画策する。『スタンピード』が起こった後は魔物の発生率や強さも下がるため、攻略しやすくなるからだ。昔の国民に声をかけて、新興宗教『ソル・マグニ』を作り出し、手駒として暗躍させる。同時に、自身も手ごろな時期に行方不明になった振りをして、『迷宮』の奥で儀式を執り行う予定だった。ところが仲間三名の裏切りに遭い、妨害される。口封じを兼ねて仲間三名を殺害したものの、自身も負傷したために正体不明の怪物にやられたとでっちあげる。あとを『ソル・マグニ』に任せ、治療と『スタンピード』回避のために、街を出た。しかし、偉大なる冒険者たちの手により『ソル・マグニ』は壊滅。野望はここに潰《つい》えたのでありました。しかし、首謀者アルウィンはまだ生き残っている以上、油断は禁物。今も街の外から機会をうかがっているはず。もし見かけたらすぐに衛兵までご一報を。

「アホクサ」

話にならない。事実を捻《ね》じ曲《ま》げて都合のいい解釈をしているだけだ。否定する材料はいくらでもある。

「こういうのは与太話って言うんだよ。まともに取り合う必要はない」

「だが、街ではもっぱらのウワサだそうだ」

アルウィンはどこか他人事《ひとごと》のように言った。

そういえば、ここに来る時に妙な視線を感じた。アルウィンが戻って驚いているのかとも思ったが、今にしてみればあれは憎しみと疑惑と蔑みの目だった。

「もちろん、俺たちは信じてはいない。あの時、救出に参加した奴《やつ》らはみんなそうだ」

レックスの声はどこか言い訳じみていた。

「……あれが演技なら、今すぐ王都の大劇場で看板俳優だ」

『迷宮病』で錯乱した時の話だろう。確かにあれはひどかった。

「けれど、参加していない奴《やつ》もいる。そういう奴《やつ》ほど信じやすい。街の連中は特にそうだ」

『迷宮都市』に生まれても、全員が『迷宮』に熟知しているわけではない。一度も『迷宮』に入らずに人生を終える者もいる。

「いったい誰がそんなウワサを！　クソっ！」

ラルフが苛立《いらだ》ちながらギルドの壁を蹴り飛ばす。修理費は自分で払えよ。

「俺が聞いたのは、半月ほど前かな。お前たちがこの街を離れた、しばらく後からだ」

「それって今も広まっているのか？」

「ああ」

「そりゃまた息が長い」

根拠もない、無責任なウワサで騒ぎ立てる奴《やつ》はいくらでもいるが、すぐに飽きられる。似たような別の話に取って代わられるからだ。

「意図的に広めた奴《やつ》がいるってことか？」

「かもしれない」

俺の推測に、レックスが同意する。

アルウィンにはファンも多いが、忌《い》み嫌《きら》う者もいる。女が剣を振り回して戦うのが気に入らないようだ。街から消えたのをこれ幸いにと、評判を貶《おとし》めようとしても不思議ではない。

「とにかく街を歩くときは気を付けることだ。真に受けた連中が何をしでかすか」

「ご忠告は感謝する」

アルウィンは素直に礼を言った。

「だが、私はこの街でもう一度戦うためにやってきた。逃げ出すわけには……」

話の途中でギルドの扉が激しい音を立てて開いた。その場にいた連中が一斉に振り向くと、飛び込んできたのは、腰の曲がったばあさんだ。灰色のワンピースに、白いショールを肩にかけている。そこいらの平民だろう。白髪だらけの髪を振り乱し、血相を変え、唇をわななかせながらしわだらけの手でアルウィンにしがみついてきた。

「なあ、アンタなんだろ？　アンタ、知っているんだろ？　ソニアをどこにやったんだい？」

「何の話だ？」

「とぼけるんじゃないよ！　みんな言っているんだよ、アンタが連れて行ったって。帰しておくれよ。あの子はまだ十六なんだよ！　ちゃんと食事は取っているんだろうね？　トマトシチューが好きなんだよ！」

いきなり現れた挙げ句に妙な言いがかりを付けられてアルウィンも困惑気味だ。

「申し訳ないが、私はソニアという女性は知らないし、居場所に心当たりもない」

「ほら、ここだよ。ここにあたしと同じほくろがあるんだよ！　『そっくりだね』って小さい頃から見せ合っていたものさ！」

と、ばあさんは自分の首筋を指さす。しわだらけの首に、黒いほくろが三つ並んでいる。ほらよく見てみなよ、と強引に見せつけられて、アルウィンは眉根を寄せる。

それからばあさんは似たような言動を繰り返したが、要約するとこういうことらしい。

十日ほど前に、孫娘のソニアが知り合いの家に寄ってくると家を出てから戻らない。ソニアは両親が死んでから祖母と二人、貧しいながらも仲睦《むつ》まじく暮らしていたそうだ。

「近所のクソババアどもは、あの子が男と出て行ったなんてぬかすけど、そんなことあない！　あの子があたしを見捨てるもんか！」

心当たりをあちこち探し回ったが見つからない。衛兵に訴えてもけんもほろろにあしらわれる始末だ。『ソル・マグニ』が子供や若者を誘拐している、というウワサを聞いてから、それらしい連中を捜し回ってはいるが、肝心の居所が分からない。

途方に暮れていたところで、今し方アルウィンを見かけ、追いかけてきたのだという。

「……申し訳ないが私は、ソニアの居場所を知らないし、『ソル・マグニ』とも関係がない。むしろ奴《やつ》らの悪行を憎む者だ。第一、私たちはたった今この街に戻ってきたばかりだ」

アルウィンは気の毒そうな顔でなだめる。人のいい姫騎士様は心底同情しているのだろうが、逆効果だ。

「ウソだ！　あたしは、ごまかされやしないよ！」

人間、思い詰めると思考が狭くなる。一度、こうと思い込んだら修正するのは難しい。大声で喚《わめ》き立《た》て、何が何でも自分の主張を押し通そうとする。その結果が周囲の人だかりだ。なるほど、レックスの言うとおりだ。凱旋《がいせん》あそばされた姫騎士様への視線が冷たいこと。

「早く連れて行っておくれよ！　どこに隠したんだい？　この人さらい！」

「いい加減にしろ！」

ご主人様への態度にたまりかねのだろう。ラルフがばあさんを突き飛ばす。肩を押され、何の抵抗もなく、棒きれのように地面に倒れた。体を折り曲げて、顔を苦痛にしかめている。

「止めろ！　ラルフ、やり過ぎだぞ！」

アルウィンは無能な家来を叱りつけると、ばあさんを助け起こそうとする。

ばあさんはその手を払いのけるとその場で顔を伏せて泣き崩れてしまった。

俺たちに注がれる視線がますます冷たくなる。しばらくして息子のような年頃の男が迎えに来た。死んだ息子の友人だという。

ばあさんは男に肩を借りながら恨み言を並べて去って行った。

「参ったね」

レックスの忠告がさっそく現実になってしまった。

大変だったな、と当の本人も気の毒そうな顔をしている。

「もう少し詳しい話を聞けたら良かったのだが……」

「今度にしてよ」

アルウィンはばあさんに同情しているようだが、俺たちにそんな余裕はない。やるべきことが山ほどある。第一、本当に『ソル・マグニ』の仕業なのかもはっきりしないのだ。関わっていたらきりがない。

この街で人がいなくなるのは、日常茶飯事だ。駆け落ち者はもちろん、若い女を売り飛ばすクソは腐るほどいる。それに、孫娘がばあさんを見捨てるはずがない、というのも自己申告だ。本当はどう思っていたか、知っているのは本人だけだろう。

この街の悪徳全てと関わっていたら切りがない、と昔教えてあげたというのに。

「本当に誘拐されたのなら、あいつらを追いかけていれば見つかるよ。その時に教えてやればいい。『お前のばあさんが大好きなトマトシチュー作って待っているぞ』ってね」

アルウィンは、苦いものをムリヤリ飲み込むような表情でうなずいた。

「今日は早く帰った方がよさそうだな」

どこかの店に寄ろうかと思ったが、この分ではまた騒動が起こりそうだ。

「お前さんたちは今日も『五羊亭』か？」

「そのつもりです」

「早いところ部屋を取っておいた方がいいな」

祭りともなれば、近隣からも観光客がやって来る。『五羊亭』の主な客層は冒険者だが、ほかの宿が埋まればそちらにも流れてくるはずだ。あそこの主人は悪人なので、評判の悪い姫騎士様の仲間でも泊めてくれるだろう。金さえ払えば誰でも客、がモットーの男だ。

「ならば今日はここで解散としよう」

アルウィンの提案に、ラルフとノエルが反対する。

「危険すぎます！」

「せめて家まで……」

あれこれ理由を付けて食い下がるが、アルウィンが押し切った。明日またギルドで落ち合うことを約束してから一時解散となった。

「マクタロードで見たことは誰にも喋《しゃべ》るなよ。適当にごまかしておけよ。特にラルフ」

『大竜洞《だいりゅうどう》』はドワーフの秘密に関わるからな。こいつのせいでデズがドワーフ社会から絶縁されたらぶち殺してやる。

「もちろんです」

「分かっている！」

素直なノエルと違い、アホのラルフは半ば怒り気味に返事をする。

「いちいち命令するな！　だいたいお前は、好き勝手言い過ぎなんだよ。この前の『迷宮』の時だってあんなふざけた報告をしたせいで俺たちまで片棒を担《かつ》ぐ羽目に……」

「では、失礼します」

ノエルに引っ張られて、ラルフは去って行った。

少しはマシになったかと思えばすぐに元通りだ。いい加減、成長してくれ。


二人と別れ、ギルドを出てから大通りを西に向かっているが、通行人がひしめきあって歩くのも難儀だ。先程聞いたウワサの件もあるので、アルウィンにはフードで顔を隠してもらっている。それでも隣を歩くのがデカブツの俺なので、やはり目立つ。少し離れて歩こうかとも思ったが、アルウィンはぴったり俺にくっついている。

「あのな、マシュー」

「ちょっち待って」

六十がらみの老人が道端で座り込んでいるのが見えた。運び屋のじいさんだ。てっぺんはすっかり寂しくなったが、後頭部や横側はまだ白髪が踏ん張っている。ふさふさの眉毛をして、背中にかごを背負っている。アルウィンの表情が一瞬、強張《こわば》ったように見えたのは、かごの中身が山盛りのナスビだからだろう。

「よう、じいさん」

声をかけると、眠たげに顔を上げる。

「お前、マシューか。生きていたのか」

びっくりした様子で立ち上がると、俺の腕をバンバンと叩《たた》く。

「旅から戻ってきたんだよ。じいさんは今から商売か」

「ひいきの店から急に注文が入ってな。祭りで客も多いから材料が足りなくなったんだとよ」

背中のかごを揺すってみせる。アルウィンは顔が引きつりそうになっているが、歯を食いしばり、呼吸を整えてから尋ねる。

「このご老人は、確か冒険者ギルドの」

「そう、運び屋のじいさんだ」

運び屋とは、ギルドお抱えの運搬係だ。冒険者が倒した魔物の死体やお宝などの戦利品を抱えて地上まで運ぶ。重要な仕事だが儲《もう》けも少ないので、副業をしている者も多い。

「そういや、礼がまだだったな。この前は助かったよ。おかげで姫騎士様もこうして無事だ」

「気にすんなよ。困ったときはお互い様だ」

「私からも礼を言わせてもらう」

アルウィンが前に出る。

「その節は大変世話になったとマシューから聞いている。正式な礼はまた改めてするが、今日はこの場で礼を言わせてもらう。感謝する」

「ああ、そんな。王女殿下に礼なんか言われちまったら、申し訳ねえ」

と、顔を伏せて禿《は》げあがった頭をつるりと撫《な》でる。変に屈《かが》んだせいだろう。背中のかごからナスビが転げ落ちる。

「おっと、こいつはいけねえ」

じいさんが慌てて手を伸ばした瞬間、じいさんの体がこわばった。奇妙な体勢で固まったその後ろを荷馬車が通り過ぎていく。急いでいるのか馬がいななきを上げている。バカめ、ムチ打てばいいってもんじゃねえぞ。呆《あき》れながらじいさんに視線を戻す。服の隙間が広がり、肩の辺りに黒い文様がちらりと見えた。

「じいさん、アンタ……」

俺の視線に気づいたのだろう。じいさんははっと我に返ると、ナスビを拾うのを止め、覆い隠すように自分の肩に手を当てる。

「見るんじゃねえよ！」

「悪い」

語気を荒らげるじいさんに、俺は素直に謝罪した。アルウィンは何事かと目を丸くしているが、俺には心当たりがあった。肩の文様は、この大陸で広く伝わる奴隷の証《あかし》だ。俺は代わりにナスビを拾い、かごに入れてやる。

「アンタも苦労したんだな」

「昔の話だ」

この国では禁止されていたはずだが、奴隷制度のある国はまだ多い。

奴隷と一口に言っても、扱いは国によって異なる。無体なマネをしないよう法律で定めている国もあれば、使い潰しの使い捨てにする国もある。名前すら呼ばれず、怒鳴り声と笛とムチで命令される。抵抗も許されず、怠けていると見なされれば容赦なくムチで叩《たた》かれ、殴られ蹴られる。同じ境遇の奴隷同士でも格差が存在する。主人に気に入られていることを誇りに思い、働きの悪い仲間をさげすむ。長くいれば首輪自慢が価値になってしまう。

奴隷から抜け出すには三つ。自分で自分を買い戻すか、逃げ出すか、死ぬかだ。どの方法を選んだかは知らないが、並大抵の苦労ではなかっただろう。仮に自由の身となったとしても過去は消えない。運び屋のじいさんも、ムチの音で昔を思い出したのだろう。

アルウィンもノエルもここに来るまで様々な困難を経験してきたし、ラルフですらそれなりに苦労はしている。それを軽んじるつもりはない。ただ尊厳を奪われる、というのはまた別の苦しみではある。

「こっちの人間かと思っていた」

「流れ着いたのはつい最近だよ。三年かそこらだ」

じいさんが手汗をズボンで拭き取ると、急に訳知り顔になった。

「俺のことはいいんだ。それより最近妙なウワサがあってな。そこの姫さんが『スタンピード』に関わっているって」

「もう聞いたよ」

じいさんは顔が広いみたいだからな。この手のウワサもすぐ耳に入ってきたのだろう。

「事実無根だ。あれこれ触れ回るのは止めてくれ」

念を押すように言うと、じいさんは気まずそうな顔でうなずいてくれた。

「これで全部だな」

アルウィンがじいさんの後ろからナスビをかごに入れた。指二本でつまむ持ち方はいただけないけど。

「ご老人」

手を払い終えると、アルウィンは神妙な顔をした。

「貴殿が大変な苦労をされたのは、不徳の致すところだ。申し訳ない」

「いや、別にアンタのせいってわけじゃあ……」

「せめて今後は安寧に人生を過ごされるよう、祈っている」

行くぞ、と堂々とした立ち居振る舞いでその場を去る。格好いいね。

見とれていると、じいさんはちらりとアルウィンと俺を見比べてから言った。

「やっぱり、お前にはもったいねえな」

ほっとけ。

「早く来い」

気が付けば、数歩先から姫騎士様がお呼びだ。

「じゃあな、じいさん。ナスビが余ったら家に届けてくれ。全部買い取ってやるよ」

「家って、お前……あそこは、おい！」

すがるようなじいさんに手を振って俺はアルウィンの後を追いかけた。


じいさんと別れ、俺たちは再び家路に就く。道もまだ明るいから襲われる心配も少ない。ただ、時折疑わし気な視線を感じるのは、やはりウワサのせいだろう。わずらわしくて仕方がない。先程のように絡《から》まれると面倒なのでつい早足になる。

「『ソル・マグニ』の件だがな」

大通りから住宅街に入ったところで、隣を歩いていたアルウィンが口を開いた。

ああ、と相槌《あいづち》を打ちながら俺は気を引き締める。ラルフとノエルを先に帰したのも、俺が話しやすいように、という配慮のつもりだったのだろう。

「本当に、あの怪物は死んだと思うか？」

「正直信じられないけど、君はどう思う？」

「彼女たちの技量や実力を軽んじるわけではないが、そう簡単に倒されるとは思えない」

実際にアルウィンはあの『伝道師』と対決している。優れた技量を持つアルウィンとて敗れ、仲間を三人も失った。

もっとも、戦いには相性やその場の運や駆け引きというものがある。実力で劣る相手に不覚を取ることもあるだろう。特にマレット姉妹は魔術師だ。アルウィンにはない力で勝ったとしてもおかしくはない。

倒されたのはよく似た偽者《にせもの》や身代わり、という線も考えられるが、情報が足りない。直接本人たちに聞いた方が良さそうだ。

「それで、あの怪物の正体は何だ。お前は知っているのだろう?」

やはりそう来るか。話すとなると当然、イトミミズ太陽神の話になる。『呪い』の話はごまかしたとしても、下手をすれば俺の揉《も》め事《ごと》に彼女を巻き込む羽目になる。

沈黙を守っていると、アルウィンは盛大にため息を吐いた。

「お前には色々頼りっきりだ。この前は散々、醜態も見せた。信じろと言っても説得力がないのも分かる」

だが、とアルウィンは決意に満ちた眼差《まなざ》しで続ける。

「もしあの怪物が生きているのなら再び私の前に現れる。そうなってからでは遅い。これは、私の戦いだ」

それだけではない、と今度は自分の胸に手を当てる。

「あの時、私は一度死んだのだろう？」

その口調は疑問というよりも確認だった。

「少なくとも助かるような傷ではなかったはずだ。魔術でも治せないだろう。けれど、今私はこうしてここにいる。あの時、薄れゆく意識の中でお前と、あのニコラス殿が何か話しているのが見えた。お前たちが、助けてくれたのだろう？」

「地獄に追いやっただけかもね」

死んでいれば苦しまずに済んだだろう。

「それでもだ」

アルウィンは苦笑した。

「今こうして話していられるのも、私が生きているからだ。それだけでも感謝したい」

腹の底から言われると、何も言えなくなっちまう。

「分かったよ」

俺は観念した。仮にあの怪物が本当に死んでいたとしても、俺と関わる以上、いずれ別の『伝道師』がアルウィンの前にも現れる。その時になってから後悔したって遅い。手は打っておくべきだ。アルウィンのためにも。

「あいつは『伝道師』。牛糞《ぎゅうふん》太陽神の手下だよ」

それから俺は話せることを話した。太陽神の手下で『迷宮』の『星命結晶《せいめいけっしょう》』を狙っていること。そのためにこの街や人間がジャマで消し去ろうとしていること。『スタンピード』も裏で糸を引いており、アルウィンを倒したのもその『伝道師』であること。おそらく『ソル・マグニ』の『教祖』であること。アルウィンの従兄弟《いとこ》であるローランドもその仲間だと知ったときには、さすがに顔色を悪くしていた。ローランドは、デズが倒したことにしておいた。

そして心臓に入っている『聖骸布』の話もした。ニコラスの正体には触れず、ただ太陽神由来の貴重なものとして。

一通り話し終えると、案の定アルウィンは怒りをにじませながら問いかけてきた。

「何故《なぜ》、黙っていた？」

「元はといえば、俺の問題だからね」

肥溜《こえだ》め太陽神なんぞと関わらせたくなかった。

「それにこれ以上、君の重荷を増やしたくない」

アルウィンはそこで口をつぐんだ。納得してはないが、反論する材料も見つからなかったのだろう。彼女が重荷に耐えきれなくなったのは、つい先日の話だ。代わりに別のことを話しだした。

「あの『伝道師』とやらに不覚を取った時の話だ」

今までは『迷宮病』悪化のせいでそのあたりの記憶が曖昧だったのだが、最近になってようやく思い出してきたのだという。

「あいつは、私を殺したと思い込んで油断したのだろう。『迷宮』に奇妙な術を仕掛けた後、こうつぶやいていた。『これでもう、この忌々《いまいま》しい穴蔵に入らなくて済む』とな」

ニコラスによれば『伝道師』の力は『迷宮』では制限があるらしい。実際、アルウィンにとどめを刺す寸前に力尽きて逃げ出すくらいだ。それが苦痛だったのでつい漏らしたのだろう。

「意味するところは二つ」

アルウィンは二本の指を立てた。

「あのバケモノは今、『スタンピード』を制御している。そして、あいつは私たち『戦女神の盾《イージス》』を助けに来た救助隊の中にいるということだ」

「ちょっと待った」

一つ目はいい。『スタンピード』をコントロール出来るようになったのならもう二度と『迷宮』に入らずに済む。けれど、二つ目はどういうことだ。

「あいつの力は『迷宮』では短時間しか使えないのだろう。ならば十三階までそいつはどうやって来た？　何より、冒険者以外に『迷宮』を出入りした人間はいたのか？」

『迷宮』への出入りはギルド職員が管理している。気づかれずに入るのは難しい。もし透明になるとか、気づかれずに済むような能力を持っているのならわざわざ俺たちの前に現れたりはしないだろう。

「おそらく人間の姿で救助隊に入り、十三階に来たところで『伝道師』となって例の儀式をするつもりだったのだろう。ところがそこで私たちと遭遇し、戦いになった」

そしてアルウィンたちを倒した後で儀式を再開。『スタンピード』を制御下に置いたところで元の姿に戻り何食わぬ顔で合流する。アルウィンたちを見つける前に霧が発生したのもあいつの能力だろう。救助隊を分断し、自分がいなくなっても不自然ではない状況を作り出すための舞台演出だったのだ。

あの時、俺やアルウィンたち『戦女神の盾《イージス》』以外に、十三階にいたのは冒険者とギルド職員が数名。その中にあの怪物が紛れていたってか？　クソッタレ。

これまでローランドもジャスティンも変身直後に倒していたので、元に戻れるという発想がなかった。考えてみれば、ずっとバケモノの姿というのはリスクも大きい。

犬のクソ踏み太陽神の手下どもだ。靴底をなめ回す代わりに元の姿に戻る方法も教えてもらったのだろう。問題は誰があの『伝道師』か、だ。ただでさえ薄暗い『迷宮』の中であの霧だ。誰がどこにいたかなんて、誰も覚えていないだろう。一人一人の証言を重ね合わせる方法もあるが、慎重に動かないと勘づかれて逆襲される。

「あと、付け加えるなら」

俺は指を立てる。

「君に憎しみを抱いている」

あの『伝道師』はアルウィンを仕留める寸前、ひどく怒り狂った。『俺に命令するな』と。命令されることを屈辱に感じたからだ。俺との会話ではむしろ余裕すら感じさせていたのに。プライドは高いようだが、怒り狂ったのは別の理由があるはずだ。

「心当たりは？」

「ない」

アルウィンはきっぱりと言った。

「あんな特徴的な顔は一度見たら忘れられない」

だろうね。

「もし、あの『伝道師』が生きているのなら、このままでは終わらないだろう。必ずや、『スタンピード』を起こそうとするはずだ」

ならばいずれは俺たちと対決する、か。おっしゃる通りだ。

「とりあえず、明日また冒険者ギルドに行って聞いてみよう」

ようやくこの街に戻ってきたはいいが、問題は山積みだ。街中怯《おび》えているのも厄介だが、賑《にぎ》やかなのも面倒だ。祭りってのは、どいつもこいつも浮かれるから注意力が散漫になる。よからぬ連中が企《たくら》むにはうってつけだ。

「まあ、何とかなるさ」

つとめて明るく振る舞う。アルウィンが変に落ち込んで『迷宮病』が再発してもまずい。

「ところでだな」

　当のアルウィンは急に気まずそうに顔を背ける。

「その、例の件だが」

「どの件？」

　心当たりが多すぎるからな。はっきり言ってもらわないと困る。

「もしかして、俺がマクタロードの都に行った件？　あれならもう何回も言ったけれど、運とか偶然とか、色々重なった結果で」

「それも聞きたいが、そうではない」

　もどかしそうに否定すると、目をそらしながらたどたどしい口調でつぶやく。

「ほら、その、あの村の地下で、お前が、その」

「ああ」合点《がてん》がいった。

「例の告白？　あの超情熱的な」

「自分で言うな！」

　アルウィンは顔を真っ赤にして叫んだ。

「私はだな。その使命もあるし、立場というものが、けど。その、お前の気持ちを粗末にするわけでは」

「別に気にしなくていいよ」

「えっ」

アルウィンは何故《なぜ》か虚を突かれたように立ち止まる。

「忘れていいよ。その場限りの一夜の夢ってことで」

その場の流れでつい口にしてしまったが、俺たちは生まれも育ちも違いすぎる。童話のようなハッピーエンドは望むべくもない。そういう未来はとっくの昔に置いてきた。

「お前は、その、私が、どれだけ！」

アルウィンは一瞬呆《ほう》けたような顔した後で、急にまなじりを吊《つ》り上《あ》げて俺につかみかかってきた。彼女なりに悩んでいたのだろうが、肩透かしを食らって腹が立った。そんなところだろう。俺は両手を上げた。

「悪かった、気にしていたのなら謝る」

「……もういい」

アルウィンは手を放すと、早足で俺を追い抜いていった。俺を置き去りにしてやろうと、背中で訴えながら先へ進む。

「危ないよ」

その背中を小走りで追いかける。すぐに機嫌を損ねるんだから。

角を曲がると、立ち止まっているアルウィンが見えた。家の前だ。待っていてくれたのか、と思ったが、すぐに別の理由だと悟った。

俺たちの家は廃墟《はいきょ》になっていた。

「ひでえな、こりゃ」

家は焼け焦げて、床も屋根も真っ黒。家具のあった場所には燃えカスしか残っていない。

「どうやら俺たちの留守中に強盗が入ったみたいだね」

金目の物を漁《あさ》った挙げ句に火を放ったようだ。ただでさえ、セシリア・マレットの魔法で焦げ付いていたのに、とどめを刺されちまった。もしかしたら、例のウワサとやらも関係しているのかもしれない。不幸中の幸いは、被害はただの貴重品だけってことか。本当に大切なものや、見られて困るものは秘密の隠し場所に運んだか、処分してある。

「どうする？」

アルウィンが聞いた。ベッドどころか床もずたぼろの惨状で、寝泊まりはムリだ。そろそろ日も暮れてきた。早くしないと最悪、街中で野宿をする羽目になる。

「大家に連絡して別の家を借りるか、だね」

「それはすぐに借りられるものなのか？」

物件次第ではあるが、すぐにとなれば難しいかもな。

「あとは宿屋だけど」

ラルフたちの泊まっている『五羊亭』は冒険者ギルドにも近いし便利なのだが、まだ部屋が空いているかは分からない。仮に泊まれたとしても、アルウィンには色々と事情がある。相部屋は避けたい。おまけに性欲を持て余したアホがわんさとうろついているので、いつぞやのように部屋まで乗り込んでくる可能性もある。アルウィンとて気が休まらない。ほかの宿はもっとひどいことになるだろう。

「どこか泊まれるところはあるか？　マシュー」

とはいえ、我が姫騎士様にお願いされては出来ません、とも言えない。

「任せてよ」俺は笑顔で言った。「今日は最高の宿を用意するからさ」

第二章　憤怒《ふんぬ》の山羊《やぎ》

足元を素早いものが横切る気配で目を覚ました。気配を察したの
目を開ければ、灰色のネズミがつぶらな目をしながら俺の足に乗っていた。
か、すぐに飛び跳ねて、部屋の隅にある小さな穴の奥へ消えていった。

ベッドは俺の体に合わないので今日も床に毛布を敷いて寝た。野宿よりはマシだが、やはり寝にくい。あくびをしながら立ち上がる。近所には職人の家や作業場が多いため、朝早くから金槌《かなづち》で叩《たた》く音や研磨で削る音がする。賑《にぎ》やかなのは嫌いじゃないが、朝っぱらからトンカンうるさいのは考え物だな。

「よう」

下に降りると、デズが茶を飲んでいた。片手で泥だか石ころだかをいじっている。まだ持っていたのか。そんなものより、奥方の尻でも撫《な》でてやればいいものを。

「借りるぜ」

台所から取ってきたコップで、デズの部屋からかすめてきた酒を飲む。デズ秘蔵の果実酒だ。冬に買いためたリンゴが漬けてある。ちょいと甘いが、疲れた体にはちょうどいい。

「朝っぱらだぞ」

「この前は自分から勧めてくれたじゃねえか」

俺とアルウィンが転がり込んだ時だ。こいつなりに元気づけようとしてくれたのだろう。

「あの時はあの時だ」

「今日もへこんでいるんだよ。あーあ、家は焼かれるわ、ひげもじゃには唯一の楽しみを奪われるわ、最悪だ」

「俺の目の前で飲むんじゃねえ」

「お前だって好きだろ？」

冒険者時代、俺と二人で一日中飲み明かしたのが懐《なつ》かしい。

「とりあえず、俺にも茶を頼む。あとつまみになる物を」

「自分でやれ」

「ついでに美人のお姉ちゃんでもいりゃあ文句はないんだが。頼める？」

次の瞬間、俺の体は壁に叩《たた》き付《つ》けられた。

「今日は紙切れみたいにぶっ飛んだな」

「お前のジョークは本当につまんねえな」

普通は殴る前に言うものだし、殴ってから「ぶっ飛ばすぞ」と言えばギャグになるのだがデズの場合は、殴った後で「殴りました」と事後報告するだけだから面白くもなんともない。

立ち上がろうとしたところで、足の上を丸々太ったネズミが駆け抜けていくのが見えた。

「ネズミまで飼い始めたのか？」

「最近、多くてな」

「あれも『スタンピード』の影響か」

頻発していた地震で住む場所を失って、デズの家まで流れ着いたのだろう。

「ネズミ捕り用意しとけよ。息子殿に嚙《か》みつくと厄介だ」

「言われるまでもねえ」

と、指さした先を見れば台所の床にはネズミ捕りが仕掛けてある。

「何の騒ぎだ」

寝ぼけ眼でアルウィンが階段を降りてきた。今日は男物の白いシャツにパンツというシンプルないでたちだが、だからこそ素材の差がもろに出る。

壊された鎧《よろい》は街を出る前に修理に出したが、まだ直っていないという。

朝食を済ませた後は、宿代代わりの皿洗いだ。

「今日は冒険者ギルドに話を聞きに行くのだったな」

後ろからアルウィンが確認する。本当はアルウィンも手伝おうと申し出てくれたが、丁重にお断りした。手荒れでも作ったらノエルとラルフにぶちのめされる。

「『蛇の女王《メデューサ》』やほかの連中にも話を聞こうと思ってね」

例のアジト壊滅の話や、救助隊の時におかしな動きを見せた奴《やつ》がいなかったか。無駄足かも知れないが一応確認しておきたい。

「ならばそちらは任せる。私は、ニコラス殿のところに行こうと思っている」

俺は皿を取り落とした。足元で乾いた音がした。

「もしかして、ああいうロマンスグレーが好みだったりする？　言ってくれれば髪くらい染めたのに」

「バカモノ」

振り返ると、アルウィンが赤い顔をしていた。

「私の体について聞いておきたいだけだ」

「どこか痛むの？」

「いや、極めて順調だ」

心配するな、と言いたげにアルウィンは胸に手を当てる。

「だが、伝説の『聖骸布』が自分の中にあると言われてもいささか信じられなくてな。色々と聞きたいことがある。ノエルとラルフも連れて行く。それなら文句はあるまい」

ノエルはともかく、ラルフは足を引っ張るだけだろう。簡単に想像できる。

しばらくしてから二人が迎えに来た。ここに泊まることや待ち合わせ場所の変更は、昨夜のうちに知らせておいた。

「いいかい、君の役目はアルウィンの護衛だ。頭の悪いチンピラやたちの悪い冒険者や護衛面して妄想たくましいクソガキからアルウィンを守ってくれ、頼む」

ノエルにはくれぐれも言い置いてから俺もデズの家を出る。ラルフが不愉快そうな顔をしていたが、当然無視だ。本当はまだ酒飲んで寝ていたいところだが、親子夫婦水入らずにしてやらないとまた殴られそうだからな。当分は世話になるわけだし。

かくして昨日に引き続き、やってきた冒険者ギルドだが、やはり閑散としている。『迷宮』閉鎖に加えて、『建国祭』も近いからだろう。わざわざ仕事をしに来るのは、貧乏人だけだ。そいつらも乏しい依頼書を見ながら辛気臭い顔をしている。分かるよ。他人が遊んでいる時にまで働きたくない。他人が働いている時に遊ぶのは楽しいけれど。

ギルドマスターのじいさまからも話を聞きたいと思っていたが、今日もお偉いさんのところを駆けずり回っているという。いくら権力があったところで、年を取ってからも走り回らされるんじゃあ、たまったものじゃない。やっぱりヒモが一番だ。

「あれ、アンタ」

しばらく待っているとお目当てのレディたちがやってきた。ベアトリスとセシリア。冒険者パーティ『蛇の女王《メデューサ》』のリーダーと副リーダー。双子のマレット姉妹だ。

「お姫様と国に帰ったんじゃなかったの？」

話しかけてきたのは、姉のセシリアの方だ。

「近くにある彼女の親類のところへ静養に行っていたんだ。昨日戻ってきたところ」

ドワーフ秘伝の『大竜洞《だいりゅうどう》』を使ったことは秘密なので、適当な理由を並べておく。

「お陰様でアルウィンも順調でね。もう少ししたら『迷宮』にも入れると思う」

「あっそ」

退屈そうに杖《つえ》で自分の肩を叩《たた》く。

「それだけ？」

彼女たちからすれば、アルウィンは『迷宮』攻略のライバルのはずだ。以前には激しく突っかかってきたし、この前は命がけで救援にも来てくれた。もう少し関心があっても良さそうなものだが。

「もう終わった人でしょ？」

悪意は感じなかった。むしろ「今日は寒い」とか「あそこの店は安い」とか、雑談でもしているような口調だった。

「期待していたんだけどあの醜態を見ちゃったらね。がっかりって感じ。もういいかなって」

手厳しい評価だ。少なくともセシリアにとって、もはやアルウィンは『迷宮』攻略競争の脱落者なのだろう。歯牙《しが》にもかけないってところか。

「ちょっと話があるんだ」

「お金なら貸さないわよ」

「俺たちがいなかった時の話を聞きたい」

「今度にして」

大あくびで返事とは、なめられたものだ。

「もちろん、タダとは言わない。この前のお礼もしたいからね」

辛抱強く頼み込んでいると、セシリアの眉が跳ね上がった。少しは興味を持ってくれたかと思ったところで遠くからセシリアを呼ぶ声がした。

「また指名依頼だって。どうする?」

ベアトリスがカウンターの前で、手にした依頼書を高く掲げている。

「ちょっと見せて。前みたいに勝手に受けないでよ」

妹に言い含めてから俺の方に向き直る。

「悪いけど、今から仕事なの。それじゃあね、ヒモ男さん」

これ以上はムリか。ほかの連中に聞いた方が良さそうだな。

それから、その場にいた冒険者たちに話を聞いたが、芳《かんば》しい成果は得られなかった。二流三流の雑魚《ざこ》ばかりだから仕方がない。『ソル・マグニ』討伐に参加していた奴《やつ》もいたが、グロリアから聞いたのと大差なかった。

「ねえ」

いつの間にかベアトリスが近くに立っていた。強引に俺を振り向かせると、物欲しそうな目をしながら言った。

「あめ玉はないの？」

すっかり餌付けしてしまったようだ。

「あいにく品切れでね。これで勘弁してよ」

懐《ふところ》からアーモンドの入った包みを手渡すと、さっそく口に頬張る。

「ありゃ、おいしい」

「さっき西の市場で買ったんだ。結構甘いだろ」

おまけに、お菓子の材料にもなる。割れるから持ち歩かないけど、これでクッキーを作ったこともある。

「ほかにはないの？」

包みを逆さに振りながらベアトリスが訴えかけるような目をする。もう食いやがったのか。

「これで最後だ」

今度はピーナッツ豆を袋ごとくれてやる。

「こっちはしょっぱいけど、いけるわね」

説明する前に食うなよ。

「殻ごと塩で茹《ゆ》でたんだ。甘いのばかりだと飽きるからね」

「ビーに変なもの食べさせないで、って言わなかった？」

ベアトリスの後ろからセシリアがおっかない顔をしている。別に変なものではないんだが。

「おいしいわよ。シシーも食べる？」

「後でね」

強引にピーナッツの袋を取り上げ、妹の懐《ふところ》に押し込む。

「そろそろ行くわ。今から依頼人と会うの」

「商売繁盛《はんじょう》で何よりだ」

「それでは、またの出会いに」

手を振ってセシリアたちは外に出た。

「しかし参ったね」

これ以上、この場にいても詳しい情報は得られそうにない。アルウィンも気になる。あの聖職者崩れの先生は頼りになるが、倫理観が俺とは違いすぎるので口を割らないかが気がかりだ。

予定より早いが一度出直そうと、ギルドの外に出たところで真正面からぶつかりそうになったので仰《の》け反《ぞ》る。出くわしたのは、またも顔見知りだ。

「よう、ヴィンス」

『聖護隊《せいごたい》』の隊長様ことヴィンセントだ。俺の姿を見て、端正なお顔が崩れる。

「どうして貴様がここにいる？」

「戻ってきたんだよ」

と、さっきセシリアとしたようなやり取りを繰り返す。

「お前さんに聞きたいことがある」

「消えろ」

「『ソル・マグニ』の残党をまだ探しているんだろう？　その件か」

害虫ってのは、簡単に全滅出来ないから厄介なんだ。それにこの街は広い。顔が利くじいさまといえど、探し尽くすのはムリな話だ。絶対どこかに隠れ潜んでいるに決まっている。

「……おま」

「『お前には関係ない』ってのは、なしだぜ。この間、大地母神の娼館で関わったじゃねえか。たっぷりとよ」

おかげで俺もこいつも大変な目にあったけどな。

「居所を見つけたのならお前らだけで解決しようとするはずだよな。ここに来たってことは、手に負えない相手にでも出くわしたか？　怪物《ジャスティン》の時みたいによ」

「……ちょっと来い」

観念したのか、俺をギルドの裏手まで連れて行く。

「『ソル・マグニ』のアジトを見つけたのは確かだが、ここへ来たのは忠告のためだ」

「忠告？」

「どうやら冒険者の誰かを狙おうと計画を立てているらしい」

　アジト自体はもぬけの殻だったが、残っていた資料から襲撃計画を知ったのだという。

「依頼者に扮《ふん》して罠《わな》にはめるつもりのようだ」

　依頼人がまっとうな人間ばかりとは限らない。中には暗い面を持っている者もいる。泥棒から奪い返して欲しい、と称して依頼人こそが泥棒だった、なんて話はもはや古典だろう。密輸の片棒を担《かつ》がされたり、隣同士の境界問題に巻き込まれたりと、騙《だま》したり騙《だま》されたりが当然の世界だ。もちろん、胡散臭《うさんくさ》い依頼や怪しい依頼人は、事前にギルドが判断して、除外する。けれど、そうした網《あみ》の目を潜《くぐ》り抜《ぬ》けることもある。だから頭のいい冒険者はまず依頼内容をチェックする。ベアトリスはともかく、セシリアならその辺りは怠らないだろう。

「衛兵はどうした？」

　この街の治安なのだからあいつらにも手伝わせればいい。

「『建国祭』の警備に追われてそれどころではないそうだ」

　あいつらにしてみればすでに駆逐した存在なのだろう。また悪さをするならともかく、息を潜めておとなしくしている分には巣穴を見つけて突きたくない、ってところか。下手をすれば嚙《か》みつかれるからな。

「とにかく俺は行く。余計なことを触れて回るな」

　金も払わずに口止めを要求するとは、しみったれだな。心の中で舌を出していると、ヴィンセントが振り返った。気まずそうな顔で、ためらいがちに言った。

「アルウィン嬢には、よろしく言っておいてくれ」

「了解」

ああいう人のいいところは好きだよ。今の仕事向きかはともかく。

どうやら『ソル・マグニ』の連中が冒険者の誰かを狙っているらしい。アルウィン率いる『戦女神の盾《イージス》』が転落した今、この街で一番目障《めざわ》りなのは『蛇の女王《メデューサ》』だろう。ただ、腕のいい冒険者は警戒心も強い。依頼人を装《よそお》ったとしても見抜かれる可能性は高い。もし俺がやるとしたら……。

自分の思いつきが杞憂《きゆう》だと確かめるべく、冒険者ギルドに戻った。幸いにもカウンターにいるのは、強面《こわもて》のおっさん一人だ。退屈そうに頬杖《ほおづえ》なんかついてやがる。俺はカウンターにしがみつくようにして倒れかかると、息も絶え絶えという雰囲気を出しながら言った。

「大変だ。『迷宮』の扉がまたなんか変なんだよ。もしかして魔物が這《は》い出《だ》そうとしているんじゃねえのか？」

「おい、本当かよ」

おっさんは青い顔をしながら様子を見に外へ出ていった。人気《ひとけ》がないのを見計らってカウンターの中に入る。

ここの職員は俺など殺しても罪にならないと思っているような連中ばかりだからな。まともに聞いたところで教えてくれやしない。奥の机の上にある書類入れの箱から受注済みの依頼票を取り出す。どこに何があるかくらい、目をつぶっていても分かる。ない。だてに足繁《あししげ》く通ってはいない。

「これか」

さっき『蛇の女王《メデューサ》』が受けた依頼だ。『砂黒狐《きつね》の肝の入手』とある。砂黒狐《きつね》は、西の荒野に生息する魔物だ。肝を煎じて飲めば、関節の病に効くという。砂に隠れて見つけにくいが、たいした強さでもない。せいぜい三つ星程度の依頼だ。『蛇の女王《メデューサ》』ならば楽な仕事だろう。

依頼内容に不審な点はない。依頼人は、『聖賢通り』のトーマスとある。トーマスは知っている。四十過ぎの代筆屋で、カタギではあるがその筋の連中とも付き合いがある。しばらく前に仕事に失敗したとかで、制裁を受けた。命だけは助かったが、ケガの後遺症に悩まされてしょっちゅう痛み止めを欲しがっている。

今回が初めての依頼ではなく、ここ一月に二回、同じような依頼を出している。受けたのは両方とも『蛇の女王《メデューサ》』だ。今回が三度目というわけだ。

「当たりか」

俺は書類を元に戻すと、カウンターの外へ飛び出した。まず一度か二度、普通に取引をしてから最後に騙《だま》す。詐欺の常套《じょうとう》手段だ。

『聖賢通り』にトーマスなんて男はもういない。

危険な『クスリ』に手を出さなければ、もう少し長生きできただろうに。とっくに『迷宮』

でゴブリンのクソになっている。

セシリアも最初は警戒していたのだろうが、二度ほど取引をして普通の客と、信用しちまったのだろう。間違いなく、ワナだ。アルウィンには直接関係ないとはいえ『ソル・マグニ』の思い通りにさせるのは癪《しゃく》だ。何よりセシリアにはでかい借りがある。

「さすがに見過ごすわけにはいかねえか」

近道をしてやってきたのは、『聖賢通り』の外れにある、石造りの二階建てだ。ニコラスの家に行く際に何度か前を通ったことがある。代筆屋の看板は出ているが、商売をしている雰囲気はない。窓は閉め切っており、扉も閉まっているが、人の出入りした跡がある。持ち主のいなくなった店を乗っ取ったのだろう。ここに『蛇の女王《メデューサ》』が入ったのは間違いなさそうだ。足元に転がっているピーナッツの殻を見下ろしながらため息をつく。

中に人の気配はない。入り口には当然カギが掛かっているが、盗賊仕込みの解錠術で扉を開ける。

ホコリっぽい空気はない。営業はしているはずなのに清掃もしていないとなれば、セシリアたちも違和感を覚えるはずだからな。

実を言えば、ここに来たのは三度目になる。一度目は純粋に客として、二度目はトーマスの『在庫』を確認するためだ。一通り探し回ったが、人っ子一人見当たらない。二階にも人の気配はない。そこで俺は思い当たった。

確か、地下に倉庫があったはずだ。奥の部屋には、痛み止め代わりの酒が散乱しており、その床に地下への入り口があったはずだ。さして広いものではなかったが、数名程度なら入って問題ないはずだ。やはりここにも出入りした痕跡がある。胡散臭《うさんくさ》いとは思わなかったのか？

その時、背後から誰かが駆け寄ってくる気配がした。振り返った時には、男が酒瓶を振り上げているのが見えた。

俺はとっさに懐《ふところ》から水晶玉を取り出した。呪文を唱えながらそいつめがけて投げつける。

「『照射《イラディエーション》』」

『仮初めの太陽《テンポラリー・サン》』が男の顔面でまばゆく輝く。太陽の光に目を焼かれ、酒瓶を取り落とすと、顔を押さえながら後退する。ほんの一瞬だったが、照らし出された男の顔には見覚えがあった。

『ソル・マグニ』か。ならば尋問は不要だ。

まっすぐ突っ込んで右ストレートをそいつの顔面に叩《たた》き込む。肉のひしゃげる感触がした。死んだのと、ほかに仲間がいないのを確かめてから死体をまさぐる。懐《ふところ》から出てきたのは、例の見ると目が腐る紋章だ。それから地下倉庫へのカギをこじ開け、『仮初めの太陽《テンポラリー・サン》』を解除した。

「予感的中か」

やはりセシリアもベアトリスもここに誘い出されたようだ。

ほかにめぼしいものは財布と、手垢まみれの汚物臭太陽神像くらいか。とりあえずばっちいお人形はゴミ箱に放り投げ、財布の中身だけいただく。

地下に降りると、壁の燭台《しょくだい》に火が灯《とも》っていた。

「なんだこりゃあ」

見れば、地下倉庫の壁に巨大な穴が空いていた。ツルハシかスコップで掘ったという方が適切だろう。土がむき出しになっている。誰がやったかなんて考えるまでもない。

偶然見つけたのか、最初からの目的だったかはともかく、ここから『ソル・マグニ』は侵入してきたようだ。穴の中は暗くて何も見えない。思いの外深くまで続いているようだ。ここまで来たら迷っているヒマはなさそうだ。俺は燭台《しょくだい》ごとロウソクを手に、穴に入った。

入ってすぐ直角に曲がっていて、そこを曲がった後は一直線に進むと開けた場所に出た。岩肌が露出しており、時折地上から染《し》み出《で》た水がさらに地下へと滑り落ちて行く。天井からは鍾乳石《しょうにゅうせき》が何本も生えている。

天然の洞窟を改造したのだろう。音の反響具合から察するに結構広いようだ。奥の方には強い明かりが見える。ロウソクの明かりを頼りにそちらへ進むと、争いの音が聞こえた。はやる気持ちを抑えながら先へ進む。壁にへばりつき、見つからないように用心しながら奥を覗《のぞ》く。

天井も高く、壁や天井のあちこちに燭台《しょくだい》が据え付けてあるので、見るのに不自由はない。

穴の奥は、巨大な広間になっていた。年季が入っていて、昨日今日作ったものではない。大昔に誰かが倉庫代わりに利用していたのを、あいつらが見つけて利用している。そんなところだろう。中央に作られた祭壇には小さな石像も見える。太陽神の像だ。下品なものまで持ち込みやがって。

そして、中央から少し離れた場所でマレット姉妹が巨大な怪物と戦っている。

山羊《やぎ》の頭をした悪魔だ。背中に黒い翼が生えていて、腕や胴体は人間と変わらない。下半身は毛むくじゃらで足首は山羊《やぎ》のような蹄《ひづめ》になっている。山羊頭の悪魔《バフォメット》か。

まずいな。

バフォメットは魔術への抵抗力が強い。半端《はんぱ》な魔術では通用しないし、通用するような魔術は強すぎて周囲まで破壊してしまう。下手をすれば生き埋めだ。破壊力のある魔法を使わせないために、この場所におびき出したのか。『蛇の女王《メデューサ》』はマレット姉妹をはじめ、魔術攻撃が主体だ。相性が悪すぎる。

事実、仲間の一人が負傷して離れた場所に座り込み、別の仲間が魔術で回復させている。

ほかにはいくつか死体が転がっている。『蛇の女王《メデューサ》』の面々ではなく、『ソル・マグニ』の信者どもだろう。何故《なぜ》か筋者らしき奴《やつ》も死んでいる。ほかに人影はない。

祭壇からは血がしたたり落ちている。載っているのは、原型を留《とど》めていないが、かつて人間だったものだ。背格好から察するに、おちびと同じくらいか。

あいつを誘拐しようとしたのは、このためか。

今更ながらに腸が煮えくり返る。

「熱くぶち抜け！　『炎の釘《フレイムニードル》』」

ベアトリスが巨大な杖《つえ》から炎を発する。尖《とが》った炎が次々とバフォメットにぶち当たるが、傷が付いた様子もない。巨体と怪力を利用して石柱を抱え、強引に振り回している。突風が巻き起こる。ぶち当たったら即座に冥界行きだ。

「ああもう、ムカつく！」

通用しないと見て、ベアトリスが髪をかきむしる。頑丈な『迷宮』の中ならやりたい放題の魔術も、普通の地下ではそうもいかない。

「こうなったら、あれやるわよ。準備して、シシー」

「落ち着いて、ビー」

妹の提案を叱りつけるようにたしなめる。

「ここでやったら後が続かない。ほかに仲間がいるかもしれないわ。あたしがこいつを引き付けるからビーはみんなを連れて外に出て！」

「了解」

姉への信頼なのか何も考えていないのか、ベアトリスの判断は早かった。杖《つえ》を背中に担《かつ》ぎなおし、仲間のところに向かう。

バフォメットが追いかけようとするところに、セシリアが割って入る。小さな炎の玉を何十何百と生み出すと、一気にバフォメットへ浴びせる。効いた様子はないが、怒涛《どとう》のような勢いに押される。踏みとどまった瞬間、バフォメットの足元が崩れた。セシリアの魔術だ。バランスを崩し、石柱を放り投げて膝を突く。炎の玉はおとりで、こちらが本命か。

歩けないと悟ったか翼をはためかせれば、今度は翼へ光の玉を集中させる。攻撃が通用しないと割り切り、時間稼ぎを続ける作戦のようだ。地面に落ちたところでセシリアは更に魔術で岩を変形させ、バフォメットの体を地面につなぎとめる。

足止めに焦《じ》れたのだろう。バフォメットは岩を砕いて強引に立ち上がると、大きく飛び下がった。着地するなりあぐらをかくような形で座り込み、大きく息を吸い込む。あれは、まずい。

「耳をふさげ！」

大声を張り上げながら俺は両耳に指を突っ込む。

声にならぬ咆哮《ほうこう》が上がった。空気が震える。

「どう、して……マシュー。わたし、は」

その瞬間、俺の背筋を冷たいものが駆け抜けた。横たわり、涙を流しながらはかなげな声を出す女が、頭の中で鮮明によみがえる。

バフォメットの精神攻撃だ。魔術には精神を高揚させて勇気を与えるものがある。もちろんその逆もだ。

人間多少なりと生きていれば誰しも辛《つら》い記憶、いわゆる心の傷を抱えている。普段はおくびにも出さない奴《やつ》でも心の奥底ではかさぶたにもならずに血を流し続けている。バフォメットの咆哮《ほうこう》は、一時的にそいつをムリヤリえぐり出し、増幅する。

聞いただけで頭の中が忌《い》まわしい記憶に支配されちまう。そうなったらまともに動けなくなる。泣き喚《わめ》くか、うずくまって許しを請《こ》うだけだ。戦うどころの話じゃない。見れば『蛇の女王《メデューサ》』の面々も頭を抱えて転げ回り、髪の毛を搔《か》きむしっている。

バフォメットはうまくいったとばかりに、ほくそ笑むと立ち上がった。勝利を確信したように悠々と『蛇の女王《メデューサ》』のところへ向かう。

仲間を助けようにもベアトリスはその場でひっくり返っており、セシリアも膝をついて頭を抱えている。

別に弱いとも情けないとも思わない。冒険者なんてやっていれば、嫌な目にも遭ってきただろう。実際、セシリアは幼い頃に実の家族から見捨てられたのだ。

俺とてそうだ。さっきから思い出したくもない過去が頭の中になだれ込み、渦巻いている。ここがベッドの中なら布団《ふとん》抱えて心の声をごまかすために声を上げて転げ回っているだろう。ただ、ここは戦いの場であり、敵は目の前だ。放っておけば俺や誰かの命が失われる。それだけだ。だから少しばかり静かにしていてくれ、ヴァネッサ。

「『照射《イラディエーション》』」

俺は穴から飛び出すと同時に『仮初めの太陽《テンポラリー・サン》』を光らせる。

着地と同時に駆け出し、バフォメットの前に立ちふさがる。

「よう、大将。ご機嫌だな。これから美人の山羊《やぎ》と種付けか？」

山羊《やぎ》の顔に不快感がよぎる。ああ、分かるよ。いくら似ているからって皮肉られるのは好きじゃないよな。俺だって昔は馬面《うまづら》とか言われたものだ。

「生憎《あいにく》だが、その約束はなしだ。お前さんよりもっとイカしている山羊《やぎ》と交尾だってよ」

さっきバフォメットが放り投げた石柱を両腕でつかみ、抱えあげる。バフォメットの目に一瞬、驚きが見えた気がした。

「とっとと来いよ、家畜野郎。ミンチでもバーベキューでも好きなように料理してやる」

バフォメットが雄叫《おたけ》びを上げて俺に向かってくる。助かるよ。手間が省ける。

「せえの！」

石の柱を振り回し、山羊《やぎ》の頭にヒットさせる。柱が真ん中からへし折れ、当たった部分から石が砕け散る。

「ほらよ」

残り半分の柱を放り投げ、バフォメットの腹に叩《たた》きつける。口からよだれとも胃液ともつかない粘液を撒《ま》き散《ち》らす。

実を言えば、こいつの弱点も山羊《やぎ》と同じだ。頭は硬いが腹は弱い。身体《からだ》を折り曲げたところで俺は突進する。もう一度攻撃されるのを警戒してか、両腕で腹を防御する。同時に首を俯《うつむ》かせ、防御に徹する。殴られようと硬い頭なら耐えられると見込んでの判断だろう。間違ってはいない。俺以外が相手ならば、の話だが。

バフォメットの手前で飛び上がり、雄叫《おたけ》びを上げながら拳を額に叩《たた》きつける。少々手がしびれたが、想定内だ。目を回して仰向けに倒れかかったところで山羊《やぎ》の角をつかみ、頭に足をかける。

「ちょっと借りるぜ」

背中に力を込め、一気に頭から片方の角を引っこ抜いた。バフォメットの頭から血しぶきがほとばしり、山羊《やぎ》の顔を赤く濡《ぬ》らす。

絶叫が上がる。身をよじり、苦痛に悶《もだ》え苦しむ。

「悪かった。今、返すよ」

角を反転させ、先端の部分から空いた根元に突き刺した。目から赤い血が涙のように滴《したた》り落《お》ちる。バフォメットは仰向けに倒れ込むと、そのまま動かなくなった。全身を痙攣《けいれん》させながら灰色の塵《ちり》となって消滅していく。異界の悪魔は、亡骸《なきがら》となって元の世界へ戻るのだという。新手が来ないのを確認してから『仮初めの太陽《テンポラリー・サン》』を解除する。

「ん？」

不意に穴の方で気配を感じた。おそらく死体になっていた連中の仲間だろう。なかなか戻ってこないので様子を見に来た、というところか。

「テメエは……」

つい漏らした、という声に聞き覚えがあった。俺は燭台《しょくだい》ごとロウソクをひっつかみ、声の方に向けた。ほのかな明かりが映し出したのは、顔中包帯で覆われた顔だった。体格からして男だろう。顔だけでなく、手や体にも包帯を巻いている。目の奥の皮膚はひどい火傷《やけど》を負っていた。その獣のような眼《め》には見覚えがあった。

「お前は……レジーか？」

昔この街にいたやくざ者で、『三頭蛇《トライ・ヒドラ》』の幹部だった男だ。こいつらの人身売買を俺とアルウィンがジャマしたばかりに組織は壊滅。レジーは復讐《ふくしゅう》を胸に逃走を続け、つい先日、『迷宮病』で苦しむアルウィンを襲撃した。ご丁寧に、たちの悪い冒険者までそそのかして。

絶体絶命のピンチを助けてくれたのが、セシリアだ。レジーは魔術で炎に焼かれてどこかへ吹き飛ばされたのだが、まさか生きていたとは。

なるほど、色々合点《がてん》がいく。いつ、どこでかは分からないが、レジーは『ソル・マグニ』と繋《つな》がっていたのだ。レジーならば、役人や冒険者が知らないような抜け道や裏道、隠れ場所も知っているはずだ。

そしてセシリアには火だるまにされた恨みがある。俺たちが一時、街を離れていたので、標的をセシリアに絞っていたのだろう。バフォメットなんて呼び出したのも、魔法対策か。

「また、テメエか！　どうしていつもいつも俺のジャマばかりしやがる！」

レジーの声には積年の恨みつらみがこもっていた。

「それはこっちのセリフだよ、いやマジで」

こんな奴《やつ》と関わりたくないってのに。

「けどまあ、これも何かの縁だ。相手してやるよ」

バフォメットのいた辺りを指し示すと、レジーがわずかに後ずさる。今し方の戦いを見ていたのだろう。俺としても、ここで腐れ縁に決着をつけたい。

「ちっ！」

悔しそうに舌打ちをすると、レジーは急に背を向けて走り出した。逃がすかよ。俺は懐《ふところ》に手を入れて、『仮初めの太陽《テンポラリー・サン》』を取り出そうとしたところで手元に衝撃が走った。半透明の水晶玉が手元から転がり、闇の中へと転がっていく。

「しまった！」

レジーが勝ち誇ったように口《くち》の端《は》を広げる。逃げると見せかけて石を投げてきやがった。

「残念だったなあ。知っているぜ。それがお前の力の源なんだろう？」

いつの間にか、手にしたナイフを包帯で拭きながらにじり寄って来る。

「誤解だ」

正確には、力を取り戻すためのアイテムだ。

「どっちでもいいさ。要するに、今のお前はへなちょこのヒモ野郎ってことなんだろう？」

「さあね」

精一杯のハッタリをかましながら拳を構える。見ればレジーの動きも頼りない。どうみてもケガ人のそれだ。火傷《やけど》が治りきっていないのだろう。これなら俺でも何とかなるはず、と思ったが、現実はへなちょこマシューさんに冷たかった。瞬《また》く間《ま》に壁際《かべぎわ》まで追い詰められ、逃げ場もない。目の前には悪夢から抜け出してきたようなレジーがナイフ片手に笑っていやがる。

「もう一度話し合うってのは、ダメかな？」

「つまんねえなあ、そのジョーク！『減らず口《ワイズクラック》』も品切れか？　煙玉はどうした？」

以前、こいつのアジトに乗り込んだ時のことだろう。煙玉でレジーとその手下を攪乱《かくらん》してやったものだ。

「前にも言わなかったっけ？　次の入荷まで一週間くらい待ってくれって」

「あれからもう一年以上経《た》っているよなぁ」レジーが言った。「その時、俺はこう言ったはずだぜ。『俺は今すぐ欲しいんだ』ってよ！」

吐き捨てるように言って、ナイフを振り上げる。なんとか避けようと身をよじるが、まるで海の底にいるみたいにゆっくりとしか動けなかった。

気が付けば、ナイフは俺の胸に迫っている。まずい、と全身から汗が噴き出した。

次の瞬間、背後から飛んできた炎がレジーにぶち当たった。

包帯に引火したのか、レジーが悲鳴を上げて後ずさる。その間に俺は壁際《かべぎわ》から離れ、這《ほ》う這《ほ》うの体で距離を取る。

「このクソアマ。また、やりやがって……」

振り返ると、巨大な杖《つえ》を構えた女が首をかしげていた。

「何の話？」

ベアトリスは心底不思議そうに言った。

「ていうか、アンタ誰？」

「レジーって街のやくざ者で、この前、君のお姉ちゃんに火だるまにされた奴《やつ》。今日はその仕返しみたいだよ」

俺が代わりに説明してやる。

「ああ、そういうこと」

ベアトリスは何度もうなずいた。

「なら、アタシもやっとく」

巨大な杖《つえ》を振ると同時に炎の釘《フレイムニードル》を何本も発射した。一瞬で包帯まみれの体が炎に包まれる。

言葉にならない悲鳴を上げながら岩だらけの地面を転がる。暗闇の中、人型の炎は踊るように地面を這《は》い、不意に尾を引く悲鳴とともに掻《か》き消えた。

「ここに落ちたのか」

明かりで照らすと、洞窟の端に穴が開いており、底へと続いている。まだ燃えているはずだが、姿は見えない。試しに石を放り投げてみたが、落ちた音は聞こえなかった。これでは死体の確認もムリか。

レジーから何か聞き出せればよかったのだが、仲間に情報を持ち帰られるよりはマシだと思うことにする。

「いや、助かったよ、ありがとう」

改めてベアトリスに礼を言う。

「これで貸し借りなし、でいい？」

瓦礫《がれき》に座りながらベアトリスが得意げに微笑《ほほえ》む。

その態度よりも誇らしげな胸元をのぞき込みながら俺は言った。

「ついでに一晩共にしてくれたらチャラでいいよ」

要求は却下された。

精神攻撃の効果はそう長くない。術者のバフォメットも倒したし、しばらくすれば元に戻るだろう。『ソル・マグニ』やレジーの仲間も戻ってくる気配はないので、しばらく待機するしかなさそうだ。『仮初めの太陽《テンポラリー・サン》』は回収したが、残り時間も少ないので全員は運べない。

「大丈夫？」

ベアトリスが声を掛けると、『蛇の女王《メデューサ》』の面々がふらつきながら正気を取り戻す。また顔は青いが、問題はなさそうだ。一人を除いて。

「シシー！」

気絶していたセシリアが目を覚ますなり、苦しみもがき始めた。荒い息を吐き、獣のように四《よ》つん這《ば》いになりながら、拳を握りしめている。目も血走って、明らかに正気ではない。頭を抱えて奇声を発すると、髪の毛を振り乱して、背をそらす。壁に頭を打ち付けるつもりか。

仲間の僧侶が背中から羽交い締めにするが、セシリアはもがいて腕を振りほどいてしまう。

「魔法は？」

以前、アルウィンが同じような状況になった時、セシリアが魔法でムリヤリ眠らせた。同じ手が使えるはずだ。

「あれ、使えるのはシシーだけなの！」

ありゃま。

「ちょっち失礼」

このままでは自分か仲間を傷つけるのは目に見えている。俺はセシリアの目の前にしゃがみ込むと、その手を握った。

「分かるよ、あんなクソ野郎に頭の中を引っかき回されたんだ。俺でも暴れたくなる。でも、ここにいるのはみんな君の味方だ。何も怖がることはない」

四《よ》つん這《ば》いの体勢から頭突きが飛んだ。鼻っ柱が痛い。なかなかの石頭だ。

「深呼吸するんだ。それから数字を数えよう。まずは百からだ。百、九十九、九十八……」

なんてことない振りをしながらセシリアの目を見て、ゆっくりと数字を数える。

最初は血走った目をしながら引っかかれ、平手打ちを食らいもしたが、敵意がないのが伝わったのだろう。少しずつ落ち着きを取り戻していく。

百を数え終わらないうちに、セシリアは深呼吸して座り込む。これ以上、暴れる心配はなさそうだ。ベアトリスがその背中を抱きしめながら何かささやいている。

聞かれたくはないだろうと、一度その場を離れる。しばらくすると姉妹の会話も一区切りついたようなので、ベアトリスに広間の端に置いてあったコップを渡す。

「飲ませてやれ。少しは落ち着くはずだ」

ドグサレ太陽神なんぞ信仰していても人間である以上腹も減れば喉も渇く。拠点なのだから当然、水も食い物もある。ついでに金もあった。

ベアトリスが疑わしげに俺を見た。

「変なもの入ってない？」

「さっき確かめたよ」

頭をアッパラパーにするような『クスリ』が入っていても不思議じゃないからな。俺が『教祖』なら、間違いなくそうする。

　ほかの仲間にも水を飲ませ、落ち着かせる。とりあえず一休みか。

　その間、俺はここの捜索でもと思っていたらベアトリスがやってきた。話がある、というので神像近くの岩に腰掛ける。祭壇で生贄《いけにえ》になっていた子供はベアトリスが火葬にした。

「さっきはありがとう、シシーに代わって礼を言うわ」

「礼なら一晩……」

「さっきのなだめ方、随分手慣れている感じだったけど」

　またも要望は却下された。

「商売柄ってやつ？　ヒモの極意とか」

「まあ、そんなところ」

　長く生きていると、面倒な相手との付き合いも多いからな。昔の女とか。

「で、アンタはどうしてここに来たわけ？」

　俺は簡潔に理由を話した。『ソル・マグニ』の残党が冒険者の誰かを暗殺しようと企《たくら》んでいると聞きつけた。忠告のために後を追いかけていると、ここに入った痕跡を見つけたこと。そしてベアトリスたちが戦い、大ピンチというところで謎の冒険者Xが現れ、獅子《しし》奮迅の大活躍でバフォメットをぶちのめし、風のごとく颯爽《さっそう》と去っていったこと。

「そういうのはいいから」

　渾身《こんしん》の力作はあっさり却下されちまった。芝居の脚本家にはなれそうもねえな。

「この前、君たちがこいつらの拠点を潰しただろ。その時の話が聞きたくてね」

「わざわざそのためにこんな場所まで？」

「成り行きだよ」

でなきゃこんな地面の下に来たがるものか。

「君たちも分かっただろう。『ソル・マグニ』はまだ滅んじゃいない。君たちが倒した怪物は、おそらく偽者《にせもの》か身代わりだ。多分、親玉はまだどこかにいる」

ベアトリスが不満そうに唇を曲げる。

「この前、あいつらと一戦交えたんだろ？　何か気がついたことがあったら教えて欲しい」

「ないわよ」

「君の姉さんにも聞きたいんだけど」

「シシーに聞いても同じよ」

魔法で全部吹き飛ばして、はいおしまい、か。楽だろうけど、雑だな。

「じゃあ、今度はアタシから」

ベアトリスが意味ありげに俺の顔を覗《のぞ》き込む。

「アンタ何者？　アルウィンのヒモってのなしで」

いきなり存在を全否定されちまった。

「メチャクチャ強いじゃない。何あの怪力。ミノタウロスかと思った。なのにアルウィンを助けるまで一度も『迷宮』に潜らなかったわね、どうして？」

思い切り見られちまったか。まずいな。

「暗いのが苦手でね。夜中おトイレにも行くのも一苦労だよ」

「ウソつき」

「なんだったら今度付き添ってくれる？」

ベアトリスは俺を杖《つえ》で殴ってから話を続ける。

「その力で、アルウィンを襲おうとしたチンピラも皆殺しにしたってわけ？」

セシリアが喋《しゃべ》ったのか。おしゃべり姉妹め。

「君のお姉ちゃんの勘違いだよ」

「シシーに限ってあり得ない。シシーは頭いいもん」

断言しやがった。姉好きか。同じ顔のくせに。

「できれば内密に頼むよ」

「ヤダ」

ベアトリスは首を振った。

「アタシはシシーには隠し事はしないって決めているから」

「ああ、そう」

勘弁してくれよ。二人まとめて、なんて助けた意味がない。

「君こそ平気なのか？　辛《つら》いのなら言ってくれ。一人も二人も一緒だ」

バフォメットの精神攻撃は近いほど強くなる。一番近くで受けたはずのベアトリスが真っ先に立ち直って、平然としている。

「アタシ、昔っから過ぎたことって気にしないタチなのよね」

バフォメットの精神攻撃にも相性はあるのだろうが、平気なのも珍しい。よほど精神力が強いのか、単純すぎるからなのか。

「でもシシーはそうじゃない。……色々あったから」

「聞いたよ。君が小さい頃のセシリアを助けたって」

ベアトリスが目をむいた。

「喋《しゃべ》ったの？」

「その場の雰囲気、だろうね」

「じゃあ、その後は聞いている？」

「確か、はぐれ者の魔術師に拾われてそいつに魔術を教わったんだっけ？」

「ああ、その辺までか」

ベアトリスは何度もうなずいた。

「まあ、アタシたちが冒険者になったのもその師匠のためなのよ」

「俺、別に聞くつもりはないんだけど。興味ないし」

「アタシが喋《しゃべ》りたいの」

それからベアトリスが語ったのは、彼女たちの夢の話だ。

幼いセシリアとベアトリスは家を出る羽目になった。とある事件をきっかけに家族との折り合いが悪くなったためだ。田舎の村を出て数日、路頭に迷った姉妹が出会ったのは、とある魔術師だった。

「それがダリア・マレット。アタシたちのグランマよ」

ダリアは姉妹を自分の村へと連れてきた。故郷と似たような山奥に連れてこられて、困惑する二人に、ダリアは言い放った。

「あなたたちに選択肢をあげるわ。私の家族になって魔術師になるか、ならないか」

魔術師には「身内にしか魔術を教えてはならない」という掟《おきて》がある。そのため弟子を取る時には、師匠の姓を名乗るという。

ダリアには、多くの弟子がいた。魔術師だって人間である以上、負の感情はつきまとう。恨みつらみにいじめに八つ当たり、虐待、暴行等々。クソのような感情の掃《は》き溜《だ》めにされた連中が逃げ出し、駆け込んだ先がダリアのところだった。

仮初めとはいえ家族を名乗る以上、よその魔術師に弟子入りするのは、魔術師社会では道義に反するという。が、ダリアはそういう、魔術師社会のはみ出し者を積極的に匿《かくま》っていたらしい。

「お人好《ひとよ》しなのよ。魔術師らしくもない」

ほかに行く当てもない姉妹は、ダリアに弟子入りした。修行は厳しかったらしい。ベアトリスはお世辞にも出来は良くなかったが、セシリアは素質があったのか、次々と魔術を習得していった。ダリアだけではなく、ほかの魔術師からも魔術を習った。

落ちこぼれたとはいえ、様々な魔術師一門の寄せ集めだ。一門により得意な魔術の系統は異なる。複数の系統を学ぶにはセンスが必要だそうだが、器用なセシリアはそれすらも身につけていった。幼い女の子はセシリアとベアトリスだけだったので大層可愛《かわい》がられたらしい。

「もしかして、セシリアが口にしていたパパだのママだのってのは」

「そう、全部マレット一門の家族のこと」

それから約十年。成長したマレット姉妹は自分たちの行く道を決めなくてはならなかった。

一口に魔術師といってもその有り様は千差万別だ。戦いの場で攻撃魔法をぶっ放すのもいれば、真理を追究する学者もいる。森の奥にこもって世捨て人のように過ごす賢者もいれば、知識を生かして王侯貴族に仕える宮廷魔術師もいる。

ダリア・マレットは学者肌だった。彼女の研究テーマは『迷宮』だった。『迷宮』の成り立ちや存在にはいまだ知られざる謎も多い。そいつを解き明かすのがダリアの目標だった。

「あの頃は夢がいっぱいだったわね。選択肢がたくさんあった」

だが、その選択肢は予想もしなかった形で潰された。

ある日、旅に出ていた彼女の弟子が奇妙な石像を持ち帰った。とある『迷宮』の深部で冒険者が手に入れたものだという。ところが調べている途中、石像から紫色の霧が出たかと思うと、山ほどの魔物が村へと押し寄せてきた。

ダリアの存在を疎《うと》ましく思っていた、よその魔術師一門の仕業だった。

無論、抵抗しようとしたが、魔術が使えなくなっていた。石像から噴き出した紫の霧は、魔力を吸い取り、魔術を封じたのだ。

ダリアを始め、マレット一門は全滅。たまたま用足しで村を離れていたセシリアとベアトリスだけが生き残った。再び家族を失った二人は、ワナにはめた魔術師一門を突き止め、壊滅させた。

復讐《ふくしゅう》を果たした姉妹が次に目指したのは、マレット一門の再興だった。ダリア・マレットとその一門……家族の名前を忘れさせない、消させないために。『マレット一門ここにあり！』と、世界中に広く知らしめるために。セシリアとベアトリスは冒険者となってダリアの追い求めていた『迷宮』を渡り歩くのでありましたとさ。続きは次回の講釈。

「それは大変だったね」

長話を聞き終えた俺は心底同情したように言った。

要するに彼女たちの目標は名声であって、『星命結晶《せいめいけっしょう》』そのものではない。尊大な態度や口調もそのための演技のようだ。以前提案されたような『冒険者同盟《クラン》』はムリだとしても、短期間ならアルウィンとの共闘も可能だろう。交渉ができると分かったのは大きい。

「同情ならいらないわよ」

「君がお姉ちゃんのことが大好きだ、ってのはよく分かったよ」

ベアトリスが村を出たのも、魔術師を続けたのも、『迷宮』攻略に挑んだのも全部セシリアのためだ。勝手気ままに動いているように見えてその実、姉のために動いている。姉は妹を思い、妹は姉を思うか。美しい姉妹愛だことで。

「そりゃそうよ。シシーはね、アタシの自慢のお姉ちゃんなんだから」

嬉《うれ》しそうに語っちゃってまあ。

「あ、起きた」

ベアトリスが急に表情を変えると、仲間のところに駆け寄っていく。セシリアが目を覚ましたらしい。気怠《けだる》そうに体を起こす。

「気分はどうだい？」

話しかけると、セシリアは舌打ちした。

「アンタの顔を見て最悪になったところ」

「そいつは変だな。みんな俺の顔を見ると喜ぶ」

「姫騎士様だけでしょ、それ」

「かもね」

本人が聞いたらまた怒り出しそうだけど。

それからしばらくして俺たちは地上に戻ってきた。日の光が眩《まぶ》しい。

「そうそう、さっきのお礼の話だけどね」

俺は言った。

「俺のことは秘密にしておいてくれる？『ソル・マグニ』の残党やバフォメットを片付けたのは君たちってことで。もちろん、アルウィンにも内緒だ」

「それって哀れみ？」

「まさか」

一流の冒険者にかける情けなんかない。俺自身の事情だ。

「俺は帰るよ。またギルドに顔を出すから何か思い出したら声をかけてくれ」

「……別に、思い出すことなんてないわ」

後ろからセシリアが声を掛けてきた。

「あたしたちが『ソル・マグニ』を潰した件でしょう？　いいわ。全部話してあげる。何が聞きたいの」

「怪物について聞きたかったんだけど、今すぐでなくてもいいよ」

「あいつなら死んだわ。アンタが見た通りの姿だった。卵みたいな頭に大きな目玉に変な牙に黒い手足。あ、あと二の腕に変な模様が付いていた。アンタが言っていたのと少し違うみたいだけど」

「そうか」

「死体でも見せてあげたいけど、赤い霧を吹き出して消えちゃったから」

「へえ」

赤い霧、ね。

たったこれだけの事を聞き出すために苦労させられたぜ、本当。

「了解。それじゃあ、また次の出会いに」

俺はその場を後にする。背後からためらうような声が聞こえた気がするが、あえて無視をする。どうせ振り向いたところで何も出てきやしない。

昔からの経験だ。

第三章　嫉妬する者たち

日も暮れてきたので、ふらつきながら家に戻る。

ひでぇ目に遭ったが、収穫もあった。

やはりあの『伝道師』は生きている。

こそこそドブネズミみたいに隠れながら機をうかがっていやがる。

理由も見当が付く。街の人間を皆殺しにするためだ。街の金持ちはびびって率先して逃げちまいやがった。『スタンピード』もいつかは終わるし、『迷宮』もまた再開される。魔物がいなくなってから悠々と戻ってくるだろう。それをさせないために、あの『伝道師』は倒された振りをして一度『スタンピード』を沈静化させたのだ。安全になったと思わせて、人がまた集まったところで一気に暴発させるつもりだろう。

かつてローランドは俺に向かって言った。

「この街を浄化する」

ジャスティンは最後にこう言い残した。

「どのみち、この街は終わる。お前もあの姫騎士とらやもみんな死ぬ」

そして、あの『伝道師』はこう宣言した。

「この街は滅びる。地上の愚か者たちも全て死に絶える。そして、我が神が再び地上へと降臨される」

あいつらの執念は半端《はんぱ》ではない。何としてでもこの街を滅ぼすつもりだ。

今頃は死んだふりをして今もどこかに潜んでいるのだろう。『建国祭』で人が集まるのを見計らって今度こそ『スタンピード』を発生させる。ほかの『迷宮都市』と違ってろくな守りも対策も打っていない。大勢の人間が死ぬ。

「あ」

「ん？」

顔を上げれば、酒場の窓から顔を覗《のぞ》かせていたのは、冒険者風の女だ。

名前は確か、フィオナだったか。まだこの街にいたのか。それとも『建国祭』のために戻ってきたのか。どちらにしろ、早いところこの街から出た方がいい。この子おかげで俺もアルウインも命拾いしたからな。借りは返す主義だ。

挨拶がてら忠告しようとしたらこっちへ来て、と手招きされた。

飲みに誘っている雰囲気ではない。口説くつもりでもなさそうだ、と思っていたら窓越しに困惑気味な目でにらまれた。

「どうしてアンタがここに？　街を出たはずでしょ？　アルウィンはどうしたの？」

矢継ぎ早に質問を投げかけてくるが、答えは一つだ。

「アルウィンがそう望んだからだよ」

「これは忠告よ」

フィオナは切羽詰まったような面持ちで言った。

「今すぐ街を出て。もう時間がない。いつ『スタンピード』が起きてもおかしくないの」

「君は何を知っている？」

ほかの冒険者連中は、終わったと思い込んでいるのに、フィオナはむしろこれから始まると知っている。語調から察するに、かなりの確証を持っている。

「……詳しくは言えないけど、でも本当なの」

「そいつを止めるために俺たちは戻ってきたんだよ」

本当に『スタンピード』が起こるのなら、アルウィンが逃げ帰るはずがない。

フィオナは窓の縁に肘をかけ、頭痛をこらえるように首を振った。

あのバカ、と唇が動いたが、声にはなっていなかった。

「前々から聞きたかったんだが、君は本当に冒険者なのか？」

少なくとも冒険者ギルドでは見かけていない。アルウィンの知り合いというのも自己申告だ。色々ありすぎて本人にも確かめていない。フィオナという名前だって、本当かどうか怪しい。『ソル・マグニ』あたりが送り込んだ密偵だったとしても、今の俺には判断が付かないわけだ。この前、俺たちの家を覗《のぞ》いていたのも、様子を探っていた可能性だってある。ただ、先日は俺やアルウィンの窮地を救ってくれた。あいつらの手下ならそんなマネはしないだろう。結局、正体も目的もはっきりしないままだ。

「そうだけど」

フィオナの声は強気だが、わずかにためらいと動揺が見て取れた。

「組合証は持っている？」

冒険者は全員持っている。身分証の代わりでもあるからだ。

「あ、それね。うん」

フィオナは自分の体を探るようなそぶりをした後で、照れ隠しのような笑みを浮かべた。

「今はない」

「星はいくつだ？　所属しているパーティの名前は？」

名前さえ分かれば、調べるのは簡単だ。『迷宮』に出入りするパーティは全員、登録する義務がある。遭難者が出た時に、誰がいないか確認するためだ。

「星は、確か三つ星だったかな。パーティ名は、ナイショ」

媚《こ》びたようなウィンクがまあ、決まらないこと。慣れてないのだろう。

「つまり、証拠はないってわけだ」

「本人が言っているんだから間違いないでしょ。それに、アンタはこの街の冒険者を全員知っているってわけ？」

「『迷宮』に入っている奴《やつ》ならね」

アルウィンに害をなすとすれば、まず冒険者だ。腕っぷしは強いくせに、頭が悪くて強欲。節操もない。そのうえアルウィンがよく行く『迷宮』にも出入りしている。実際、何人かの冒険者には、追剝に丸裸にされる死体役への転職をお願いした。

「顔を知っていても名前の知らない人間だっているでしょ」

いないよ、と言いかけた瞬間、名前の出てこない顔見知りが何人か頭をよぎった。

なるほど、狭い村ならいざ知らず、『灰色の隣人《グレイ・ネイバー》』くらいになると、そういう人間も増えてくる。いちいち店の人間に名前を聞いたりはしない。俺にとっては群衆《モブ》の一人でも、向こうからすれば自分たちこそが主人公で、俺の方がその他大勢なのだろう。

「なら今から友達になろうか。色々と教えてくれるとありがたい」

「アタシを口説こうっての？　恋人に知られるとまずいんじゃないの？」

冗談めかして話題をそらそうとしているのが丸わかりだ。

「俺はアルウィンの恋人じゃあない。ただのヒモだ」

「は?」

フィオナが間の抜けた声を上げた。

「俺がそんな甲斐《かい》性《しょう》あるように見えるか?」

金なし力なし仕事なし。権力もコネもない。ないないづくしだ。

「信じられない。何を考えているの、あの王女殿下は……」

何度か強調するとようやく信じてくれたようで、大げさに頭を抱えて俯《うつむ》く。

ますます訳が分からなくなった。俺たちの表向きの間柄は、この街では有名だ。触れ回ったつもりはないが、美女とロクデナシだから目立つし、話の種になるからな。

フィオナがどこかの密偵なら、わざわざこの街の非常識を口にして、疑われるようなマネをするだろうか。

「どうやら俺たちの間には色々と誤解があるようだ」

こうなったら直接体に聞いた方が手っ取り早い。

「一度じっくりと話し合おうじゃないか。朝までゆっくり。まだ時間はある」

意味するところを悟ったのだろう。フィオナは笑顔で言った。

「くたばれ」

目の前が真っ暗になった。いつの間にか地面にひっくり返っていた。

何をされたのかは分からないが、痛みや衝撃はなかった。フィオナはもういなくなっていた。店の中を覗《のぞ》いたが、それらしき姿は見当たらない。

「結局何者なんだ、あいつは」

アルウィンを気遣っているようだが、正体も目的も分からない以上、油断はできない。

「アルウィンにも確認したほうがいいな」

「私がどうかしたのか？」

ふと振り返れば、我らが姫騎士様だ。

「そっちはどうだい？」

「あらましは」

曖昧に微笑《ほほえ》む。変なこと吹き込んでないだろうな、あの先生。こちらも後で確認しておこう。

「そっちはどうだ？」

「まあ、色々とね」

俺はマレット姉妹の件について話した。もちろん、俺がバフォメットをどうこうした話はごまかしたが。

「要するに、レジーの復讐《ふくしゅう》だよ」

レジーは『ソル・マグニ』とつながりがあった。あの場所を提供したのもレジーだろう。俺たちへの復讐《ふくしゅう》を妨害された上に丸焼きにされたのだ。『ソル・マグニ』とて、セシリアたちのせいで仲間の多くが捕まるか殺された。両者の思惑が一致した、というところだろう。

「それもあるだろうが、私は別の理由があると思う」

「たとえば?」

「『スタンピード』を止めさせないため、とか」

「いくら腕のいい冒険者でも魔物のあふれる中を突っ込めやしないよ」

滝を遡るようなものだ。いくら踏ん張ったところで勢いに押し流される。

とはいえアルウィンの説も一理ある。俺が首を突っ込まなければ、『蛇の女王《メデューサ》』も全滅、とまではいかなくても犠牲者は出ていただろう。パーティメンバーが減れば当然戦力も落ちる。

『スタンピード』を起こした際、抵抗勢力を削っておきたかったのかもしれない。

「だとしたら『黄金の剣士《クリユサオル》』や『金羊探検隊《アルゴー》』もまずいな」

メンバーは減ってしまったが『蛇の女王《メデューサ》』に並ぶ冒険者たちだ。

「そちらの方はノエルたちにも頼むとして、ほかに腕の立つ冒険者といえば……」

考え込むアルウィンを見て、俺は先程のやりとりを思い出した。

「そういえば君、フィオナって女を知っている? 短い金髪の冒険者なんだけど」

「……知らないな」

先程の一部始終を話すと、アルウィンはしばし考え込んだ後、首を横に振った。

「私の知るフィオナといえば一人だけだ」

「マクタロード王国でその昔、伝説となった婦人だ」

「どんな人？」

「とある貴族の妻だったが、夫を病で亡《な》くした。それ以来、女手一つで我が子を育てた」

「美人だったの？」

未亡人。そそるね。やっぱり美人だな。

「その時、マクタロードを治めていたのは邪悪な王だった。不老不死の欲望に取りつかれ、財宝を求めて戦まで起こした」

「マクタロードにもそんな王がいたんだ」

「何事にも例外はあるということだ」

アルウィンは苦笑する。

「……私もその王と似たようなものだがな」

「ご冗談」

むしろ、英雄とか勇者と呼ばれる方の例外だろう。

「やがて疑心暗鬼に駆られた王は、身内すら信じられなくなり、弟とその家族へ討伐の兵を送り込んだ。その時、弟一家が滞在していたのが、フィオナの屋敷《やしき》だ」

あらま。

「家来は全て討たれ、弟とその妻も殺された。残るはフィオナとその息子、そして王の甥《おい》にあたるアンブローズ様、三人だけだ。するとフィオナは息子たちを馬小屋に匿《かくま》うと、自分の寝室に戻った」

我が身を差し出してってか、泣かせるね。

「手込めにしようとした男を油断させて剣を奪い取ると、その者の股間を切り捨てたそうだ」

やめて、そういう話。縮み上がっちまう。

「その後も襲い来る敵とフィオナはたった一人で戦った。やがて援軍が駆けつけた時には、フィオナが血まみれで死んでいた。生き残ったのは、その息子とアンブローズ様だけだ」

我が身を犠牲にして、王族と自分の息子を守り抜いたのか。

「やがてアンブローズ様を旗頭に反乱が起こった。家臣からも見放された王は国外へ逃亡し、アンブローズ様が新たな王となった」

「その子孫が君ってわけね」

アルウィンはうなずいた。

「息子もやがて立派な騎士となり、長くアンブローズ様を支えた。命がけで我が子とアンブローズ様を守ったフィオナは、母の鑑《かがみ》であり家臣の誉《ほまれ》として讃《たた》えられるようになった。彼女が命を賭《と》して息子と我がヽ曾祖父を守らなければ、マクタロードはとうの昔に滅んでいただろう」

「ふーん」

そんな昔の偉人と、あのお姉ちゃんがつながるとは考えにくい。勘が外れたか。

「その騎士への褒美《ほうび》がこれだ」

と、アルウィンが取り出したのは、蒼《あお》い石の付いた指輪だ。

「王家に代々伝わる指輪だ。災いや邪悪な力から持ち主を守ってくれるという」

ただの言い伝えだがな、と寂しそうに苦笑する。

下賜《かし》したはずの指輪をアルウィンが持っているのだ。そういうことなのだろう。

「それより問題は『ソル・マグニ』の件だ」

あいつらが何を企《たくら》んでいるにせよ、居所をつかまないと話にならない。『聖護隊《せいごたい》』も残党狩りを続けているらしいが、肝心の『教祖』はまだ見つかっていない。衛兵も『建国祭』の警備もあって人手が足りない状況だという。

「私も先程、冒険者たちの様子を聞いてみたが、芳《かんば》しくない。誰もが、既に終わった話だと思っている」

元々あいつらに関心の薄い話だ。派手な襲撃を仕掛けたのも、ギルドマスターが孫娘を誘拐されかけたからだ。依頼が終われば、後は関係なし。余計なことには首を突っ込まない。冒険者のあるべき姿だ。

「いっそ領主殿に訴えて、と思ったが、今の段階ではそれも難しいか」

「証拠がないからね」

門前払いがオチだろう。あくまで俺たちの推測だ。近い将来、現実に起こるとしてもだ。

この街のどこかに潜んでいるのは間違いない。けれどその居場所は分からない。俺もあちこち街を回っているが、しょせんはよそ者だ。探そうにも人手が足りない。仮に見つけたとしても、『教祖』とかいうあいつらの親玉を叩《たた》き潰さない限りは、同じことの繰り返しだ。

「万事休すか」

「そうでもない」

アルウィンは意味ありげに俺を見た。

「人手が足りないのであれば借りるしかない。そうだろ？」

「正論だけど、どうやって？」

金さえ出せば冒険者を雇うのは簡単だろう。だが、荒事はともかく、探索には不慣れな連中ばかりだ。『ソル・マグニ』も身を潜めている現状では役に立つかは怪しい。

「いるだろう。この街に地理に詳しくて、腕の立つ連中が」

嫌な予感がした。

「ちょうど先日、顔見知りになったばかりだしな」

そこでアルウィンは記憶をたどるようにして言った。

「『鱗雲《うろこぐも》』のオズワルド、だったか。『群鷹会《ぐんようかい》』の幹部は」

「ダメだダメだ！」

俺は全力で手を振った。

「君の言いたいことは分かる。それがある程度有効だってのもな」

裏の界隈《かいわい》に詳しくて街の古株だから土地鑑もある。俺や『ソル・マグニ』の連中よりもずっとこの街に詳しい。

「リスクが高すぎる。君は、ああいう連中と関わるべきじゃない」

アルウィンは筋者をなめている。一度関わったら骨までしゃぶり尽くした後で骨灰にして次の獲物を育てる肥料にする連中だ。仮に街を救ったとしても、後で恩着せがましく何を要求されるか分かったもんじゃない。

「そもそもあいつらが約束を守るかどうかも怪しいもんだ」

事実、あいつらは酒飲み勝負の後でアルウィンたちを闇討ちにしようとした。自分たちが不利になると分かれば約束など簡単に反故《ほご》にする。オズワルドの命令ではなかったとしても、その手の裏切りは朝飯前だろう。

「だが時間がない。もしあいつらが『スタンピード』を発生させるとしたら『建国祭』だ。それまでに見つけて叩《たた》き潰すのだからそれなりの覚悟も背負わないといけない」

「君が背負う必要なんてない」

「誰かが背負わないといけない。たまたまそれが私だったというだけだ」

どうしてこの子は自分から厄介事を次から次へと背負い込もうとするのか。

「……またあいつらが、君を要求してきたら」

そうだな、と腕組みをしながら言った。

「また、酒飲み勝負でもすることにしよう」

こうして俺たちの『群鷹会《ぐんようかい》』行きが決まった。

次の日、俺たちは『群鷹会《ぐんようかい》』の本部に乗り込むことになった。もちろん、ノエルとラルフにも声をかけた。本当ならデズに付いてきてほしかったが、あいつにも冒険者ギルド専属という立場がある。

俺たちがいるのは町の北側にある高級住宅街の一角にある豪邸だ。白い壁に白い屋根。一見すれば、どこぞのお貴族様の屋敷《やしき》だが、門の前にいるのは目付きの悪い強面揃《こわもてぞろ》いだ。貴族の屋敷《やしき》と違って、品というものがない。

「やくざの幹部が、こんな屋敷《やしき》に住んでいるのかよ」

「もしかして、ドブネズミの這《は》い回《まわ》る地下にでも隠れていると思っていたのか？」

金を持っているんだ。貴族だろうとなかろうと、好きな場所に好きな家建てて住める。

「ここだけじゃねえぞ。愛人の家が三つに、妾《めかけ》の家が四つ。甲斐性《かいしょう》だけは十人前だよ。お前とは違う」

俺たちが通されたのは、応接間だ。

三人がけの長イスに俺とアルウィンが並んで座り、その後ろに護衛役としてノエルとラルフが立つ。二人とも緊張しているようだ。対応を間違えたらここが戦場になるからな。

だからこそ、俺もアルウィンも出された茶に口をつけていない。

この家具や絨毯《じゅうたん》を揃《そろ》えるために何人の血と汗の涙を流させてきたのやら。想像するだけでげんなりする。

「待たせたな」

待つことしばし、強面《こわもて》の男がぞろぞろ部下を連れて入ってきた。『鱗雲《うろこぐも》』のオズワルドだ。じろりと俺たちを睨《にら》むなり乱暴な座り方で三人がけのイスに悲鳴を上げさせる。

「頼みがある」

アルウィンは単刀直入に切り出した。

「『ソル・マグニ』の『教祖』と名乗る人物を探し出してほしい。貴殿なら可能と踏んでやってきた」

「……どうしてそう思った？」

「衛兵やこの街に詳しい者たちが総出で探しても見つからないのだ。誰かが匿《かくま》っていると考えるのが自然だろう。おそらくかなり口の堅い連中だ。つまり、貴殿らのような人間だ」

うかつに漏らせば命で償う羽目になる。

「それでもその筋の繋《つな》がりとやらはあるはずだ。話くらいは聞こえてくるはずだ」

誰かを匿《かくま》えば匿《かくま》ったなりの痕跡が出てくる。金や食い物に衣服に寝所にトイレ、雲や霞《かすみ》でもない限り、必要になる。

匿《かくま》う人数が増えれば増えるほど、必要な物資は増えるし、怪しむ人間も増えるようになる。

「匿《かくま》っているのはどこの連中だ？　『魔《ま》俠《きよう》同盟』か『まだら狼《おおかみ》』か」

対立組織の名前を出されて　オズワルドが眉を吊《つ》り上《あ》げる。

そこでアルウィンはにやりと笑った。

「あるいは、貴殿らなのかな」

その瞬間、『群鷹会《ぐんようかい》』の連中が殺気立つ。ここでオズワルドが一声かければ戦いの始まりだ。

俺は丸腰だが、アルウィンとラルフは帯剣している。ノエルなど珍しく背中に背負っている。布に包んでいるのでどんな得物かは不明だが、さぞ破壊力のある武器なのだろう。

俺たちは全滅かもしれないが、こいつらとて無事では済まない。オズワルドは確実に殺すし、雑魚《ざこ》どもだって何十人と道連れにする。

うかつに手を出せば大怪我《けが》をする。そう思わせるのが交渉のコツだ。

「止めろ」

オズワルドが待ったをかける。部下たちは一斉に武器を下ろすが、殺気までは隠そうともしない。おっかない。ちびっちまいそうだ。

「それで、もしその『教祖』とやらを探し出したとして、アンタは何を差し出すつもりだ」

「おかしなことを聞く」

さも不思議そうにアルウィンは目を瞬《まばた》かせる。

「この街を崩壊させようとする邪教徒の首魁《しゅかい》だ。そいつらを見つけ出して叩《たた》き潰すことは、貴殿らの利益にもなるはずだろう」

こいつらは所詮、街を食い物にする連中だ。寄生虫は寄生先がなくなれば生きてはいけない。

「別に潰れたならそれまでだ。別の街に移ればいい」

「本家……だか本部だったか。『群鷹会《ぐんようかい》』の主にもそう言い訳するつもりか？」

「言い訳も何も、天災みたいなものだ」

「これは明らかに人災だ。放火のようなものだ。貴殿らは放火魔の居所を知っている。少なくとも知る方法を持っている。なのに何もしようとはしない。何故《なぜ》だ」

「厄介事に首突っ込みたくないんだよ」

オズワルドの気持ちを俺が代弁してやる。

「君ですら不覚を取る相手だ。おまけに頭の方もいかれてやがる。下手に手を出したらどんなしっぺ返しが来るかも分からない」

こいつらもとち狂ったとしか思えない態度を取ることはあるが、たいていは商売だ。金になると踏めばこそ、狂犬みたいに暴れる。だからこそ本物がどれほどのものかを熟知している。首を突っ込んで嚙《か》まれるのはゴメンなのだろう。

「ジャマをした。ほかを当たる」

アルウィンは立ち上がった。

「どこへ行くつもり？」

俺の質問に彼女ははて、と顎に手を当てる。

『魔俠同盟《まきょう》』でも『まだら狼《おおかみ》』でも構わない。ここの者たちよりは顔も広いだろう」

「どうぞどうぞ」

オズワルドは手のひらを出口の方に差し出した。

「そんな安い挑発に乗ると思ったら大間違いだ。仮に見つけたとしても、そこの姫騎士様やお前らがどうこう出来る保証はねえ。それこそ返り討ちにされるだけだ」

ムダなマネは止めろ、とばかりに笑い飛ばす。

「また『迷宮病』になって泣き喚《わめ》くだけだぜ。おとなしく男の上で腰でも振って……」

オズワルドの言葉は途中で止まった。

アルウィンの手が剣の鞘《さや》にかかったからだ。

オズワルドの部下どもが再び武器を構える。ノエルもラルフもその時が来たかと武器に手を掛ける。俺も懐《ふところ》の『仮初めの太陽《テンポラリー・サン》』を握りしめる。時間が足りなかったので三百数えるくらいとはいかないが、ここの連中皆殺しにするくらいは事足りる。

一触即発の空気を破ったのは、アルウィンの厳かな声だった。

「頼む」

あらかじめ打ち合わせしていたのだろう。ノエルが素早く背中の武器を差し出す。

「これでもか？」

とアルウィンが包んであった布を剝ぎ取る。

俺は目をみはった。

あれは『暁光剣《ドーンブレード》』だ。いつの間に？

「おい、よせ……」

止めるより早くアルウィンは胸クソ悪い呪文を紡《つむ》いだ。

「『太陽は万物の支配者《ソル・エスト・エクストリカ》』、『天地を創造する絶対の存在《アバソルス・イクス・テラ・クリエ》』」

その瞬間、柄の辺りから菱形《ひしがた》の赤い鱗《うろこ》が湧き出る。虫の這《は》い出《で》るようなおぞましさにチンピラどもが悲鳴を上げて飛び退《の》く。オズワルドも声は上げないものの、気味の悪さは感じているらしく、露骨に顔をしかめている。

赤い鱗《うろこ》はアルウィンの横に折り重なるように集まり、巨大な腕となった。肘から上だけなのに、人の背丈ほどもある。

「『我らが敵に、哀れなる敗北と死を《トリスクラデ・モア・フォシストリス》』」

呪文と共に巨大な腕がオズワルドの体をつかんだ。抵抗する隙も与えず、縦に振り回す。

「どうした。腰を振るのは楽しいか?」

赤い腕がオズワルドを放り投げると、なすすべもなく尻もちをついて倒れる。アルウィンが剣を振ると、赤い腕は雲散霧消する。

オズワルドの部下たちは眼光鋭くにらみつけてはいるが、どいつもこいつも目の前の光景に気圧《けお》されて襲ってくる気配はない。オズワルド自身、床に尻を付けた体勢で固まっている。

「同じ相手に二度も負けるつもりはない」

アルウィンは宣言した。

硬直から解けたオズワルドがおずおずとアルウィンの剣を遠巻きに見る。

「なんだ、それは。呪いの剣か?」

「似たようなものだよ」

デズに預けていたはずなのに。いつの間に持ち出しやがった。

「どうする? お望みとあればもう一度やっても構わないが」

「それで脅しているつもりか、お姫様」

平然を装《よそお》っているが、オズワルドがほんの一瞬、背後をちらりと見た。

おそらく腹の底では協力してもいいと思っているが部下の手前、すぐに認めたくないのだろう。アルウィンの脅しに屈したと思われたら、示しが付かない。

「どうだろう、親分さん」

このままでは埒《らち》があかないので、助け船を出す。

「『ソル・マグニ』は俺たち共通の敵だ。ここは一つ共同戦線といかないか？　親分さんは別の街に移ればいいと思っているようだが、一からまたやり直すってのは、手間も金もかかる」

別の街には既に別の犯罪組織がいる。そいつらを押しのけてシマを広げるのはコストがかかる。金に時間に人手に命。それでうまくいけばいいが、下手をすれば返り討ちだ。

かといって、『群鷹会《ぐんようかい》』の別の支部に厄介になるのは御免被《こうむ》りたいだろう。外からの抵抗には強い反面、身内同士は足の引っ張り合いが当たり前だからな。幹部の座だって追われる。

オズワルドだって全部承知の上だ。それでなお有利な条件を引き出そうとハッタリをかまして駆け引きをしていたのだが、相手が悪い。この姫騎士様にそんなものが通用するものか。

「金貨二百だ」

オズワルドは尻のホコリを払いながら言った。

「それで手を打とうじゃねえか」

「いいぜ」

姫騎士様は今のところ金欠だが、街の英雄になれば金なんかいくらでも湧いてくる。なれたら、の話だが。

「決まりだな」

オズワルドが握手を求めてきた。

「ああ、よろしく」

俺は横から引ったくるようにしてオズワルドと握手をした。不服そうな顔をしているが、気づかない振りをした。脂ぎった手でアルウィンに触られたくない。

「本当に大丈夫なのか？」

屋敷《やしき》から出た後もラルフは未練たらしく愚痴をこぼす。

「少なくとも情報網は俺たちよりも確かだ」

あいつらの下には『紳士同盟』という、路上の紳士たちを束ねる組織がある。路上の紳士はこの街の至る所にいる。『ソル・マグニ』だって見つけられるはずだ。多分。

連中には、ついでにアルウィンの悪評の出所も探らせている。もし噂《うわさ》を広めたのが『ソル・マグニ』ならそこから足取りがつかめるだろう。

「手段は多い方がいい。使えるものはクソだって使う。それだけだ」

舌打ちすると肩をいからせて歩く。いつの間にか先頭を歩いていたので、ラルフを前に行かせる。そうなると自然とノエルが背後を守る役に就くので、俺の横を歩くのは姫騎士様だ。

「それより、それ返してよ」

アルウィンの腰から強引に『暁光剣《ドーンブレード》』を取り上げる。デズのところから引っ張り出してきたのだろう。今度は倉庫にカギを掛けて持ち出さないようにしねえとな。

両腕で抱え込むと、アルウィンが白い目で見てきた。

「その剣がそんな大事か？」

俺がそうしたのは、単純に非力だからだ。が、気がついたら別の理由を口にしていた。

「親友の形見なんでね」

本音を言えば、こんな剣などどうでもいい。ショウジョウバエ太陽神の持ち物なんぞ肥溜《こえだ》めかき混ぜる棒にでもしたいところだ。だが、俺の勘が告げている。アルウィンがこの剣を使い続けるのは危険だ、と。

「譲る気はないか？」

「ない」

俺はきっぱりと言った。

「これは呪いの剣だ。使い続ければ毛が抜ける。屁《へ》も臭くなる」

「親友の形見ではなかったのか？」

「だからあいつは、髪の毛が一本もなかった。眉毛だってつるつるだよ」

「誰のこと？」

俺たちの横で馬車が駐まった。窓から顔を出したのは、おちびことエイプリルだ。

「こんな時間にどうした？」

また誘拐でもされたらどうするつもりだ。俺の心配をよそに、お嬢様は馬車の窓から身を乗り出す。

「ねえ、聞いてよ」

可愛《かわい》らしいほっぺたを膨らませて並べ立てたのは、要するにじいさまへのグチだ。誘拐されかけた孫が心配なので、やはり今年は『建国祭』への参加を禁止したという。

「行列に連れて行ってあげるって約束したのに」

「行列？」

「『建国祭』の出し物だよ」

アルウィンの疑問を俺が代わりに説明する。飾り立てた山車《だし》や仮装した連中が、大通りを練り歩く。東西南北の門からスタートして、最後は街の中央で合流する。勢揃《せいぞろ》いしたところで、建国の王の仮装をしたお偉いさんが、建国を宣言する。ちょっとした歴史劇だ。山車《だし》にはこれといった制限もないので、好き勝手に飾り立てる。

「アルウィンさん知らないの？　去年もやっていたんだよ」

「ご興味を示されなかったからね」

去年の今頃、アルウィンは『迷宮』の中だった。

うるさい、と肘鉄を食らったのはまあご愛敬《あいきょう》だ。

エイプリルが面倒を見ている養護施設《ホーム》の子たちが行列を見たいらしい。だが勝手に行かせるのは危険だし、保護者同伴といっても職員の手が足りない。そこでエイプリルが何人かを引き受けることにしたわけだが、じいさまは猛反対した。

引率どころか、自分までも参加を禁止されて、エイプリルはだだをこねた。これてこねてこねまくったそうだが、じいさまは護衛を理由に許さなかった。かくして祖父と孫の主張は平行線をたどり、現在に至る。

「連れて行ってあげるって約束したのに」

エイプリルは、禁止の理由を誘拐未遂だけだと思っているようだが、実際は違う。じいさまは、『スタンピード』に巻き込まれるのを恐れている。ギルドマスターのじいさまなら確実に情報をつかんでいるはずだからな。祖父の心、孫知らずか。まあ、内緒なのは仕方がない。エイプリルに話せば、街中に広がる。混乱の元だ。

「お祭りで騒ぎたい気持ちは理解できるけどね。今回はおとなしく家で編み物か刺繍《ししゅう》でもした方がいい。そいつをじいさまにプレゼントしてやれば、来年には出られるはずだ」

エイプリルが馬車の上から叩《たた》いてきた。痛いな、おい。

「マシューさんどっちの味方なの？」

「この件に関しては、じいさまの方かな」

頭のおかしな連中がこの街に魔物を解き放とうとしているのだ。そんな時に街中を歩いていれば、どうなるか分かりきっている。

エイプリルの家はでかいし、頑丈だ。どうせじいさまが魔物よけを山ほど買い込んでいるに違いない。いざという時に備えて避難できる地下室もあるそうだ。家にいた方が生き残る確率は高い。いっそ、俺たちだけでも匿《かくま》ってほしいくらいだ。

「まだ『迷宮』も再開していないんだ。これ以上、じいさまの心配事を増やしてやるなよ」

「そうだ」

不意にエイプリルが目を輝かせながら手を打つ。さもいいアイデアを思いついたとばかりに。

「ねえ、アルウィンさん。一緒に回らない？」

いきなり何を言い出すのか。

「要するに、護衛が少ないとじーじが不安なんでしょ。でもアルウィンさんが一緒なら」

「悪いが先約があってね」

見せつけるようにアルウィンの肩を抱き寄せる。

「『建国祭』は俺たちだけで楽しむ予定なんだ。悪いな」

えーっ、とエイプリルが不平そうに声を上げる。

「いいじゃない。一緒に回ろうよ」

「お子様を引き連れて回るなんてゴメンだ。あっち行った」

しっし、と追い払う仕草をするが、エイプリルは引き下がらない。

どうしたものか、と思っていると、腕の中のアルウィンが言った。

「そうだな。せっかくの機会だ。悪くない」

俺はアルウィンの袖を引っ張ると、小声で忠告する。

「止めとこう」

俺たちに遊んでいるヒマはない。下手をすれば、エイプリルをまた危険な目に遭わせてしまう。俺の反論にアルウィンはそれではダメだ、とたしなめるように言った。

「お前とてエイプリルの性格は知っているだろう？　このまま放置して、この子一人で動き回られる方が危険だ」

「だからおとなしく家にでも」

「この年頃の女の子が」

アルウィンは何故《なぜ》か自信たっぷりに言った。

「祭りの日におとなしく閉じこもっているわけがない」

「それって実体験？」

「さてな」

あさっての方を向いて空っとぼける。

「絶対だよ。約束だからね」

結局、一緒に行くことになり、エイプリルは上機嫌で帰っていった。まるでもうじいさまの許可が出たかのような喜びようだ。

「しかし実際問題、どうするつもりだい？　このまま『スタンピード』が起こるのを無視して遊び回ろうってつもりじゃないよね」

もし『ソル・マグニ』が現れた時にエイプリルがいれば、何かと面倒だ。おまけに今回は養護施設《ホーム》の子までいる。いくら腕利《うでき》きでも守り切れるものではない。どこか安全な場所に預けられたら良《い》いのだがエイプリルの家以外で、となれば限られる。冒険者ギルドは頑丈だが、『スタンピード』の最前線だ。じいさまが許さないだろう。

「私に考えがある」

「へえ」

「信用していないな」

今度はふくれっ面《つら》だ。

「デズ殿はあれだけ信用しているのに」

「悪いけどあいつと君とでは比べ物にならない」

何度あのひげもじゃに命を救われたことか。人格的にも信用も信頼もしている。

もちろんアルウィンも信用しているし、愛してもいるが、デズとは年季が違う。

するとアルウィンが愕然《がくぜん》と肩を落とす。

「やはり、お前はデズ殿と」

「だから違うって言っているだろう？」

どうしていちいちあのひげもじゃと引っ付けたがるんだ？

「分かったよ。証明するよ」

俺はアルウィンの肩を抱き寄せ、つとめて甘い声でささやく。

「今夜は寝かさないよ」

しばし呆《ほう》けていたが、意味を悟ったのだろう。

アルウィンはにっこりと笑った。


ニコラスは俺の顔を見るなり、噴き出した。

「旅は苦難の連続だったようだね」

「ジョークなら零点だぜ」

手形見て笑うなんざ、最悪な聖職者だ。

姫騎士様も少しは加減てものを覚えて欲しいものだね。

「心配しなくても君については何も喋《しゃべ》ってはいないよ。そもそも、君の身の上話など詳しく聞いていないからね」

「先生自身はどうなんだ？」

「そこは曖昧に誤魔化しておいたよ。アレに仕えていたことは話したがね」

そんなところか。『聖骸布』がある以上、ニコラスと太陽神の因縁は隠しようがないからな。

「口外したのは、君と彼女だけだよ。この街では、ワタシは薬屋でヒーラーだ」

その方がいい。秘密を知る人間は少ないに限る。

「それより、君に朗報だ」

と、机の引き出しから小さな包みを取り出した。粉薬のようだ。

「例の解毒《げどく》薬だけどね、もう少しで試作品が完成しそうなんだ」

ほら、と指差した先を見ると、フラスコの中で半透明な液体が渦を巻いている。

「配合に苦労したけどね。完成すれば、体内で『解放《リリース》』が中和される」

ほう、と俺はフラスコの中の液体をのぞき込む。

「完成まであと……四日といったところだね」

『建国祭』の当日か。よりにもよってそんな日に。

「完成したら君のところに持っていくよ」

「これさえあれば、『クスリ』に手を出すこともない、か」

「そう簡単なものではないよ」

ニコラスが苦笑する。

「一度飲んだだけで病気が治るなら医者も薬師も苦労はしない。継続して飲み続ける必要がある。重症であればあるほどね」

むしろ問題は心の方だろう、とニコラスは憂い顔で続ける。

「心を、己自身を変えない限りは同じ事の繰り返しだよ。言葉も魔術も洗脳も『クスリ』も外からの刺激に過ぎない。本当の意味で己を変えられるのは、己自身だけだ」

いかにも聖職者が言いそうな説教が出てきたので本題に戻す。

「それで？　試作品といったが、次はいつ出来る」

そこでニコラスは急に目をそらした。

俺は嫌な予感がした。

「ここまで辿《たど》り着《つ》くのに金がかかったものでね。その試作品を作ったらもうすかんぴんだよ」

マジか？　よりにもよって金のない時に。

「君には、是非とも支援をお願いしたいところなのだが、どうだろうか」

そう問いかけてくるニコラスの憎たらしさときたら。

とりあえず、約束だけして外に出た。本来ならアルウィン本人に支払わせるのが筋だろうけど、賭けてもいい。出さないに決まっている。自分の身より、街の安全が第一なお方だ。後回しにするに違いない。あの頑固さを治す解毒《げどく》薬もついでに作ってくれねえかな。

ため息をついて俺はデズの家に向かった。

翌日、街は華やかな雰囲気だが、俺の気分は重い。『教祖』の居所もつかめず正体は不明のままだ。あちこち聞き込みをしてはいるが、芳《かんば》しい成果は得られていない。俺だけでなく、アルウィンやノエル、ラルフも参加はしているが、やはり空振りばかりだ。

「こういう気の滅入《めい》るときには、酒の一杯でも飲みたいもんだね」

「それは飲んでいない人間が言うセリフだろう」

振り返れば、ラルフが軽蔑しきった目でにらんでいた。俺はエールの入ったコップを差し出した。

「お前も飲むか？」

「いるか」

きっぱり拒否しながら俺の横に座る。この酒場は、カウンター席の間隔が狭い。だからどうしても肩をすり合わせるような形になる。

「こんなところでサボりか」

「俺が働くとでも思っているのか？」

「この街の危機なんだぞ」

「俺の故郷じゃない」

「姫様の前でもそう言えるのか」

「さてね」

と、エールの代わりを注文する。

「……俺はどうすればいい」

「好きなのを頼めよ。自腹でな」

「そうじゃねえ！」

「でかい声出すなよ」

まだ昼間だぞ。

「俺は、この前の旅でほとんど何もできなかった」

「そうだな」

少しは自覚が芽生えてきたらしい。何よりだ。無能が無能たるゆえんは、自分を有能だと思い込むところだからな。一歩前進だ。

「このままじゃダメだってのは分かっている。けれど、何をしていいのか全然分からない」

生意気にも行き詰《づま》っているらしい。剣を振るだけでは、アルウィンの力にはなれない、とようやく気付いたようだ。

「鍛えてはいるし、昔よりも強くなった……とは思う。でもそれじゃあ全然足りない。姫様を守るだけの力が俺には」

「あとは知恵と勇気と判断力と理性と経験だな」

「茶化すな」

「事実だ」

　運ばれてきたエールを一息で飲んでから続ける。

「落ち込むなんぞ百万年早い。お前はまだ何もやってないだろうが。足りないと思うのなら手に入れろ。鍛えるのも本を読むのもいい。人の手を借りてもいい」

「人の手？」

「お前に一番足りないところを教えてやるよ。頭の下げ方だ」

　実力は相応にあってもプライドの高さが成長を妨げている。謙虚さがなくて誰かに教えを乞うことができない。全部独りよがりになる。若造にありがちな話だ。

「誰か師匠でも見つけて教えを請《こ》うんだな」

　腕前だけじゃない。経験や知恵がなければ判断も狭くなる。危機的な状況で正しい判断をするには理性や勇気も必要だ。持っていないから仕方がない、などと自分を甘やかす段階はとっくの昔に終わっている。

「姫様は……」

「ムリに決まっているだろ」

　自分のことだけで精一杯なのに、それでも救いの手を差し伸べようとするお人よしだぞ。これ以上、もたれかかるな。

　ラルフの成長という点ではむしろ反面教師だ。事実、一年以上そばにいたのに、精神的な成長がまるで見られないのだ。結果は出ている。

ノエルも同様。アルウィンとは違った意味での世間知らずだ。師匠には向いていない。

思いつくのはギルドマスターのじいさまだ。引き受けるかどうかはともかく、実力も経験も申し分ない。だが、ラルフの師匠としては不適格だ。相性が悪い。なにせ老獪《ろうかい》が服着て歩いているような男だ。強くはなるだろうが、出来上がるのはじいさまの粗悪な模造品だ。ラルフの良さが死ぬ。

なら、とラルフが何か言いかけた時、酒場のドアが開いた。横目でちらりと見てから立ち上がる。待ち人来たり、か。

「待たせたな」

目の死んだ大男だ。身なりは悪くないが、うらぶれた雰囲気をまとっている。『群鷹会《ぐんようかい》』の若《わか》い衆《しゅ》だ。

「親分がお呼びだ」

「了解」

俺は立ち上がると、勘定をテーブルの上に置く。

「付いてこい」

若《わか》い衆《しゅ》の後に続いて俺は酒場を出た。後ろからラルフが慌てた様子で付いてきた。

第四章　色欲の代償

オズワルドに呼び出されたのは、『道草亭』という酒場だ。『群鷹会《ぐんようかい》』の根城でもある。石造りで頑丈さだけが取り柄のような店だ。中に入ると、酒の臭いとタバコの臭いに混じってかすかに糞尿《ふんにょう》の臭いもする。非合法な物品の取引現場としても有名な場所だ。誰かが漏らしたとしても不思議ではない。

オズワルドは店の奥にある、三人掛けの豪華なイスに一人で陣取っていた。ほかに客はいない。俺はテーブルごとにその正面に座る。後ろでラルフが立つ。座れと誘ったのだが、全力で断りやがった。震えているのが気配で分かる。

「見つかったのか？」

返事の代わりにオズワルドの横にいた男が紙を差し出した。これは、この街の地図か？

「連中のねぐらを突き止めた。出入りしていたのを何人かとっ捕まえてみたが、下《した》っ端《ぱ》ばかりだった。で、カチコミ掛けてみたらそこの壁に妙な地図が書いてあった。その写しだ」

「そいつはどうも」

礼を言いながら地図を受け取る。概略ではあるが、場所は正確なようだ。

「その丸印を見てみろ」

見れば、街の中心部近くにひときわ大きな丸が付けてある。

「ここは、冒険者ギルドか」

まさか冒険者のたまり場にカチコミかけるとは信じがたいが、アホは何をするか分からないから怖い。あとでデズに忠告しておこう。

「で、とっ捕まえた下《した》っ端《ぱ》はどうしたんだ？　見逃したわけじゃないだろう？」

オズワルドはにやりと笑った。

「聞きたいか？」

「メシがまずくなる、って顔に書いてあるから止めとく」

死んだ方がまだマシってところか。えげつねえな。

「『教祖』の方は？」

「顔を知っている奴《やつ》はいなかった。いつも気味の悪い卵みたいな仮面を付けているってよ」

あの『伝道師』の姿か。

「不定期にねぐらに顔を出しては、資金や食料に武器も届けるそうだ。そのついでに『太陽神様におすがりすれば、この苦難から救われる』と寝言をほざいていくらしい」

どいつもこいつも、どうして目の前の苦悩を神なんかに頼りたがるのか。腹が減っているのはお前自身であり、親兄弟や女房《にょうぼう》子供だというのに。

「正体は不明。いつも大きなコート着ているから体格も分からねえ。声から察するに男だろうって話だ。喋《しゃべ》り方も年季が入っているらしいから、まあ年寄りだろう。少なくとも若い奴《やつ》じゃなさそうだ」

中年以上の男、か。該当者が多すぎて絞りきれないな。

「ウワサの方はどうだい？」

「そっちはまだだ。指示はされていたらしいが、『ソル・マグニ』の連中も追われているからな。ほとんど手つかずになっていたってよ」

隠れている人間がウワサを広めるのは難しい。自由に動ける人間がいるってことか。まだ『ソル・マグニ』との関連が疑われていない人間が。おそらくその中に『教祖』が……あの『伝道師』がいる。

「おい、なんだ。姉ちゃん」

不意に後ろからすごんだ声が聞こえた。振り向くと、酒場の中に貧相な体の女が入ってきていた。長い黒髪を無造作に垂らし、夏にはまだ早いというのに薄着で、太股《ふともも》や二の腕もあらわになっている。この街でそういう格好をしているのは、娼婦《しょうふ》と相場が決まっている。肌は少々荒れているようだが、色も白いし、客も取れるだろう。だが、目がうつろで足下もおぼつかない。先程からオズワルドの手下が大声で呼びかけているのに怖がっている様子もない。酔っ払っているにしては、酒の臭いがしない。

「失《う》せろ」

何度呼びかけても反応がないので業を煮やしたのだろう。手下の一人が連れ出そうと手を伸ばした瞬間、女はいきなりテーブルの上に乗り、服を脱ぎだした。

「おい、なんだあれは？　お前が呼んだのか？」

ラルフが顔を赤くしながら俺にあらぬ疑いを着せる。

「だったらもうちょい色気のある子にするよ」

あんな真顔で脱がれても興ざめだ。

どいつもこいつも警戒はしているが、それでも男だ。鼻の下が伸びている。

女はスカートを脱ぎ、筋者の中に放り投げる。下半身はもう下着一枚だ。

上半身も薄着で、刃物を隠しておけるようなところはない。

どこかのお調子者が口笛を吹いた。騒ぎ立てたところでテーブルを叩《たた》く音がした。

酒場が一瞬で静まりかえる。

「つまみ出せ」

オズワルドがたまりかねたように言った。手下どもが顔を青くして女につかみかかる。

「何者だ、おい」

「『クスリ』でもやってやがるのか？」

あっという間にテーブルから引きずり下ろされる。抵抗しようとしても両腕は押さえつけられ、脚も押さえつけられている。身動きは取れないはずだ。

なのに、俺のイヤな予感はまだ消えていなかった。頭の中で鐘が鳴り響く。肌がひりつくような感じ。経験上、これは殺気だ。

平手打ちを受けて、唇が切れても女は薄笑いを浮かべたままだ。

業を煮やしたのか、オズワルドが立ち上がって近づこうとする。

女は歯を剝《む》くと、自分の服の襟元を引っ張った。そこには糸が付いていた。上着が引っ張られる。腹の辺りに白い布を巻いていた。いや、違う。あれは、巻物《スクロール》だ。

「離れろ、お前ら！」

俺が叫んだ瞬間、腹に巻いていた布から文様が浮かび上がる。魔法陣だ、と認識した時には背後にいるラルフの袖をつかみながら後ろに倒れ込んでいた。

一瞬遅れて悲鳴と、爆音が轟《とどろ》いた。

胸が焼けるような熱風に顔を押さえながらひっくり返り、ラルフの上に覆いかぶさる。飛び散った木片を背中で浴びる。痛いな、おい。

爆風も収まり、煙が立ち上る中、顔を上げれば店中黒焦げだった。壁や柱は残っているが、うめき声がそこかしこから聞こえる。少し離れた床に穴が空いている。さっきの女は跡形もなく吹き飛んだか。

「生きているか、おい」

体を起こし、ラルフに呼びかける。返事はない。悪夢でも見ているかのように顔をしかめている。頭でも打ったか？　様子を確かめようとして手に生温かい粘液に触れる。散々触れてきた感触に嫌な予感がした。案の定だ。

ラルフの左腕が、瓦礫《がれき》の下敷きになっていた。隙間から赤い血が流れ出ている。

爆風で落ちてきた天井の破片に押し潰されたようだ。

「腕が、俺の腕が」

苦痛に顔をしかめながらうわごとのように繰り返す。顔色が青い。かなり出血している。

「おい、どうなっているんだよ。左腕が、全然動かない。痛い」

「だろうな」

俺は手近にあった布の切れ端で二の腕を固く縛る。まずは血止めが最優先だ。放っておけば失血死する。

「腕が、俺の腕が」

「見りゃ分かる。しゃべるな。目を閉じて歯を食いしばれ」

ラルフの顔に手を当てる。落ち着かせるためではなく、これから取り出すものを見られたくないからだ。

「『照　射《イラディエーション》』」

一瞬だけ『仮初めの太陽《テンポラリー・サン》』を光らせ、ラルフの上にある瓦礫《がれき》を取り除く。

惨憺《さんたん》たる有様《ありさま》だった。肘の下辺りに破片が刺さって、ちぎれかけている。

「どうなっている？　腕がさっきから動かない」

「こりゃダメだな。早く治療しないと、腐って切り落とすしかなくなる」

「早く、早く、医者を……」

「今の爆発で、入り口も瓦礫《がれき》で埋まっちまったからな。外に出られるまで時間がかかりそうだ」

ラルフの喉から笛のような、空気を吸う音がした。

この世の終わりみたいな顔をしたかと思うと急にさめざめと泣き出した。

「泣くなよ」

「お前に俺の気持ちが分かるか！」

寝っ転がったまま喚《わめ》き散らすから激しく咳《せ》き込む。

「これじゃあ剣も握れない。姫様のお役に立てない……」

「それが悲しいのか」

「当たり前だ！」

俺はため息をついた。

「悪かったよ。脅《おど》かしすぎた。謝る。この程度ならまた動くようになる」

「慰めなんか……」

「俺がそんな男だと思っていたのか？」

ラルフ相手に慰める気にもならない。ちゃんと確証のある話だ。

俺は懐《ふところ》から小さな粉袋を取り出し、封を切った。酒で洗ってから傷口に粉を振りかける。

「それは？」

「前にも見ただろ。魔除《まよ》け菊の粉と、黒藻塩《くろもしお》だ」

ドワーフの隠し地下通路こと『大竜洞《だいりゅうどう》』で腕を切り落とされたが、これのお陰ですぐに引っ付いた。用心に、とあの時の残りを持っておいたのが役に立った。

「これでよし」

傷口にすり込んだ後で包帯代わりの布を巻く。これで魔除《まよ》け菊の粉も黒藻塩《くろもしお》も無くなったが、まあ仕方がない。成り行きだ。

「これでお前も一つ賢くなったな。もし誰かが傷ついていたら、これで治してやれ。使い方はまた教えてやる」

「……」

ラルフは口を曲げ、考え込んだ様子で目を伏せている。いい話をしてやっているのに、返事もなしか。呆《あき》れていると、今度は急にけたたましい悲鳴を上げた。腕の痛みが戻ったらしい。いい傾向だ。

「こいつはあくまで応急措置だ。あとで金払って魔法をかけてもらえ。ケチるなよ」

この街では、ヒーラーがあちこちに診療所を開いている。ケガを治すには回復魔法が一番手っ取り早いし、効果的だが、その分金もかかる。おまけに腕前もピンキリなので、下手に金を惜しむと後悔する。うまく動かせなくなるか、後遺症に苦しむ羽目になる。

「一体何がどうなったんだ？　あの女は」

ラルフがぽつりと言った。ケガが治ると分かったら、安心したのだろう。周囲に目が向くようになったか。

「多分、巻物《スクロール》の魔法を解き放ったんだ」

世間には巻物《スクロール》という便利なものがあって、魔物や魔術を一時的に収納できる。収納自体にはそれ相応の魔術や特殊な道具が必要らしいが、解き放つだけなら素人《しろうと》でも出来る。

「普通は相手に向かって広げるものだが、あの女は自分の体に巻いて全方位に解放しやがった」

お陰であの女を中心として、広範囲に広がった。

「そんなことをしたら……」

「当然、自分も魔法の余波を受ける羽目になる」

吹き飛んで骨も残っちゃいねえ。封印されていた魔術が強ければ強いほど、自分もダメージを受けるのだ。覚悟の上だったのだろう。首筋の、三つ並んだほくろを思い出しながら頭をかきむしる。

「……あいつ」

ラルフが天井を眩《まぶ》しそうに見つめながらぽつりと言った。

「吹き飛ぶ瞬間に、笑っていた。声は聞こえなかったけど、あれを言っていた。太陽神の」

「『太陽神はすべてを見ている《ソル・ニア・スペクタス》』か？」

「それだ」

俺は包帯の上からラルフの腕をつついた。絶叫が上がった。

「何しやがる！」

俺に胸クソ悪い文句を言わせたお前が悪い。

やはり、『ソル・マグニ』の信者か。オズワルドの手下が尾行されたのだろう。ジャマな連中を片付けに来たってところか。

「そこで休んでいろ」

ラルフの相手はもう飽きたし、俺にはほかにやるべき事がある。

「とりあえず生きている奴《やつ》を探す。すぐに騒ぎを聞きつけて衛兵が来るはずだ」

「助けるのか？」

「後で『群鷹会《ぐんようかい》』の連中に闇討ちされたいなら帰っていいぜ」

そこかしこから苦痛の叫び声が上がっているのに無視するとか、こいつ鬼畜だな。

生きている奴《やつ》を見つけて、お仲間を瓦礫《がれき》の下から引っ張り出させる。無事なのもいれば、心臓に木の破片が刺さり、頭が砕けている奴《やつ》もいた。死んでいるのを確認してから服を脱がし、生きている奴《やつ》の包帯代わりにする。非力な今の俺でも応急手当くらいは出来る。

一通り探してみたが、生存者の中にも死体の中にもオズワルドはいない。爆発の間近にいたからな。肉片に変わっちまったか？

面倒なオヤジで、アルウィンにまで色目を使う。死んでくれてせいせいするくらいだ。問題はこの後、どうやって『教祖』を探すか、だ。

頭の中で次の方策を考えていると、テーブルの瓦礫《がれき》がもぞりと動いた。

木片の山が音を立てて崩れ、中から顔中ススだらけのオズワルドが現れた。

「アンタもしぶといな」

「何が起こった。どうなっている？」

怒気をまき散らしながら壊れた酒場を見回す。

「親分さんたちの仕事が連中に気づかれたらしい。いきなり自爆した」

オズワルドは舌打ちをした。吐いたツバには血が混じっている。

「生き残っているのは、何人だ？」

「確認した限りでは、親分さんを含めて五人ってところか」

十人の部下を引き連れていたから、今の一撃で六人が死んだ。店の主人や店員は無事だった。

オズワルドたちが人払いをしたため、店の奥にいたのが幸いしたようだ。

「クソっ！」

舌打ちをしながら脚の折れたイスを蹴り倒す。天井に開いた穴を見上げると皮肉っぽい口調で言った。

「とんだ疫病神《やくびょうがみ》だ。お前も、あの姫騎士様もな」

同感だよ。

アルウィンと関わってから俺の殴られる回数は増えたし、手は汚れっぱなしだ。それでも離れられないし、離れたくない。つくづく厄介なお方だよ。

「手に何か付いているのか？」

ラルフが寝転びながら尋ねてきたので、曖昧に笑ってからズボンで手を拭いた。

騒ぎを聞きつけた衛兵が瓦礫《がれき》を取り除いて駆けつけてきたのは、それからすぐの事だった。

俺たちは傷の手当てもそこそこに、その場で取り調べを受けた。

一応『ソル・マグニ』の名前も出したし、問題ない部分は正直に話したが、対応はいい加減だった。信じていないのは明らかだった。やくざの抗争をはぐらかすための言い訳だと思われたらしい。一通り聞いたところで用済み。はい、おさらばだ。

オズワルドも一応聴取を受けていたが、衛兵どもはびびって、ろくに話もしなかった。それが終わったところで『群鷹会《ぐんようかい》』の強面《こわもて》どもが二十人もやってきた。負傷した仲間や、死体を引き取りに来たようだ。無論、衛兵諸君は妨害などしない。

「おい」

帰《かえ》り際《ぎわ》、オズワルドは凄《すご》みをきかせた顔で言った。

「この落とし前は付けさせる。絶対にな」

どうやら『鱗雲《うろこぐも》』のオズワルドが本気になったらしい。嵐の前触れだ。おっかない。

「行くぞ」

ここにいても用はないので、ラルフを連れてその場を後にする。もう夕方だ。

「おい、どこに行く？」

後ろからラルフが弱々しい声を上げる。

振り返れば、すぐ後ろにいたはずなのに、建物一軒分ほど距離が開いていた。俺とでは脚の長さが違うからな。

「ここから三つ目の角を左に三つ目に『パナケイア』って診療所がある。この近くならそこが一番だ。今すぐに魔法をかけてもらえ。マシューからの紹介って言えば通じる」

金にがめつくて慈悲のカケラもないばあさまだが、ヒーラーとしての腕は確かだ。聖職者とヒーラーは似て非なる商売なので、信仰心がなくても人は助けられる。

「お前は来ないのか？」

「子供のお守りは、おちびだけでたくさんだよ」

歩けるんだから自分一人で行けるだろう。

「休まないのか、と聞いているんだ！」

「そんなヒマはねえよ」

俺は大股で近づき、紙を眼前に見せつける。ラルフは目を細めた。

「さっきあいつらが見つけたとかいう地図か？」

「この情報が確かなら、『ソル・マグニ』の連中は冒険者ギルドを狙っている。放っておくわけにもいかねえだろ」

俺たちを襲撃してからかなり時間が経《た》っている。俺があいつらなら、情報が広まる前に本命を狙う。間に合うかどうかはともかく、忠告くらいはしておくべきだ。

「さっき殺されそうになったのに」

「だからこそだよ」

油断したらこうなる、といい見本になる。

「さっさとお前は診療所に行け。アルウィンの役に立ちたいんだろ？」

これだけ言いつけておけば、言うことを聞くだろう。これで従わないなら後はもう知らん。好きにしろ。

ラルフはまだ納得していない様子だったが、腕を抱えながら去って行った。別れた後、俺は一目散に冒険者ギルドへ向かう。

俺だけではどうせ鼻で笑われるのがオチだろうが、仕方がない。ラルフを連れて来たところで同じようなものだ。ラルフだからな。

冒険者ギルドの門をくぐると、職員たちが右往左往していた。ひどく取り乱して、何をしていいのかも分からないようだ。

近くにいた職員に声を掛けるが、無視して通り過ぎてしまう。見たところ、建物に異常は見当たらない。ならば、誰かに何かあったか。

「あ、ヒモさん」

グロリアが近くを通りかかった。ちょうどいい。

「どうした？　何があった？」

「あーうん。ちょっとね」

曖昧に笑いながら言った。

「ギルドマスターが闇討ちにされちゃってね」

話によればこうだ。深夜、会合を終《お》えたじいさまがギルドへ戻る途中、乗っていた馬車ごと大勢の人間に取り囲まれたらしい。当然、警護の人間は大勢いたし、じいさま本人だって老いたりといえども、腕利《うでき》きだ。返り討ちにするべく戦っていたところ、襲撃者の一人が馬車に張り付いた。自分の体に巻いた巻物《スクロール》を露《あら》わにしたかと思うと、その場で自爆したのだ。

直撃は避けたものの地面に投げ出されたじいさまは、そこで襲撃者の刃を受けたという。

あの印は冒険者ギルドではなく、ギルドマスターの襲撃計画だったのか。俺たちの方こそ後回しだったらしい。情報が遅かったな。後手に回ってばかりだ。

「どうだ、調子は？」

声を掛けると、じいさまはのろのろと体を起こした。豪勢なベッドだ。年寄り一人だけで使うには大きすぎるし、高級住宅街にあるお屋敷《やしき》は、祖父と孫が住むには広すぎる。この部屋だって、俺の部屋が三つは入りそうだ。その上、私兵を何人も雇っている。そこらの貴族の屋敷《やしき》よりも警戒は厳重だ。

「今度はどうやって言いくるめた？」

「とんでもない」俺は肩をすくめた。「素直に言っただけだぜ。『じーじの見舞いに行きたいから取り次いでくれ』ってさ」

じいさまが舌打ちする。悔しがるくらいなら孫娘の教育はしっかりしておけよ。

「毒にやられたのか？」

見れば、寝間着の下には包帯が巻いてある。そこらの傷なら回復魔法ですぐ治るはずだ。

「刃物に『呪い』が掛かっていたらしくてな。いくら魔法を掛けても治りが遅い」

「相手は『ソル・マグニ』か？」

ベッドの横にある丸イスに腰掛ける。犯人はじいさまを刺した後で自害したそうだが、巻物《スクロール》を使ったやり口がさっきと同じだ。同じ組織の犯行に間違いないだろう。

「そんなところだ」

「スポンサーは誰だ？」

じいさまが鷹《たか》のように目を鋭く細めた。

巻物《スクロール》は金がかかる上に、取引にも制限がある。誰かが手配しなければ、簡単に手に入るものではない。今の『三頭蛇《トライ・ヒドラ》』にそんな資金力があるとは思えないので、『ソル・マグニ』に資金を提供している別の誰かがいるはずだ。

「最近、忙しそうにしていたのは、そいつらとやり合っていたからか？」

「妙なところで察しがいいな、オメエはよ」

悔しそうにため息をつく。

「ギルドの連中にもそのくらいの器量があればな」

「自業自得《じごうじとく》だろ」

職員は総じて腕利《うでき》き揃《ぞろ》いだが、駆け引きだの交渉だのといった政治力は皆無に等しい。じいさまが足下をすくわれることを恐れて、教育をしてこなかったからだ。なので、この街の冒険者ギルドはじいさまという専制君主が、意のままに支配している。反面、じいさまがいないと何も出来ない連中ばかりになってしまった。

「どいつもこいつも。ちょいと頭が切れると、すぐに懐《ふところ》を暖めようとしやがる」

「部下には清廉潔白を求めるんだな」

「小遣い稼ぎならともかく、俺の立場まで乗っ取ろうとしやがる。首を切るのは当然だろうが」

多分、両方の意味で処分したのだろうな。目の前のじいさまは。

「で、誰なんだ。宗教かぶれのアホは」

「聞いてどうするつもりだ？」

「さてね」

当然、不意打ちでも闇討ちでもして資金源を断つ。そうしないと害虫はいくらでも湧いて出るからな。

「お前にはムリだ」

「どうして？」

「北東の方だ」

じいさまが投げやりな口調で言った。北東というのは要するに、隠語だ。この街から北東に行った先には、王都がある。王都の住人といえば、真っ先に上がる一族がいる。北東とはつまり、そういうやんごとなき方々を指している。

「もちろん、本人じゃねえ。その周りの連中の手下のそのまた下っ端《したっぱ》だ。ここは王家の直轄地だからな」

この街に何かあれば当然、王家の力は削《そ》がれる。それを喜ぶ連中がいるのだろう。じいさまは腕も弁も立つし、押しも強いが、所詮は平民だ。対抗するのは難しい。

そんなお偉方と『ソル・マグニ』とがどうつながるのかと思ったが、『三頭蛇《トライ・ヒドラ》』の残党が仲介したとすれば説明も付く。昔はこの街でも有数の裏組織だったからな。権力と金と暴力は仲良しこよしと相場が決まっている。その辺りのつながりがまだ残っていたのだろう。『ソル・マグニ』としてもギルドマスターを倒せば、動きやすくなる。

「犠牲は払ったが、証拠は握った。これでお偉いさんも手を引く。共倒れにはなりたかねえだろうからな」

騒乱を起こす連中に資金提供していたなんて知られたら、政敵の攻撃材料になる。下手をすれば立場も失って処刑だろう。証拠を全部処分して、知らぬ存ぜぬを決め込むはずだ。

「ご苦労さん」

それから、と俺は前のめりになり、イスをきしませながら聞いた。

「裏切り者は誰だ？」

じいさまのことだ。狙われているのは予測済みだったはずだし、深夜にギルドへ向かうルートにだって気をつけていたはずだ。それでも襲われた。『ソル・マグニ』が計画を立てていた以上、誰かが情報を漏らしたと考えるのが妥当だろう。飼い犬に手を噛《か》まれたのなら相当腹にすえかねているはずだ。水を向けてやれば、グチを並べ立てるかと思いきや、歯を食いしばって黙り込んだ。

「ははあ」

俺は合点《がてん》がいった。この態度からして言わない理由は「言えない」のではなく、「言いたくない」だ。キーワードは、深夜までかかった会合、だ。

「例の若い愛人か？」

「黙れ」

図星か。大方、色男にたぶらかされたのだろう。まあ、向こうだって、しわしわの年寄りより若くてぴちぴちした色男の方がいいに決まっている。

「じーじ、最低」

「くたばれ！」

水差しを中身ごとぶん投げてきやがった。ひでえじじいだ。

からかうのは、このくらいでいいか。

「今すぐその『減らず口《ワイズクラック》』を閉じろ。その声聞くだけで頭痛がする」

「頭が痛くなるのは、むしろこれからだろ」

資金がなくなれば、早晩飢える。力尽きる前に攻勢に出て一矢《いっし》報いる。追い詰められた人間の思考はたいてい一緒だ。

「『ソル・マグニ』は『建国祭』に合わせて大暴れする。あいつらは今、『迷宮』をコントロールしている。その日に『スタンピード』を起こして、この街をメチャクチャにするつもりだ」

「だろうな」

やはりじいさまもその程度の情報はつかんでいたか。

「中止には出来ないのか？」

「出来たらとっくにやっている！」

忌々《いまいま》しそうにベッドを叩《たた》いた。

「何度掛け合っても返事は同じだよ。『もう決まったことだ』ってな」

祭りには大勢の人間が集まる。人が集まれば金が落ちる。『迷宮』が一ヶ月以上も封鎖されている今、この街にとって大きな収入源だ。あやふやな情報で中止には出来ない、か。冒険者ギルドのギルドマスターといえど、街の運営に関する権限はない。

「今回の件も、俺への恨みって線で行くらしい」

「お偉方のご都合主義か」

その裏で、『聖護隊』に要請という形で『ソル・マグニ』残党の壊滅を急き立てているらしい。ヴィンスの胃に穴が開きそうだな。

「エイプリルはどうするんだ？」

じいさまなら街の外に避難させると思っていたが、本人からその手の話は聞いていない。むしろ『建国祭』に行くつもりでいる。

「聞いている。あの子のお守りをするんだってな」

　じいさまが俺の手を握ってきた。

「頼む。あの子を守ってやってくれ」

　とりすがるようなその顔は、年相応に弱々しく見えた。

「俺の言うことなんざ、聞きやしねえ。知らないだろうが、お前らがこの街を出てから大騒ぎだったんだ。いくら危ないからと言っても『絶対に残る』ってな！」

「アンタが養護施設《ホーム》の子供や職員全員をここに匿《かくま》う、ってんなら考えを改めるかもな」

「その次は、ギルドの連中や冒険者か？　帰りに立ち食いする甘味屋のばあさんか？」

　エイプリルはいい子だからな。関わりのある人間だけでも助けたいのだろう。けれど、現実にはそこまで手が届かない。どこかの姫騎士様だってムリだったのだ。

「いっそここに閉じ込めておく、って手もあるな」

「この前まで俺もそう思っていたよ。けど、このケガだ」

　と、じいさまは自分の胸を指さす。力ずくはムリだな。ここの使用人はみんなエイプリルが大好きだから、あの子の嫌がることはやりたがらないだろう。『スタンピード』の件も大っぴらにはできないしな。

「何より『建国祭』の日に、俺を殺し損なった奴《やつ》らがまた狙ってくる、って情報もある。安全が確保できるまで、この家からは離しておきたい」

「おちびを安全な場所に避難させりゃあいいんだな？」

心優しいあの子のことだ。ケガをしたじーじが気になって、『建国祭』行きを中止するかもしれないし、『スタンピード』が起これば、家に戻ると言い出しかねない。途中で引き返してこないように見張っていろ、とじいさまは言いたいのだ。

「こいつは貸しだぜ」

「ああ」

不承不承って感じでじいさまが言った。

「もういいか？　そろそろ眠くなってきやがった」

「あ、最後に一つ」

怪訝《けげん》そうなじいさまに向かって手を出す。

「俺の給金ってどうなっているわけ？　ほら、アルウィンたちを救助に向かった件」

曲がりなりにも冒険者ギルドの臨時職員だ。多少なりと出るはずだ。おまけに死にそうな目にも遭った。危険手当が出てもおかしくない。

「アホか」

俺の主張をじいさまは一刀のもとに切り捨てた。

「出勤なんてあの日だけだろうが。『救助隊』の事情聴取までふざけやがって。連続無断欠勤でとっくにクビだよ、クビ」

「それを聞いて安心したよ」

やっぱり首輪付きってのは性に合わない。

「じゃあな、肉でも食って安静にしているんだな。間違っても女連れ込もうだなんて考えるなよ。おちびに言いつけるぜ」

とっとと失《う》せろ！　という怒号を背に受けて俺は部屋を出た。

いよいよ明後日《あさって》は『建国祭』だというのに、『ソル・マグニ』の足取りはつかめていない。『群鷹会《ぐんようかい》』も下《した》っ端《ぱ》を総動員して行方を追っている。いくつかの小さなアジトを潰したらしいが、肝心の『教祖』は影も形も見えない。

これからどうなるのかね、と物思いを遠くから聞こえてくる弔鐘が断ち切った。目の前には巨大な慰霊碑がある。冒険者ギルド専用の共同墓地だ。

ギルドでは年に一度、死んだ冒険者を悼《いた》んで合同の慰霊祭を行う。いつもはもう少し前にやっているのだが、『スタンピード』のいざこざや『建国祭』の準備でずれ込んだのだ。

もちろん、アルウィンも参列している。俺もエイプリルに頼まれ、手伝いに駆り出された。

墓地にはよく来るが、葬式はヴァネッサの時以来だ。神父が墓の前で祈りの言葉を読み上げる。どいつもこいつも暗い顔をしている。仲間が死んで悲しむ者、今後の生活に不安を抱く者、あるいは、腹の中で嫌いな人間が死んだ喜びを押し殺している者。事情は様々だろう。

弔われているのは、俺にとっても顔馴染《かおなじ》みばかりだが、いい思い出は少ない。殴られたりバカにされたり、脅されたこともある。正直、死んでくれてせいせいした奴《やつ》もいる。だから悲しいという感情は湧いてこない。それでもまあ、今だけは冥福を祈ってやる。

葬儀が終われば各自解散だ。酒場で憂《う》さを晴らし、死者を偲《しの》ぶのだろう。あるいは明日からの輝かしい日々に乾杯かな。

俺はといえば、葬式が終わっても帰る気になれず、気が付けば個人用の墓地の前に来ていた。

比較的新しい墓の前には、すでに白い花が添えてある。白い花とはお兄様らしいな、ヴァネッサ。

「ここに来るのも最後かもな」

この街が滅べば墓参りどころではないし、俺が死んでも同じだ。

「何かあったの？」

墓の間から顔を出したのは、フィオナだ。

「君か。脅《おど》かすなよ」

胸をなでおろす振りをしながらポケットにある『仮初めの太陽《テンポラリー・サン》』を触る。ギルドにも確認した。フィオナという冒険者は、この街には存在しない。

素性を隠した怪しい女だが、敵意や害意は今のところ見当たらない。力ずくで口を割らせようにも居所がつかめない。この前出会った『五羊亭』にも泊まった記録はなかった。それどころか、それらしい人物を見かけた者もいないという。力ずくでも聞き出したいところだが、ここではまずい。まだ冒険者や、遺族が残っている。

「君も葬式に？」

「まあ、そんなところ」

と言いながらヴァネッサの墓に肘をかけ、付いた落ち葉を払い落とす。罰当たりな態度をとがめるよりも気になった。

「ヴァネッサの知り合い？」

「昔、ちょっとね。世話になっていたから」

「そうか」

彼女が生きていれば、フィオナの素性も分かったのだろうか。

「どうして死んだの？」

「付き合っていた男が危険なヤマに手を出してね。その巻き添えを食らった」

「いつか、そうなるんじゃないかと思っていたんだよね」

困った人だね、とつぶやきながら彼女の墓を撫《な》でる。

「墓なんか作って弔ったってこんなところにいやしないのにね」

死者の魂は冥界に送られる。そこで天国に行くか地獄に行くかが決まる。

「生きている人間のためだからね。幽霊の家じゃない」

死者との思い出に浸るためだ。いつか自分もここに行く、と安心するためでもある。

「そうだね」フィオナはヴァネッサの墓を抱くように両手を伸ばし、寂しそうな目をしながら頬を当てる。

「……いつになるか分からないけど、アタシもそっちに行くから。その時は、またお酒でも飲もうね」

「フィオナ？」

「どうした、マシュー。墓参りか？」

振り返れば、背中に大きなかごを背負った男がやって来た。運び屋のじいさんだ。背負っているのは色とりどりの花だ。

「大荷物だな。百代前の祖先から弔うのか？」

「頼まれものだよ」

花屋にまで手を出しているのか。忙しいな。

「ちょっちご婦人とデートの相談。アルウィンには秘密にな」

「誰もいねえじゃねえか」

「え？」

振り返れば、いつの間にかフィオナは姿を消していた。

周囲を見回してみたが、どこにもなかった。

「彼女、照れ屋さんでね。人前に出るのが恥ずかしいみたいなんだ」

「墓場で逢《あ》い引《び》きなんか止めとけ。ゾンビに引きずり込まれる。お前が弔われる羽目になるぜ。……ニックとか言ったか？　あのおっさん」

「ああ」

そういえばニコラスは、冒険者ギルドでは偽名を使っていたんだっけ。『ニック・バーンスタイン』だったか。うかつに名前を言わないように気をつけた方がいいな。

「それよりもよ」

と、じいさんが周囲の様子をうかがいながらささやくように言う。

「こいつはウワサなんだがよ。この前ギルドマスターが闇討ちに遭っただろ。そいつを裏で糸引いているのが、あの姫騎士様だって……」

「じいさん」

俺はその肩に手を置いた。

「あまりそういうことを触れ回ってくれるな」

頼むよ、と念押しすると、じいさんは悪いとわずかに青ざめながら謝った。

「それじゃあ俺は先に行くぜ。『建国祭』、楽しみだな！」

そうだな、と相槌《あいづち》を打ちながら手を振った。

じいさんと別れ、墓場の入り口に行くと、詐欺師だの人殺しだの悪魔だのと物騒な物言いが聞こえた。振り返れば、見覚えあるばあさんが野獣のような形相で喚き散らしているのが見えた。横にいた男たちに引きずられながらまだ口汚く罵り続けている。罵声を浴びせられ、立ち尽くしていたのは、我らが姫騎士様だ。彼女も墓参りを終えてきたばかりのようだ。ここには彼女の親友であるジャネットの墓もある。

俺はあわてて駆け寄った。さっきのウワサを伝えておくべきかどうか、迷っていると彼女が先に口を開いた。

「マシュー、頼みがある」

アルウィンの声には断固たる決意がこもっていた。

「ギルドに冒険者を集めて欲しい。出来るだけ多くだ」

「何をする気だい？」

「事態は最早《もはや》、私たちの限界を超えている。このままでは後手に回るばかりだ」

つまり、ほかの冒険者の協力を仰ぎたいのだろう。『ソル・マグニ』に対抗するためには、俺たちだけでは限度がある。

「成長したね」

「茶化すな」

「褒めているんだよ」

俺や仲間以外の他人を頼れるようになったのは、大きな進歩だ。

「問題は、素直に協力してくれるか、だな」

アルウィンの心配は杞憂《きゆう》ではない。冒険者は、良くも悪くも力の信奉者だ。弱い者を守り、強い者に従う。実力はともかく、姫騎士様には一度『迷宮病』というケチが付いている。信用を失っているのだ。弱い旗頭を戴くほど、冒険者は甘くない。

「金もないしね」

ここ一月ほどでの出費は膨大だ。死んだ三人の遺族への見舞金に『迷宮病』が悪化していた間の治療費に生活費、予定外の旅に加え、家も燃やされた。かなり金も少なくなっている。『群鷹会《ぐんようかい》』への前金も払った今、冒険者全員に払う金などない。

「これは仕事ではない。この街に生きる者全ての問題だ」

だが冒険者はしょせん、よそ者だ。この街には冒険者は大勢いるが、住民ではない。『迷宮』という働き口を求めてやってきた流れ者だ。無法者、と言い換えてもいい。どうでもいい人間が死んだところで、誰も気にしない。この街の住人ではないからな。その線で説得したとしてもどれだけの人間が、首を縦に振るだろうか。

このままでは、説得は失敗に終わる。

「どうしてもやる？」

「やる」

言い出したら聞かないのは相変わらずか。

「なら、俺からアドバイスだ」

俺は言った。

「金以外で冒険者を説得したいのなら大義だの正義だのを振りかざしてもダメだ」

要するに、獣と同じだ。勝てるか負けるか。儲《もう》かるか損をするか。損得勘定で動く。大義名分は大事だが、それだけで動くような夢想家はいない。

「ここだよ」

俺は自分の胸を指さした。

「情に訴えるのさ」


夕方、冒険者ギルドに集まった冒険者はアルウィンたちを除いて、総勢二十六名。思っていたより少ない。この街には少し前まで百人以上の冒険者がいた。『スタンピード』の影響で街を去った者もいるが、大半は来ていない。

俺たちがいるのは、ギルドの一階にあるカウンターの前だ。じいさまには、事前に許可を取ってある。どうせ依頼も依頼人も来ないから、と快く了承してくれた。

俺やラルフやノエルがギルト中からかき集めて、人数分のイスを用意したが、見事に半数以上が空いている。

「急な申し出に集まってくれて感謝する」

私語やウワサ話でざわつく中、アルウィンが現れた。カウンターの前に立つと、うやうやしく礼を口にする。

「何の用だ？」

口火を切ったのは、『黄金の剣士《クリユサオル》』のリーダー・レックスだ。

「貴殿らに頼みたいことがある」

それからアルウィンは一部始終を語って聞かせた。先日倒した『ソル・マグニ』の『教祖』は偽者《にせもの》であること。本物はまだ生きていて、『星命結晶《せいめいけっしょう》』を手に入れるために『スタンピード』を起こし、街の壊滅を画策していること。『建国祭』当日に、『スタンピード』を発生させようと、暗躍を続けていること。このままでは大勢の犠牲者が出ること。それを防ぐには現状、人手も時間も足りないこと。

レックスが口《くち》の端《は》を吊《つ》り上《あ》げる。

「俺たちはスカをつかまされたと？」

「敵がそれだけ狡猾《こうかつ》だったのだ」

機嫌を害さぬよう、アルウィンは婉曲《えんきょく》な表現を使う。事実、この街の誰もが後手に回っている。今のところ、あいつの手のひらの上で踊らされているだけだ。

「証拠は？」

「ある」

と、ラルフが先日の自爆の件を語った。腕は元通りになったが、相変わらず話下手だ。途中でつっかえるわ、話ははしょるわ、とグダグダだったので、俺が補強してやる。

「捨て駒に高いマジックアイテムを持たせて自爆させるようなやくざは、この街にはいねえよ。どう考えてもいかれた信者の手口だ」

仲間同士顔を突き付けながら小声でささやきあう。連中の中で俺たちの話が信憑《しんぴょう》性を帯びてきたらしい。

「昔『三頭蛇《トライ・ヒドラ》』ってのがいたろ？　あれの生き残りが手を貸している。まだ逃げ回っていられるのもそのせいだ」

静まり返ったところでアルウィンが話を引き継ぐ。

「もちろん、今も探しているし、防げるならそれに越したことはない。だが、最悪の事態に備えておくべきだと思う」

「それで？」ベアトリスが冷ややかな口調で問いかけてきた。「具体的に、アタシたちに何をさせようっての？」

「人民の誘導、ならびに魔物の討伐だ」

と、アルウィンの合図で、ノエルが壁に大きな紙を広げた。この街の地図だ。

「街の法では、『スタンピード』が起こった際、外部の安全を最優先にするべく、外の門を閉じることになっている」

冒険者たちが一斉にざわつく。長年暮らしていても、安全や防災なんて法律には疎《うと》いものだ。流れ者の冒険者なら尚更《なおさら》だろう。門が閉じられれば、この街は魔物の狩猟場に早変わりだ。犠牲者の数は何倍にも跳ね上がる。

「どうにかして、閉門を阻止したい。それを諸君らにお願いしたい」

「衛兵連中とケンカしろって？　冗談じゃない」

「手が後ろに回っちまうよ」

「今のセリフを『迷宮』の中でもう一度言ってみるか？」

冒険者たちの皮肉に、俺が割って入る。

「『スタンピード』が起これば、手なんか気にする必要はなくなる。全員死ぬからな」

『迷宮』なんて魔物の巣窟に入り浸っていると、どうしても街の中は安全という意識が付いて回る。想像力が足りないのだ。街中にだって危険は山ほどある。酔い潰れて自分のゲロに顔を突っ込んでも人は死ぬ。

「言っておくが、他人事《ひとごと》とは思わないことだ。あいつらはすっかり冒険者とギルドを敵だと思っている。じいさまを襲ったのもあいつらだ」

ギルドマスターの名前を出して、冒険者たちに動揺が走る。じいさまも元は名の知れた冒険者だ。その名声は今も強い。荒くれぞろいの冒険者が従っているのはそのためだ。年老いてなお、この街の冒険者に恐れられ、尊敬されている。

アルウィンは気にした風もなく続ける。

「魔物の討伐は説明するまでもないな。街中で暴れまわるであろう魔物を排除し、民を安全な場所へ誘導する」

少しでも被害を減らすには魔物と戦える人材が不可欠だ。

「無論、ほかにもやることは山積みだ」

扉を魔術で強化すれば、『スタンピード』の被害も減らせる。少なくとも魔物が街にあふれかえるのは遅れる。その間に、逃げ延びる奴《やつ》もいるだろう。

「ほかにも避難所の確保や連携もあるが、そちらは私がやる。あなたたちには、ぜひ協力をお願いしたい」

「それを信じろってのか？」

立ち上がったのは、黒髪の男だ。確か、三つ星だ。

「自分のウワサは知っているだろう？　そんな女を信じろと？　仮にアンタの言っていることが本当だとしてだ。アンタ、『迷宮病』なんだろう？　そんな奴《やつ》に従って、もしいざって時におかしくなったら俺たちはどうすればいいんだ？」

『迷宮病』は心の病だ。目には見えないから治ったかどうかは、傍目《はため》には分からない。もう平気だと、医者から証明書なり証言なり取ることは可能かもしれないが、それを信じるかどうかはこいつら次第だ。

「貴殿の言うことはもっともだ」

アルウィンは懐《ふところ》からナイフを取り出すと男に向かって差し出す。

「もし私が太陽神の手先、もしくはリーダーとして使えないと判断したならこのナイフで刺せばいい」

冷や汗を掻《か》きながらツバを飲み込む。アルウィンは本気だ。『スタンピード』から街を救うために命を懸けている。その覚悟に呑《の》まれたのだろう。

口笛が聞こえた。吹いたのは、ベアトリスだ。そんな格好いいものじゃないんだけどね。

「この広い街を俺たちだけで守れるわけがない」

質問してきたのは、『金羊探検隊《アルゴー》』のニックだ。

「冒険者ギルドが協力してくれる。サポートはもちろん、戦いにも参加する予定だ。ギルドマスターの許可も得ている」

冒険者たちの視線がカウンターに集まる。職員の強面《こわもて》どもが腕組みをしながらうなずいた。

「本来ならばあり得ないが、街の存亡が掛かっているからな。非常事態だ」

そこでアルウィンがちらりと俺を見る。

別に俺は何にもしちゃいない。さっそく借りを返してもらっただけだ。じいさまとて、大事な孫娘を守ることにもつながるのだ。文句は言わせない。それにアルウィンならばギルドマスターの代理として適任だ。

「報酬は出るのか？」

今度はレックスが聞いた。

「……俺たちはしょせん、ならず者のなんでも屋だ。やれってんならやってもいい。条件次第でな」

冒険者は金で動く。『スタンピード』になれば街は大混乱だ。そんな中を動き回り、魔物と戦い、市民を救い出す。言葉にすれば簡単だが、実際には困難ばかりだ。おまけに自分も犠牲者になりかねない。リスクが高すぎる。それでもやるとしたら、そのリスクに見合うだけの報酬が出るからだ。

「そのお人よしの正義の味方になれば、俺たちはいくら儲《もう》かるんだ？」

「……領主殿から報賞金が出るよう、ギルドマスターが交渉中だ」

とはいえ、しみったれの領主では望み薄だ。仮に出したとしても、人数で割れば寸志同然だろう。冒険者ギルドが自腹を切ったとしても、やはり命をかけるだけの金額には程遠い。アルウィンとて国を失い、親類縁者からも半ば見捨てられたようなものだ。おまけに先日の旅で色々と使い果たした。金で命は買えないが、命を守るには金が要る。

「話にならないな」

レックスが立ち上がると、ほかの冒険者も次々と席を立つ。

「ご忠告感謝するよ。俺たちは街を出る」

やはりこうなったか。誰だって自分の命は惜しい。この街が壊滅する、と言われたなら逃げ出す。生き死にへの嗅覚は、冒険者ならば当然持ち合わせているものだ。

「せっかちさんだな。もう少し待ってもいいんじゃないか？」

俺が声をかけるとレックスは一瞬、顔をしかめたが、振り切るように背中を向けた。

「正義の味方がしたいなら好きにしろ」

ぞろぞろと外へ出ようとする足音に鞭打《むちう》つような声が聞こえた。

「アタシは残るわ」

ベアトリスは昂然《こうぜん》と胸を張り、足を組みなおす。

立ち去ろうとしていた冒険者たちが足を止め、振り返る。

「ここで尻尾巻いて逃げ出すほどアタシ、腰抜けじゃないの」

にやりと笑いながら視線はアルウィンに向いていた。その顔は、好敵手の復活を喜んでいるように見えた。彼女なりに今までのやり取りで値踏みしていたのだろう。そして決断したのだ。

アルウィンに賭けると。

「おい、バカ言うなよ。死にたいのか？」

レックスがベアトリスに詰め寄る。

「だって、このままだと『星命結晶《せいめいけっしょう》』もあいつらに取られるんでしょ？　それヤダ」

さらりと言われて、信じられない、とばかりに頭を抱える。

「気持ちは分かるが、無謀と勇気は違う」

「違いって何？」

「勝ち目のない戦いに挑むのはバカだってことだ」

「じゃあこれは勇気の方ね」

ベアトリスは何度もうなずいた。

「アタシとシシーが一緒なんだから。勝つに決まっているじゃない」

「……だそうよ」

セシリアがため息をつきながらまた腰掛ける。

「ビーが言うんならもう決定事項だもの」

と、後ろにいた『蛇の女王《メデューサ》』の面々がまた座りなおす。

「落ち着いて考えろ。一時の感情で命を落とす気か？　もっと冷静に」

「冷静になるのは、貴殿の方だ」

アルウィンがむしろなだめるような口調で言い放った。

「私たちは冒険者だ。生きるも死ぬも、自分で決める。彼女たちは残る選択をしてくれた。貴殿らは去ると決めた。自分の決断に、自分で責任を持つ。それだけの話だ」

「自殺するようなものだ」

「私はそのつもりだった」

俺は息をのんだ。

「マクタロードが、私の国が、魔物に攻め滅ぼされた時、私は王宮で討ち死にするつもりだった。祖先から受け継いだ国を守り切れなかった。その責任を取るつもりでな」

「……」

「けれど、今はあの時に死ななくてよかったと思っている。もう二度と、あんな被害は起こしたくない。この街を、第二のマクタロードにしたくない。そのためにも貴殿らの協力が必要なのだ」

「気持ちは分かるが、なあ」

立っている連中が顔を見合わせる。

同情はするが、やはり命は惜しいのだ。

「お前さん方は『スタンピード』さえやり過ごしたら元通りの生活に戻れると思っているようだけど、はっきり言うよ。考えが甘い」

「どういうことだ?」

俺の言葉に全員が振り返る。

「『スタンピード』の後、街は壊滅。建物もボロボロ。食事も休む場所もままならない」

「いや、それくらいは……」

「当然、犯罪も起こるし、病気だって流行《はや》る。治安はガタガタ。たとえ魔物が『迷宮』に帰ったとしても、今度は外からもやってくる。壁や門も壊れているはずだ」

昔、戦場になった街を訪れたことがある。どこもかしこも苦しみと悲しみの怨嗟《えんさ》に満ちていた。この街もそうなる。『スタンピード』は魔物との戦争だ。

「何より忘れてはいけないのが、張本人である『ソル・マグニ』とその『教祖』だ。あいつらは街を壊滅した後で、どうすると思う？　生き残った市民を信者として取り込んだよ。金と食い物をちらつかせて、な」

人間は目先の欲望に弱い生き物だからな。生き残るためには、そいつが親兄弟の仇《あだ》でも尻尾を振るしかない。尻尾を振るうちに、すっかり教義に染まり、やがて身内や仲間の死も神様への偉大な生贄《いけにえ》に変わってしまう。

「そうならなかったとしてもだ。家族を失い、住む場所を失い、そいつらの恨みはどこへ向かうと思う？　魔物か？　領主か？　いや、違うね。冒険者だ」

どうしてそうなる、と誰かが声を上げた。

「一度は『教祖』を倒して『ソル・マグニ』を壊滅させたと大っぴらに宣伝している。それなのに、『スタンピード』が起こったとなれば、結果的にウソをついたことになる」

おそらく役人ややくざ者もその流れに乗るはずだ。誰かを犠牲にしなければ、混乱が収まらない、というのなら冒険者が一番だ。流れ者で、よそ者。罪を押しつけるにはうってつけだ。ギルドもその時には壊滅している。ここは『迷宮』の真ん前だからな。

「誰も得しない。笑うのは、あの連中だけさ。いや、もう笑っているよ。間抜けな『冒険者《アホども》』のおかげで俺たちは難なく『スタンピード』を起こせますってね」

冒険者はなめられたら終わりの商売だ。一度傷ついた名誉はなかなか回復しない。そこにいる姫騎士様はそれで苦労している。

「よそに行くから関係ない、なんて思わないことだ。冒険者の世界は存外に狭いからな。特に不名誉なウワサはすぐに広まる」

沈黙が落ちた。誰も俯《うつむ》いたまま何も言わない。

何人かは憤《いきどお》った顔をしているが、イスに戻ろうとはしない。

冒険者としてのプライドを揺さぶってみたが、これでもダメか。

ならば最後の手段だ。俺が汚れ役になって、団結させるとしよう。団結させるには、共通の敵を作るのが一番だ。『ソル・マグニ』にはかなわなくても、ロクデナシのヒモ男になら喜んで拳を振り上げるだろうからな。

俺が口を開きかけた時、先にアルウィンは大股でレックスに迫る。

「これ以上の議論は無意味だ」

うんざりだ、と言いたげに顔をしかめる。

「決着をつけよう」

冒険者は力の信奉者だ。力のあるもの、強いものに従う。互いの意見が異なったのなら暴力で解決するのが手っ取り早い。

「姫様、いけません！」

ラルフが前に出ようとするので、俺が首根っこをつかまえる。ただ、今は貧弱になっているので、勢いを殺しきれず、二人まとめて倒れる羽目になったが。

「何をする⁉」

「黙って見てろ」

俺たちがじゃれあっている間に、アルウィンはもうレックスの目の前だ。

レックスは一瞬驚いた顔をしていたがすぐに立ち直り、腰の剣に手をかける。

「なるほど、話が早い」

後ろで仲間が槍《やり》を差し出すのが見えた。

「だったらここで決めようか。姫騎士様が勝てば言うとおりにする。負ければ、俺たちは出てい……」

言い終わるより早く、レックスの目の前には、アルウィンがいる。

抵抗する暇もなく、手がぎゅっと握られる。剣がなくてもアルウィンは体術も得意だ。この前もマレット姉妹率いる『蛇の女王《メデューサ》』をほとんど一人で叩《たた》きのめした。レックスが抵抗する前に関節を極めるか、投げ飛ばす。

レックスがうめき声をあげる、次に来るであろう衝撃に備えて歯を食いしばる。

アルウィンはその手を握ったまま、うやうやしく片膝をつく。

「レックスとその仲間たちに改めて願おう。どうか、私に力を貸してほしい」

今度こそレックスが呆気《あつけ》にとられた顔をした。

「どういうつもりだ？」

「力ずくで命令したところで、貴殿らは素直に従わないだろう？

体は動かすかもしれないが、心は反発したまま、のはずだ。操り人形では肝心な時に役に立たない。意志がないからだ。

「私は、この街を守りたい。それには貴殿らの力が必要なのだ」

まあ、人手が足りないからな。

「そ、そうか」

レックスがうろたえた顔をしている。アルウィンの態度が予想外だからではない。賭けてもいい。

「力を貸してほしい。頼む」

「お、ああ」

惚《ほう》けたようにレックスはうなずいた。

生意気にも赤くなりやがって。ふざけんな。テメエなんかが触れていいお方じゃねえぞ。

舌打ちすると、ノエルが顔をのぞき込んできた。

「どうしたんですか、苦虫でも噛《か》み潰したような顔をして」

「さっき口の中に飛び込んじゃってね。今、飲み込んでいるところ」

適当に言うと、ノエルは目を白黒させてからお大事に、と言った。

「仕方がねえ。こうなったらやるしかねえな！」

レックスの呼びかけに、冒険者たちが大声で応じる。

色々あったが、ようやくまとまってくれたようだ。

俺は小声でアルウィンに耳打ちする。

「君があんなマネをするとは思わなかったよ」

「何の話だ？」

アルウィンは、意味が分からない、という顔をする。

「レックスなんかの手を握っちゃってさ」

「なんだ、ヤキモチか」

「いやいや、まさか」

俺は大げさに手を振る。

「三国一の色男、マシューさんがだよ。たかが手を握ったくらいでそんな」

「少しは私の気持ちが分かったか？」

「ちょびっとね」

今度からはお姉ちゃんのところに通うのは控えよう。多分、三日ともたないと思うけど。

その後は役割分担や作戦のための話し合いだ。

俺は準備のために一足先にデズの家に戻ろうとしたら レックスが俺を呼び止めた。部屋の隅に引っ張られる。

「キスでもする気か？」

「お前、何者だ？」

レックスの表情には、ウサギのような怯《おび》えがあった。

「俺だってそれなりに修羅場をくぐってきた。死にかけたことだって何度もある。盗賊やならず者相手に切られそうになったことや、魔物に喰《く》われかけたこともある」

「自慢話なら今度にしてくれるか？」

「けれど、人間相手に喰《く》われる、と思ったのはあれが初めてだ」

アルウィン救出の帰りの時か。ただでさえ疲労困憊《ひろうこんぱい》なのに、レックスが寝言をほざいたのでつい本気でにらんじまったっけ。

「裸で、って意味？」

「ふざけるな」

おとぼけは通用しない、か。

「あれだけの殺気が放てる人間なんてそうはいない。まるで魔獣だ。以前は、冒険者をしていたらしいが、星はいくつだ？　何故《なぜ》正体を隠している？」

俺のことなんか放っておいてくれればいいのに、どうしてどいつもこいつも気にしたがるんだよ。ここでわざと弱い振りをしたとしてもレックスは納得しないだろう。

「忠告だ」

俺は手を伸ばした。レックスが一瞬両腕を上げるが、構わずおでこを指先でこつんと弾く。

「お口は閉じておけ。じいさまの孫娘に腕相撲で二回も負けるような奴《やつ》にびびったなんて触れ回ると、『黄金の剣士《クリユサオル》』の名前にも傷がつく。だろ？」

少しばかり念押ししてやると、レックスはひどく焦《あせ》った様子で何度もうなずいた。こいつとてそれなりに腕は立つ。きな臭い現状で、戦力が減るのは避けたい。

「そうそう、忘れていた」

帰ろうとしたところであわてて振り返る。

「この前は、アルウィンを助けてくれてありがとう。礼を言うよ。これからも頼む」

じゃあな、と手を振ってその場を立ち去った。レックスがどんな顔をしていたかは確認しなかった。多分、見てやらない方が本人のためだろう。

「帰ったぜ」

戻ると、ひどく薄暗い部屋だった。もう夕方だというのに、明かりも付けねぇのか。ろうそくに火を灯《とも》し、居間に入るとデズが一人で飲んだくれていた。片手には相変わらず丸い石を握っている。もう突っ込む気にもならない。

「修理が終わった」

相変わらず、年寄り並みに主語の乏しい男だが、それでも通じるのが長い付き合いのいいところだ。

「奥に置いてある。あとで見ておけ」

「奥方はもう出たのか？」

「ああ」

デズは女房《にょうぼう》子供を親類の家に避難させている。もちろん『スタンピード』のためだ。ほかのギルド職員も何人か、家族を外へ逃がしているという。こいつも行けば良かったのだが、仕事を放り捨てていけるほど要領のいい男じゃないからな。

「俺にもよこせよ」

「テメエで勝手に飲め」

「お言葉に甘えて」

台所の床下から小さなツボを取り出す。デズが漬けたリンゴの果実酒の中でもこいつはとっておきだ。味見した俺が言うのだから間違いない。

デズは苦い顔をしたが、黙って空の器を突き付けてきた。一口飲む。クセのある酒の苦みを果実の甘味が程よく打ち消している。これなら何杯でも飲める。

「お前、本当にあの姫さんに惚《ほ》れているんだな？」

一杯飲んでからデズが切り出した。

言いたいことは分かる。モモンガ太陽神のせいで非力貧弱な俺ではろくな戦力にならない。けれど、アルウィンが残る以上、俺もこの街に残る。たとえ死ぬ羽目になっても。

「墓にはなんて刻む？」

これもデズ語で『言い残したことがあるなら今のうちに聞いてやる』の意味だ。俺の返事は決まっている。

「いらねえよ」

死んでしまえば、何も気にならなくなるはずだ。死体が残っていたら適当に捨ててくれればそれでいい。『迷宮』の中でも文句は言わない。『深紅の姫騎士アルウィンへの愛に殉じた男・ここに眠る』とでも刻めば、何年か後に訪れた吟遊詩人が歌にでもしてくれるのだろうが、酔っ払いの酒《さけ》の肴《さかな》にはなりたくない。

「それよりアルウィンを頼む。彼女のやりたいようにさせてやってくれ」

俺が死ねば、彼女は終わる。『解放《リリース》』も手に入らないし、口をふさぐ汚れ役もいなくなる。彼女の夢も潰《つい》える。それでも、何とかして身の立つようにしてやりたい。

「分かった」

「なんだよ、深刻な顔するなよ。せっかくのおひげが台無しだぜ」

指でおひげをなでてやったら小突かれた。

「俺のひげに触るなって何度言わせたら分かるんだ、え？」

「殴るならせめて素手の方にしろよ」

石持った手で殴るから、いつもより痛い。

そこでデズは目を白黒させる。

「何の話だ？」

「その手に持っている石っころのことだよ」

あ？と間の抜けた声を出しながら手のひらを見つめる。

「なんだこりゃ？」デズが目を見開いて言った。「こんなもの、いつの間に持っていた？」

まさか、気づいていなかったのか？　デズのジョークは下手くそだし、芝居だって大根だ。長い付き合いだからこそ分かる。デズはウソを言っていない。

「貸してみろ」

俺はデズから丸い石を取り上げ、ためつすがめつ見る。削った跡はない。ただ自然に出来たにしては形が整いすぎている。

「これ、どこで見つけたか覚えているか？」

俺の記憶では、マクタロード王国のユーリア村を出た時にはもう持っていた。

「確か、ドラゴンを倒したときに近くに落ちていたのを拾ったのは覚えているんだが」

そんな時からずっと気づかずに持っていたのか？

「奥方は何も言わなかったのか？　旦那がベッドで自分の乳より石っころ弄《いじく》り回《まわ》しているんだぞ。普通なら『そんな石より私の胸を……』」

話の途中でぶん殴られた。天井に叩《たた》きつけられ、床にぶっ倒れる。

「もしかして呪いの石か、これ」

痛むあごをさすりながら俺はデズに石ころを返す。

「何の呪いだよ」

「そりゃあ、あのヅラハゲ太陽神の」

そこで俺ははたと気づいた。

「もしかして、これがお前の『神器』じゃねえのか？」

俺たちは同時に丸い石を見た。

「石の種類は分かるか？」

見たところ、よくある石だ。河原なら百個は拾えるだろう。

「ちょっと待っていろ」

デズが奥から薪割《まきわ》り用の手斧《ちょうな》を持ってきた。床に平らな石を置き、その上に丸い石を載せる。

「ふっ！」

短い呼吸とともにデズが斧《おの》を振り下ろした。固い音とともに斧《おの》が根元からへし折れる。斧《おの》の部分が飛んで俺の頭の上を通過していった。あやうく頭をかち割られるところだった。

「なるほど、ただの石じゃねえな」

当然だ。デズの怪力でも割れないのだ。

「けれど、これが太陽神かどうかなんて分からねえだろ。大体、どうやって使うんだ、これ」

今度は俺が台所へ向かった。取ってきたのは、ワナに引っかかっていたネズミだ。さっきまで飲んでいた器にネズミを入れ、ひっくり返してテーブルに載せる。器の中から走り回る音や、か細い鳴き声が聞こえる。

「持っていろ」

丸い石をデズに握らせ、その手を器の上に持っていく。

「せえの！」

体重を込めて勢いよくその手にもたれ掛かった。腕力はなくても重量はある。俺ごとデズの手につぶされ、テーブルの器が砕ける。隙間から赤い血が流れた。

「何をしやがる！」

俺はデズの手を指さす。成功だ。

太い手のひらの上で丸い石が輝きを放っている。そこに浮かんでいるのは、太陽神の紋章だ。

どうだ、お望み通り血肉を捧げてやったぜ。あんな腐れ虫太陽神には、ネズミどころか油虫でも上等なくらいだ。人間の命なんか、二度とくれてやるものか。

「そいつがネズ公太陽神の『神器』に間違いなさそうだな」

「……」

「ん、おい」

急にデズが黙り込んだ。目を閉じて眠っているようにも見える。どうした、と顔を近づけた途端、急に裏拳で俺の顔を吹っ飛ばした。

「ん、ああ。ここは、そうか」

デズはまばたきをしながらうわごとのようにつぶやく。どうやらおめざのようだ。

「何があった？　意識がないようだったが、もしかして」

「ああ」

デズは忌々《いまいま》しそうにうなずいた。

「太陽神の声だ。聞こえたよ」

俺の時はローランドからの伝言で、デズには直接か。

「なんて言っていた？」

「これで第二の試練は突破で、次は第三の試練だとよ」

俺の時とほぼ同じか。

「ついでに、こいつの名前も分かった。使い方もな」

とデズは手のひらの丸い石に視線を落とす。

「説明書でも読み上げてくれたのか？」

「感覚だよ。この石っころの名前は『炎の心臓《ハート・オブ・フレイム》』だそうだ」

デズは不機嫌そうに言った。

「石っころなのにか？」

「知るか、俺に聞くな」

「悪かったよ、謝るよ」

ネズミをつぶさせた上にケツ振り太陽神の声まで聴かせたのだ。腹が立ってもムリはない。

またぶん殴られても仕方がない、けど、もうちょい優しく頼む。いくら俺でもデズに何回も殴られたら死ぬ。

「そうじゃねえよ」

デズは首を振ると、『炎の心臓《ハート・オブ・フレイム》』を握りしめた。

「こんなもので、俺をあやそうってつもりか。気に入らねえ」

第五章　暴食の『スタンピード』

いよいよ『建国祭』の日がやってきた。

朝起きて部屋を訪れると、アルウィンはすでに起きていた。

「今日はお目覚めのキスはいらなかったみたいだね」

「戯《ざ》れ言《ごと》はよせ」

アルウィンは俺の胸を小突いてから部屋を見る。

「デズ殿は？」

「もう出たよ」

今日は一日、ギルドで待機だ。何かがあるとすれば『迷宮』だからな。最前線だ。いざという時には魔物と真正面から戦うのがデズだ。

アルウィンは『伝道師』の出る可能性が高い、北の会場へと向かう。『建国祭』は街ぐるみの祭りだが、北の領主の館近くの広場に行列や山車《だし》の集まる会場を設けている。去年は『迷宮』の扉の前だったが、今回はそこに変更された。表向きは参加者が増えて会場が狭くなったからだそうだが、間違いなく『スタンピード』のせいだろう。会場にはお偉いさんも集まる。

事が起こった時に巻き添えになるのを防ぐためだ。

一応、俺がエイプリルの護衛という体で、アルウィンは付き添いだ。

冒険者たちは各自街のあちこちに散って警備だ。ノエルとラルフもここに含まれている。冒険者ギルドの職員たちは伝令役および補佐として、冒険者たちと行動を共にしている。何かあれば、ギルド本部へ連絡する手筈《てはず》になっている。本部では、壁や門の強化に加え、救護や街の住人が避難できるように準備も進めている。

だが、肝心の『教祖』は今も居所が知れない。あいつが『スタンピード』を起こす前に倒せればベストなのだが。『群鷹会《ぐんようかい》』からは結局あれ以降連絡はなかった。やはり見つけられなかったらしい。

「もしかしたら、ここにはもう帰ってこられないかもな」

「帰ってくるさ」

少なくとも君だけはね。そのために俺はここにいる。

外は晴れ晴れとした天気だし、祭りの音やにぎやかな声がすでに外から聞こえている。

「君にプレゼントだ」

奥の部屋へとアルウィンを案内する。彼女が目を見開いた。

「ようやく修理が終わってね。昨日、デズが取ってきた」

アルウィンの鎧《よろい》だ。『伝道師』に壊された穴もふさいである。痕跡一つ見当たらない。さすがデズが見込んだ職人だけのことはある。

アルウィンはすり足で近づくと、鎧《よろい》の表面を撫《な》でる。怒りや後悔、決意、勇気、様々な感情が渦を巻いているようだ。ひとしきり撫《な》で終えると俺の方を向き、凛々《りり》しい顔で言った。

「手伝ってくれ」

「了解」

前後から鎧《よろい》を付けて金具を留《と》める。同様に、手甲脚絆《きゃはん》を一つ一つ順番に身に着けていく。

最後に赤いマントを身に着ければ、『深紅の姫騎士』様の復活だ。

それから、と手渡したのはいつものあめ玉だ。

手のひらのそれを見てアルウィンの顔が曇る。結局これに頼るのか、と表情が雄弁に物語っている。だが、嫌がったところで現実はどうにもならない。飲まなければ禁断症状でまともに戦えなくなる。ニコラスの作った解毒《げどく》剤はまだ届いていない。

目をつぶりながらアルウィンは一口で飲み込んだ。

口の中を動かし、ほっとため息をつく。

「……いよいよだな」

勝つも負けるも生きるも死ぬも、今日で決まる。

「お前と知り合って一年と三ヶ月ほど、か」

歩きながらアルウィンが懐《なつ》かしむようにつぶやいた。

「そうだね」

彼女のヒモになってから厄介事に巻き込まれてばかりだ。彼女の聖騎士に殺されそうになったかと思えば、後継者争いのいざこざに巻き込まれ、挙げ句の果てに知り合いまで手に掛けた。ほかにも、やくざ者とケンカをしたかと思えば、彼女の秘密を探ろうとする『聖護隊《せいごたい》』の隊長に殴り倒された。彼女が行方不明になったと聞きつければ、『迷宮』まで救助に向かい、挙げ句の果てには、魔物だらけの国にまで彼女の落とし物を拾いに行った。

アルウィンと会わなければ、もっと平穏無事な毎日だっただろう。ただその時は、ポリーか別の女のヒモとして死んだように生きていたはずだ。どちらがマシかなんて、今の俺には判断が付かない。

「色々あったな」

一緒に暮らし始めてから変な服を着せられ、家事までする羽目になった。家に女を連れ込めば殴られ、お姉ちゃんの店に行けば締め上げられた。散々だが、いいこともあった。

春には花を見て、夏には一緒に冷たいスイカを食い、秋には嵐の夜の中で一晩中語り合い、冬には雪かきもした。

もし、アルウィンと出会わなければ得られなかったものだ。

「思い出話はまだ早いよ」

仮に『スタンピード』が終わっても、俺たちの目的が変わるわけではない。アルウィンは

『迷宮』に入り、『星命結晶《せいめいけっしょう》』を手に入れる。俺は彼女のために『クスリ』を手に入れ、不都合な事実を知った人間を闇に葬《ほうむ》る。

「まだこれからだ。俺たちは何も成し遂げていない。そのためにも今日を乗り切らないと」

「ああ、そうだな」

アルウィンは決意のこもった目をしながら拳を固めた。

「絶対に、この街を守る」

待ち合わせは、養護施設《ホーム》の前だ。ここに来る途中もじろじろと嫌な目で見られた。まだウワサは消えていないようだ。俺とアルウィンが到着すると、エイプリルはすでに来ていた。養護施設《ホーム》の子供たちも一緒にいる。エイプリルを含めて、五人か。いざとなればこいつらを守らないといけねえのか。それを思うと乾いた笑いがこみ上げる。

「遅いよ」

俺の気持ちも知らず、お嬢様はふくれっ面《つら》だ。

「どうしたの、その恰好《かっこう》」

アルウィンの完全武装にエイプリルは目を丸くしている。

「今日は君の護衛だからね。よからぬ輩《やから》が近づいてこないようにしているんだよ」

そっか、と浮かない顔だ。誘拐されそうになったのを思い出したのだろう。

いつもの護衛も少し離れたところで監視している。今日は役に立てよ、お前ら。

「本当だったらアルウィンさんもおしゃれして楽しめたのになあ」

今日がただの祭りであってもアルウィンはしないからな。休みの日もそうだ。

「それは、この前選んでやったドレスか？」

スカートをひらめかせて、ひらりと一回転する。

「ああ、似合っているよ。予想通りだ。いや、それ以上かな」

我ながら正解だった。赤いドレスにエイプリルの銀髪がよく映える。

「街中で着ても良かったのかい？」

生地も高かったし、舞踏会とか公式の場所で着るものだろう。

「ああこれ？　別にいいよ。高いものじゃないし」

……これだからお嬢様は。

「せっかくマシューさんがコーディネイトしてくれたんだから。こういう時に着てこないと」

「光栄だよ」

うやうやしく頭を下げる。

何故《なぜ》か後ろの姫騎士様は複雑そうな顔をしながら髪をいじっている。

「それじゃあ行こうよ。もう始まっちゃうよ」

「あー、ちょい待ち」

今にも駆け出しそうなエイプリルを呼び止め、手招きする。

「ほら」

バラの花を模した髪飾りだ。エイプリルの瞳が宝石のように輝く。

「君のドレスと髪に似合いそうなのを見繕っておいたんだよ」

「可愛《かわい》い」

髪飾りを手に取りながら顔をほころばせている。喜んでくれて何よりだ。

「ありがとう、マシューさん」

「どうってことないよ」

「金を出したのは私だがな」

背後から恨みがましい当てこすりが聞こえたが、気にしないでくれるとありがたい。

「アルウィンさんもありがとうね」

「まあな」

礼を言われて、照れ臭そうに顔を背ける。

「せっかくだから着けてやるよ」

「いいよ」

「遠慮するなって」

喚《わめ》いていた割には、着けてやる間は人形のようにおとなしくなる。いつもこうだと俺の足も平穏無事なんだがな。

「似合っているよ」

「え、鏡ない？」

確かめたいのか、エイプリルが迷子を捜すようにきょろきょろする。

「ほれ」

差し出したのは、手鏡だ。

「そう来るだろうと思って用意しておいた」

「用意がいいね」

感心しながら手鏡を手に取る。

「可愛《かわい》い……」

うっとりと頬を染める。

「大事にするね」

「気に入ってくれたならいいさ」

選んだ甲斐《かい》があるというものだ。

「私が金を出したんだけどなあ！」

「いや、分かっているから」

姫騎士様は眠たそうな子供みたいにご機嫌斜めだ。

「そんな怒らないでよ。別に君をないがしろになんかしてない。エイプリルだって君には感謝しているよ」

「ろくにプレゼントもよこさない男が、私の金でいい顔をするな」

すねを蹴ってくる。鎧《よろい》を付けているからマジで痛い。

「プレゼントならこの前あげただろ。超イケてるやつ」

「あれは元々私の物だ」

アルウィンは言い聞かせるように言った。

「くれと頼んだわけでもない」

感謝しろと恩着せがましくするつもりはないが、そう言われると腹が立つ。

「分かったよ。じゃあ、元のところに埋めてくるから。返して」

「誰が返すものか。もう二度と手放すつもりはない」

宝石箱を持っている振りをしながらそっぽを向く。

「だったらもうちょい感謝ってものをだね」

「しているとも。だからちゃんと支払ってやっただろう」

と、腕を組みながらご自分の膝を指し示す。

「これでいいと言ったのはお前だ」

「けど労働には見合うだけの苦労や対価ってものがだね」

「どの口でそんなことをほざく」

「知っているくせに」

俺の顔が自然とにやつく。

「口の中から舌の先に歯並びまで」

「バカモノ！」

「ねえ」

と後ろから袖を引っ張られる。エイプリルの顔が真っ赤だ。お子様にはまだ早かったかな、と思いきや理由はそうではなかった。いつの間にか、大勢の通行人が俺たちを遠巻きにして笑っている。

「了解だ」

「早く行こうよ」

これ以上、アルウィンをさらし者にはしたくない。

「お前のせいだぞ、マシュー」

たとえ本人から恨まれたとしても、だ。

俺たちは養護施設《ホーム》を出て、会場のある北へ向かう。

大通りは山車《だし》が通るため、道の両端にロープが張られている。そのせいでいつもより通りが狭く、混雑も激しい。スリは大忙しだろう。路上の紳士同様、スリにも組合があり、加盟していないよそ者や新参者は、制裁を受ける。組合の上にはやくざがいて、上納金という名目で上前をはねている。

「こっちだ」

人混みのまったただ中で山車《だし》や行列が来るのを待っていれば、俺はともかくおちびたちが押し潰される。だから特等席を用意しておいた。

「もしかして、お店とか？」

「ハズレ」

エイプリルの問いに、首を横に振る。

大通り沿いの食堂や宿屋の二階は、山車《だし》を見物する客で大賑《おおにぎ》わいだ。そういう場所は予約が必要だし、何より高い。もっと安心安全でかつタダで見られる場所もある。

「ジャマするぜ」

古い砦《とりで》を改装した門をくぐり、外壁の隅にある扉を開けて螺旋《らせん》階段を上る。

やって来たのは、物見塔だ。少々風は強いが、石造りの丸い塔からは大通りが一望できる。

「うわ、すげえ！」

「高い」

「はしゃぎすぎだ。落っこちるぞ」

手すりから身を乗り出しそうな子供を後ろに下がらせる。落ちたら命はない。

「マシューさん、よくこんな場所を借りられたね」

乱暴に扉が開く。

「ツテがあってね」

エイプリル相手に自慢していると、下から階段を駆け上がる音がした。乱暴に扉が開く。

「どういうつもりだ！」

「よう、ヴィンス」

俺の挨拶も無視して、『聖護隊《せいごたい》』の隊長様が胸倉をつかんでくる。

「ここは見物客を入れるところじゃない！　俺の許可を取ったなどと、よくもデタラメを」

「言うのを忘れてた。悪い」

俺は素直に謝った。

「王国の守護者にして正義の代行者たる『聖護隊《せいごたい》』の隊長様なら、いたいけな子供の願いも叶《かな》えてくれるかと思って」

「ここは子供の遊び場じゃあない！　今すぐ立ち去れ」

「お前、ひどい奴《やつ》だな」

ほれ、と振り向かせれば、養護施設《ホーム》の子供たちが泣きそうな顔になっている。

「僕たち、ここにいちゃいけないの？」

「いやだ、わたしここにいたい！」

「おまつり、みたい……」

絞り出すように言いながら次々とぐずり出す。

　ヴィンセントは言葉を詰まらせながら狼狽《ろうばい》している。堅物そうな顔をしているが、定期的に妻子に手紙を書いているのだ。純真な子供の涙には弱いと踏んだのは正解だったな。

　事前に練習させた甲斐《かい》があったというものだ。

「いいだろ。『聖護隊《せいごたい》』の評価も上がるぜ」

「昼までだ」

　ありがとうございます、と子供たちが声をそろえて言うと、ヴィンセントは顔を赤くしながら扉を閉めた。足早に階段を降りていく音を聞きながら俺はため息をついた。

「ひでえ目にあった」

「ちゃんと話を通しておかないからこうなるんだ」

　我関せず、とばかりに無言を貫いていたアルウィンをじろりと見る。

「元はといえば、君のアイデアだろ？」

　確かに、ここの間取りは以前、連行された時に把握している。『聖護隊《せいごたい》』の本部なら頑丈だから『スタンピード』にも耐えられる可能性は高い。地下には特に強固な牢屋《ろうや》もある。孫娘を守りたい、というじいさまの要望とも合致する。考え自体は悪くない。

　とはいえ、最初に話を聞いた時は、酔っ払っているのかと思った。

「話は通すように言っておいたはずだぞ」

「通るわけがない」

だから事後承諾のなし崩しにするしかなかった。

「ねえ」と子供たちが俺の袖を引っ張った。まだ泣いている振りをしている。

「まだなの？」

「よし、いいぞお前ら」

俺が声を掛けると、子供たちはぴたりと泣き止《な》《や》んだ。

顔を手で拭うと、また塔の縁にへばりつく。三百年前の兵士の仮装をした行列が続いた後は、派手な山車《だし》が続く。

「あ、ほら見て。山車《だし》が来たよ」

「すごーい、お城みたい」

「あっちのおっきい魚、本物みたい」

お子様方は山車《だし》を見て満悦だ。エイプリルも約束が果たせて嬉《うれ》しそうだ。

「マシューさん、あれ！」

エイプリルが興奮した様子で山車《だし》の方を指さした。どれ、と俺も見てみれば、そこには金髪の美女が二人、蛇を模した山車《だし》の上に乗っている。

「あれは、マレット姉妹か？」

「みたいだね」

アルウィンも呆《あき》れたような顔をしている。見れば、後ろの山車《だし》に『蛇の女王《メデューサ》』のパーティも乗っている。北の会場に向かうとは聞いていたが、まさかあそことは。

「あの人たちもお祭りに参加しているの？」

「みたいだね」

確かに、あそこからなら見張りやすいだろう。『伝道師』を仕留めたのはマレット姉妹ということになっていたからな。本物が生きていて、プライドを傷つけられたのだろう。名誉挽回《ばんかい》のため、とはいえ悪目立ちしているな。

「ほら、喉がかわいただろ」

山車《だし》に夢中になっている子供たちに声を掛けると、目を輝かせる。

「泡レモネードだ」

レモン水にハチミツを入れて味を調え、最後に重曹を入れれば泡が沸き立つ。さして高いものではないが、この辺りではあまり飲まれないから珍しいようだ。

「口の中がパチパチする」

「変な感じ？」

「口が痛いけど、おいしい」

子供たちが口々に感想を言う。概《おおむ》ね好評なようだ。

「これ、どこで買ってきたの？　こんなの出店になかったと思うけど」

エイプリルがコップの中の泡を見ながら不思議そうに聞く。

「作った」

「マシューさんが？」

「ああ」

「すごい！」

オトナなら酒の一本でも用意するところだが、子供相手にそうはいかないからな。どうせなら普段飲まないものをと思って作ってみた。

「こいつは、相変わらず、エイプリルには……」

後ろで姫騎士様がぶちぶちぼやいているのはまあ、聞き流してくれ。俺もそうする。

「でも材料はどうしたの？」

「親切な方から提供してもらった」

また階段から駆け上がる足音が聞こえてきた。

材料費はアルウィンに払ってもらった。

「後で返せ」

財布をしまいながら白い目で俺をにらむ。困ったお方だ。

「分かったよ。じゃあ今すぐ支払うからさ」

肩を抱き、引き寄せる。思い切り足を踏まれた。

「現金だ。それ以外は認めない」

　俺は唇を尖《とが》らせる。

「一国のお姫様なんだからケチケチしないでよ。王女殿下の名が泣くよ」

「止めろ」

　不意に、真剣なまなざしで俺をたしなめた。

「私を王女殿下と呼ぶな」

「どうして？」

　茶化していい雰囲気ではなさそうなので、俺は素直に聞いた。

「……私の立場の問題だ」

　本人の認識はともかく、マクタロード王国は魔物に攻め滅ぼされ、消滅している。アルウィンの身分は元・王族であり、現在は故郷を持たない流民となっている。

「初めてこの国に来たとき、私が王女を名乗るのは、僭称《せんしょう》だと言われた。あの時は悔しかった」

　いくら由緒《ゆいしょ》正しい家柄の正統な血筋であろうと、国という後ろ盾を持たないアルウィンは王族ではない、というわけか。

「この国に限らず、勝手に王族を名乗るのは重罪だ。そんな人間が王女殿下などと呼ばれたら名乗ったと見なされて罪に問われかねない。だから私は王女とは名乗らないし、名乗れない。

呼ぶことも許していない」

「じゃあ、『深紅の姫騎士』ってのは？」

「……『姫騎士』なんて地位や称号は存在しないからな。勝手に呼ぶ分には好きにさせている」

ただのあだ名か。

「知らなかった」

「改めて言う必要もないと思っていたんだ。この街に来た時にギルドマスターを通じて、冒険者たちにもそこは気をつけてもらっている」

下手に呼べば、自分が罪に問われかねない。そう脅されたからか冒険者たちも素直に従っている。代わりに呼ばれ出したのが、『深紅の姫騎士』というわけか。

「それでも、呼び慣れた者はたまにそう呼ぶのでな。その都度、注意はしている。お前も気をつけてくれ」

ノエルもこの街に来た直後にそう呼んでいたが、改めさせたという。

「了解」

返事をしながらそれまで真っ暗闇だった先に、少しだけ光が見えた気がした。

山車《だし》があらかた通り過ぎていった。あとは、会場で建国を宣言するところが祭りのクライマックスだ。ここからでは遠すぎてよく見えない。

「役割交代。今から君がお子様たちの引率役だ」

ぽん、とエイプリルの肩を叩《たた》く。

「ここでおとなしくしているんだ。何かあったらヴィンセントの指示に従え。さっきの面白いおじちゃんだ」

さっき頼み込んでおいたから無碍《むげ》にはしないはずだ。避難場所も確保してある。

「どこへ？」

「大人のデートだよ」

物見塔にエイプリルたちを残し、俺とアルウィンは会場へ向かう。

会場は四方を巨大な柵で囲い、奥には人の背丈ほどもある高い舞台が作られている。舞台の三方は巨大な壁に覆われており、会場の手前には、山車《だし》や行列の参加者が所狭しと並んでいる。会場の警備は念入りだ。あちこち衛兵が守っていて、関係者以外は立ち入り禁止だ。客席に座っているのは、来ているのはお偉方ばかり。平民たちは柵の外で立ち見だ。冒険者の姿も見えるが、あいつらの主な仕事は避難誘導だ。

「ここで何かあると思うか？」

「あるよ」

何度もアジトを急襲され、部下を失いながらここまでこぎ着けたのだ。今日は、おあつらえ向きの晴れ舞台だ。黙って『スタンピード』を起こすようなマネはするまい。きっとあの『伝道師』が現れる。神の裁きだの、浄化だのと何かしら宣言をするに違いない。そこを叩《たた》きたい。

こちらに何かあればノエルたちがすぐに駆けつける手筈《てはず》になっている。

ざわめきが静まり、楽団が演奏を始める。

「始まったよ」

豪勢な服を着た男が壇上に現れる。年の頃は俺と同じか少し上だったはずだ。猿顔で手足が長く、枯れ木のように細い。この街の領主だ。愛嬌《あいきょう》のある顔立ちで、貴族というより化粧を落とした楽屋の道化という風体だが、見た目に騙《だま》されると痛い目を見る。王家直轄地であり、『迷宮都市』であるこの街を任されているのだ。ただの無能ではこの街の舵取《かじと》りは務まらない。無論、清廉潔白でも長生きは出来ないのだが。

開会の宣言をした後は、山車《だし》の優勝者の発表だ。お偉方の投票で決まるそうだが、実際は駆け引きや利益調整のたまものだという。

「では、今回の勝者は」

山車《だし》の優勝者を告げる寸前、空に巨大な炎の玉が現れる。

悲鳴が上がる。隕石《いんせき》のような炎の玉はまっしぐらに舞台へと落ちていく。領主はいち早く飛び降りるが、落下速度の方がはるかに速い。それに、あの炎が爆発すれば、周囲一帯を焼き尽くす。絶望的な叫びがこだまする中、火の玉が空中で爆発する。

空が真っ白に染まる。蒸発するような音とともに、空がわずかに明るくなった。

見れば会場には火の玉どころか焦げ一つ付いていなかった。

「まさか、今のを防ぐか」

感心したような声とともに、黒い怪物が舞台に降り立った。巨大な金色の目玉に、卵のような頭。昆虫のように細長い手足をうごめかせている。

間違いない。あいつだ。やはり、生きていやがったか。

「やるな、小娘ども」

山車《だし》の上を跳びはねながら、同じ顔をした女が二人、舞台に降り立つ。

セシリアとベアトリス。双子のマレット姉妹だ。炎の玉を防いだのもあいつらの魔術か。続いて『蛇の女王《メデューサ》』も舞台に上がり、あいつを取り囲む。

「早く来い」

気がつけばアルウィンが群衆をかき分けて前に進んでいた。どうしてこう先走るのかね。早いところ駆けつけたいのだが、反対方向へ向かう群衆の波にのまれて思うように進まない。

俺たちが駆けつける間にも会話は続いている。

「一応聞いておくけど、アンタ本物よね？」

「ああ」

セシリアの問いかけに、合点《がてん》がいったとばかりにうなずく。

「あれを倒して、有頂天になっていたのはお前たちか。滑稽だったぞ」

「そういう安い挑発はいいから」

今にも飛び出しそうな妹を手で制しながら、セシリアが言った。

「大事なのは、アンタがあたしたちの戦績に傷を付けたクソ野郎かってこと。まあ、仮に偽者《にせもの》だったとしてもぶちのめすけど」

「本物なら、遠慮は無用ね！」

ベアトリスの指示で一斉に呪文を唱える。魔法の障壁で周囲への被害を防ぎつつ、閉じ込めた『伝道師』を袋叩《ふくろだた》きにするつもりか。舌打ちをしながら『伝道師』の体がゆらめく。例の霧化か。あれならいくら魔法を放とうと素通りしてしまう。

「そう来ると思った！」

セシリアが勝ち誇った顔で魔法をぶっ放す。

困惑する『伝道師』に向かい、今度はベアトリスの呪文が完成する。

「弾《はじ》けて轟《とどろ》け！『落雷槍《ライトニング・スピア》』」

荒れ狂う雷が『伝道師』に直撃する。その途端、薄れかけた体が再び元の輪郭に戻った。勢いに吹き飛ばされ、障壁にぶつかって止まる。

「霧ってのは、要するに水蒸気。水のかたまりなんだから雷だって通るわよね」

セシリアが勝ち誇った顔で言った。

要するに、あいつの能力は雷に弱いってことか。

「どう？　シシーの力は。でもすごいのはこれからよ！」

ベアトリスが続けて呪文を詠唱する。


「暴れて吹き飛ばせ！『暴風鎚《スレッジストーム》』」

「押し潰せ！『岩石雨《ロックフォール》』」

「凍えて砕けろ！『氷雪矛《アイス・ハルバード》』」


マレット姉妹が交互に魔法をぶっ放す。反撃の機会を与える間もなく、連続攻撃で押し切るつもりか。残りの四人は、付与魔法で術の威力を押し上げる一方で、万が一反撃を喰《く》らってもベアトリスたちを守れるよう、二人の前に立っている。逃げだそうにも、障壁の魔法で囲われては、いくら『伝道師』といえど、逃げ場はない。

「シシー、そろそろ大技いっとく？」

「待って、何か変。いくら何でも無抵抗すぎる」

「また偽者《にせもの》ってこと？」

「いや、本物だ」

そう宣言した瞬間、舞台の下から黒い腕が突き出てきた。セシリアの足首をつかむと一気に引きずり倒す。そのまま舞台を突き破り、現れたのは同じ姿をした『伝道師』だった。

「俺もな」

そいつは、セシリアの足首をつかんだまま、片手でぶん投げる。セシリアの体が宙を舞い、ベアトリスを巻き添えにして吹き飛ばされた。二人まとめて自分たちの作り出した障壁に叩《たた》き付《つ》けられる。それを見下ろすのは、同じ姿の『伝道師』だ。

「さすがに効いたな。もう少し受け続けていたら危なかった」

「……もしかして、アンタたちも双子だったわけ？」

顔をしかめながらベアトリスが皮肉っぽく言った。

「双子どころではないな」

最初に現れた方の『伝道師』はそう言うと、自分の頭に腕を突っ込んだ。まるで何かを探すかのように自身の頭の中をいじると、不意ににやりと笑った。ふん、と気張りながら腕を引っ張り出した時、その手には赤い卵のようなものを握っていた。

「試したことはないが、十や二十は軽い」

放り捨てると、卵が割れて赤い煙が上がる。大量に噴き出した煙が徐々に形を作っていく。

やがてそこに現れたのは、全く同じ姿をした『伝道師』だった。

分身まで作り出せるのか。前にマレット姉妹が倒したのもあれだろう。

「クソっ！」

セシリアが立ち上がろうとしたところでうずくまる。足をつかまれたときに骨を砕かれたようだ。それをかばってほかのメンバーが前に立ちはだかるが、障害にすらならなかった。

「ジャマだ」

三体の『伝道師』に心臓を貫かれ、首を刎《は》ねられ、全身を燃やされ、頭をかち割られ、『蛇の女王《メデューサ》』の女たちは、無残に散った。舞台の上が血に染まり、四人の女が血の海に横たわる。

セシリアの目が限界まで開かれる。血しぶきを頬に浴び、悲鳴とも怒号ともつかぬ叫び声を上げた。

「テメエらあああっ！」

杖《つえ》から巨大な炎の玉が放たれる。『伝道師』三体を呑み込み、障壁をも破壊して、舞台の上に炎の柱を打ち立てた。

「死ね、死にやがれ！　地獄に落ちろ！」

喚《わめ》きながら何度も炎を打ち込んでいく。炎の柱は更に強さを増し、火力を上げていく。熱風が吹き巻く中、炎の中で黒い影が揺らめき、その中心で光が瞬《またた》く。

「危ない！」

ベアトリスが体ごと姉に覆《おお》い被《かぶ》さる。その上を白い光が駆け抜けた。

「騒々しいな」

炎の中から、一体の『伝道師』が抜け出してくる。その後ろで、黒焦げになった同じ姿の『伝道師』が赤い霧に変わっていく。分身を身代わりにして炎を防いだのだろう。

「蛇なら蛇らしく黙って舌でも出していればいいものを！」

腹立たしそうにマレット姉妹をまとめて蹴り飛ばす。紙くずのように飛んでいき、セシリアは舞台の上から転げ落ちるが、ベアトリスは仲間の死体に引っかかり、かろうじて舞台の上に残っていた。巨大な杖《つえ》で立ち上がると、憎悪《ぞうお》と闘争心のこもった目で『伝道師』に杖《つえ》を向ける。

「このっ！」

「鬱陶しい」

呪文を唱えようとしたようだが、苦し紛れだ。あっという間に杖《つえ》ごと腕を蹴り飛ばされる。骨の砕ける音がした。続いて顔を殴られ、床に倒れる。

「あ、し……」

「おや、生きていたか。えーと、どっちだったかな。まあいい」

『伝道師』が足を上げた。頭を踏み砕くつもりか。

「終わりだ」

勢いよく足を下ろす寸前、銀色の刃が『伝道師』の胸を切り裂いた。

「大丈夫か、ベ、ア、ト、リス！」

アルウィンはもう一度剣を振って、『伝道師』を退《ひ》かせる。その間に、ベアトリスを助け起こした。

「……シシーは？」

「大丈夫だ。気絶しているだけだ」

アルウィンの代わりに俺が返事をする。

「ほかの子は？」

アルウィンは無言で首を横に振った。

「そっか……」

ベアトリスは体を投げ出し、うつろな目で空を見上げる。

「また、シシーと二人だけになっちゃったわね……」

親と別れ、尊敬する師匠や先輩を亡《な》くした。セシリア同様、ベアトリスもずっと喪失感を抱えていたのだろう。姉のために、それを表に出さなかっただけで。そして今、自分たちを慕う仲間まで失い、顔を覗《のぞ》かせた。

「ベアトリス・マレット」

アルウィンは彼女の手をぎゅっと握った。

「お前の気持ちは痛いほど分かる。だが、悔しさも悲しさも今は全部呑み込め。姉を一人にしたくなければ、立ち上がれ。どうしてもムリだと思うのなら心の中でこの言葉を唱えろ」

美しい唇ではっきりと言った。

「『クソくらえだ《Kiss my ass》』」

「何それ、超下品」

ベアトリスが乾いた笑いを漏らす。失敬な奴《やつ》だ。

「それでも、立ち上がるには役に立つ。一度でダメならなら十回は言ってみろ。効果は、お墨付きだ」

アルウィンは微笑《ほほえ》みながらベアトリスの頰を撫《な》でる。

「待っている」

「やだ、惚《ほ》れちゃいそう」

冗談めかして言うと、ベアトリスは這《は》うようにして姉のところに向かう。

「ここは任せるわ」

「そのつもりだ」

「随分と吹くじゃないか、死に損ない」

横から『伝道師』が声を掛けた。既に魔法で受けたダメージも、今し方アルウィンに切られた胸の傷も全て癒えている。

「さて、諸君」

会場に向かい、両腕を広げる。

「これより我が神の名においてこの街を浄化する。お前たちは全員、死ぬ」

細い腕を上げた途端、どこかの建物が吹き飛んだ。近くにいた人間を巻き込みながら、破片が宙を舞う。また巻物《スクロール》か。

薄っぺらいから体の中にいくらでも隠せる。あとは手下がそいつを発動させるだけだ。自分の命を引き換えにして。

一つだけではない。二つ、三つと建物や屋台が爆風とともに吹き飛ぶ。悲鳴や助けを求める声が重なり、どんな楽器でも生み出せない不協和音を奏《かな》でる。『伝道師』が炎の明かりに照らされながら歓喜の声を上げる。

「死ね、異教徒ども。貴様らの行く先は地獄だけだ」

「やめろ！」

アルウィンが何度も斬りかかる。マレット姉妹のように魔法でも使えたらまだやりようもあるのだが、やはり霧となって素通りするだけだ。攻撃を全てかわされても彼女は諦めない。

「絶対に『スタンピード』は起こさせん。ここで貴様の命を……」

突然、『伝道師』が高笑いを始めた。

「やはり貴様は世間知らずだな、王女殿下」

黒い腕で指し示したのは、町の中央部。『迷宮』への扉がある場所だ。

「『スタンピード』の合図ならとっくの昔だ。扉を強化したところであの勢いは止められん」

轟音《ごうおん》が響いた。何かの吹き飛ぶような音に続けて、遠くから地鳴りのような音が聞こえる。

それが何を意味するかは、考えるまでもなかった。

「時間稼ぎだった、ということか？」

アルウィンのつぶやきを『伝道師』がせせら笑う。

「お前たちは己を狩人《かりゅうど》だと思っていたのだろう？　違う。お前たちこそ獣だ。狩猟場へと追い立てられ、無残に狩られるだけのな」

俺たちがいるのは街の北側だ。ここで騒ぎが起これば、観衆は南へ逃げる。南に行けば街の中心部、つまり『迷宮』の前に出る。

「そこまでして大勢の人が死ぬのが見たいのか？」

「害獣を駆除するのだ。楽しいに決まっているだろう」

心底、愉快そうに『伝道師』は身をよじらせる。

「達成感もやり甲斐《がい》もある。何より己を誇らしく感じる。全てが達成できれば、やり遂げれば、きっと私はより高みへと上れる」

「部下や仲間を犠牲にしてか？」

「そんなものはいくらでも作れる。たった今見せてやっただろう？」

おどけた様子で肩をすくめる。

「大人数で追いかけ回されるのは厄介だったからな。間抜けにはちょうどいい木偶《でく》人形だ」

いつの間にか『伝道師』の手の中には、先程の赤い卵が握られている。それを屋根の向こうへと放り投げる。あれが孵化《ふか》すれば、また『伝道師』の姿になって街中の人間を追いかけ回すだろう。獣を追い込む勢子《せこ》、ってわけか。

「早く追いかけた方がいいぞ。放っておけば、被害はますます大きくなる」

「貴様！」

アルウィンの剣は空を切った。『伝道師』は高々と跳躍すると、屋根の上に飛び乗った。そこから両腕を広げ、眼下の者たちに向けて宣言する。

「祭りはここからだ。たっぷり楽しむといい」

第六章　『伝道師』の傲慢

耳を聾《ろう》するばかりの地響きと足音。街は混乱の極みを迎えようとしている。

見上げれば、あの野郎は、もう姿を消していた。

「私は『迷宮』へ向かう」

俺が舞台によじ登ると、アルウィンはためらいもなく言った。

「私はノエルたちと合流して、あの『教祖』を見つけて倒す。お前はエイプリルのところへ行け。今なら間に合うはずだ」

時間が経《た》てば、街中に魔物があふれて移動もままならなくなる。逃げるなら今のうちだ。『聖護隊《せいごたい》』本部ならば守りも堅い。

「マレット姉妹の方は問題ない。もうすぐヒーラーも来る」

「いや、しかしだね」

「預かった義務もある。あの子も心配しているだろう」

「……分かった」

悠長に作戦会議をしている時間はない。エイプリルの無事と安全を確保したらすぐに追いかけるか。

「絶対に『スタンピード』を止めてみせる。奴も無敵ではない。必ず勝って戻ってくる。だから、待っていてくれマシュー」

「死なないでよ」

「当然だ」

アルウィンが微笑《ほほえ》む。

一時別れて『聖護隊《せいごたい》』本部に向かう。今生の別れにならないように願いながら。すでに観客はどこかへ逃げており、ついさっきまで人でひしめき合っていた道はがらんと空いていた。靴や髪飾りが落ちている。祭りの看板や飾り付けも壊れて、踏みつけられて、足跡が付いている。

「マシューさん！」

声を掛けられて俺は立ち止まる。前から駆けてきたのは、エイプリルだ。

俺に駆け寄るなり、倒れ込むようにすがりつく。

「何がどうなっているの？」

「『スタンピード』だよ。『迷宮』から魔物が飛び出してきた」

エイプリルの顔が真っ青になる。

「アルウィンさんは？」

「今のところは無事だよ。魔物と戦うために向かっている」

俺はおちびの頭を撫《な》でる。

「うちの姫騎士様は強いからな。すぐに魔物を片付けて帰ってくる。それより、問題は君だ。今すぐ戻れ。ここは危険だ」

ぼやぼやしていたら、この通りも魔物であふれかえる。

「じーじなら無事だよ。君の家はこの街で二番目に安全だからな。一番はさっきのところ。あの面白いおじさんは、君たちを無碍《むげ》にはしないよ」

今頃、ほかの避難民も匿《かくま》っているはずだ。準備をしていたのも知っている。

「違うの」

なだめるために言ったつもりだったが、エイプリルがこらえきれないように首を横に振る。

「あの子が、ルークがいなくなっちゃって」

一緒にいた養護施設《ホーム》の子か。年齢は確か七歳。茶褐色の髪にはしばみ色の瞳をした、小生意気そうな男の子だ。何度か会話をしたこともある。俺にとっては印象深い。

「ヒモ志望の子か」

あの年で女に養われようだなんて、将来有望だよ。

「きっと、先生たちが気になって養護施設《ホーム》に戻っちゃったんだよ」

目の前の惨状を見たらムリもない、か。とはいえ、もうすぐ魔物だらけになるこの街で、子供一人が無事でいられる可能性など、考えるまでもない。

「俺が探してくる。君は戻れ」

俺はおちびの頭を撫《な》でながら諭す。

「でも」

「いいか、エイプリル」

俺は懐《なつ》かしい記憶を思い返しながら言った。

「君のじいさんとデズが言うとおり、俺はロクデナシだ。けれど、これだけは分かる。君は残るんだ」

エイプリルは一瞬はっと顔を上げた後、こくりとうなずいた。

「マシューさん。また、お願い……って、後ろ！」

悲痛な叫びに後ろを振り返れば、通りの向こうから人の顔をした獅子《しし》がこちらに歩いてくるのが見えた。

「マンティコアか」

もうこんなところまで来やがったのか。

この前、ギルドの広場で大暴れしたのよりはずっと小柄だが、厄介なのは変わりない。今の俺なら軽々、と言いたいところだがあいにくの曇り空だ。

薄い雲だからすぐに晴れるはずだが、そのわずかな時間が俺たちの命取りになる。

この前はノエルがほぼ一人で倒したし、デズもいたが、今は俺たちだけだ。

「どうしよう……」

「ゆっくりと下がるんだ。正面を向きながらだ」

背中を向ければ、その途端に襲いかかってくる。

「向こうの通りまで行く」

そこまで行けば『聖護隊《せいごたい》』の本部は目と鼻の先だ。

大声で助けを呼べたら楽なのだが、救助が来る前に俺たちが餌食《えじき》になる。

マンティコアは狡猾《こうかつ》で用心深い。俺たちが手強《てごわ》いと思えば、深追いはしてこないはずだ。

後ろでうなずく気配がした。ぎゅっと、俺の腕にしがみつく。

俺たちは一歩、一歩と後ずさる。

「目を合わせるな。敵と見なされる」

少しずつ、マンティコアとの距離が離れる。いいぞ。もうちょいだ。

上の雲も薄くなってきた。晴れれば、襲ってきても何とかなる。

あと数歩で通り、というところで、上から小さな影が落ちてきた。

小さな子鬼が何匹も俺たちの上に飛び降りてきた。赤い頭はとがっていて、帽子をかぶっているように見える。

レッドキャップか。こんなところで!

「逃げろ！」

俺がおちびを押すと同時に、レッドキャップが俺の頭に飛びついた。

壁に叩《たた》き付《つ》けて引き剝がそうとするが、長い爪で俺の髪をつかんでしがみついてやがる。人生で今日ほど自分がハゲだったら、と思った日はねえ。振り払おうにも、まだ太陽は雲に隠れている。腕や胸にもレッドキャップが抱きついているので『仮初めの太陽《テンポラリー・サン》』が取り出せない。

「マシューさん！」

「いいから行け！」

気が動転したのだろう。エイプリルが背を向けて走り出す。

俺が声を掛けるより早く、マンティコアが駆け出した。狙いは、エイプリルだ。

「クソ！」

せめてもの抵抗にと、横を通り過ぎる瞬間に手を伸ばすが、指先がマンティコアの毛をかすめただけだった。

「走れ！」

追われていると気づいたエイプリルが懸命な様子で両手を振って走るが、マンティコアの方が速い。あっという間に距離を縮めると、巨体を屈《かが》め、飛び上がった。のし掛かるように標的目がけて爪を振るう。振り返ったエイプリルの顔が蒼白になる。

鋭くとがったそれがエイプリルの体をえぐる寸前、横から飛んできた黒い影がマンティコアの体を空中で弾《はじ》き飛《と》ばした。

マンティコアは空中で体勢を整えると、四本脚で着地し、唸《うな》り声を上げる。

エイプリルが目を輝かせる。

グロリア・ビショップは自身の髪を手でくしけずると、傲然と俺を見下ろすように言った。

「聞いてよ、ヒモさん」

冒険者ギルドの鑑定士がどうしてこんなところに、と思っていると、急に情けない口調でグチをこぼし出した。

「いくら人手が足りないからってさ。会場の警備に駆り出されたと思ったらいきなり変なのが現れて大騒ぎじゃない。会場はメチャクチャだし、みんな逃げちゃったからとりあえず、ギルドに戻ろうとしたら魔物も出てくるし、最悪。やっぱりこの街に来るんじゃなかった」

一方的にまくしたてた後に、うんざりって感じでうなだれる。酔っ払っているのか、こいつ。

そういえば、例の会議には参加していなかったな。

咆哮《ほうこう》が聞こえる。マンティコアが標的をグロリアに変更したらしい。地を蹴り、建物の壁にへばりつくと、角度を変えて、斜め上から襲いかかる。

「ああ、もう！」

転がるようにして突進をかわすと同時に、袖から取り出した長い針を投げる。マンティコアの腹に刺さるが、さして効いた様子はない。体を揺すると、針は地面に音を立てて落ちる。

「うわ、面倒くさい」

毒でも塗ってあったんだろうが、マンティコアは毒持ちで耐性も持っている。毒の種類によっては無効化されてしまう。おまけに毛皮も分厚いからあの程度の投擲《とうてき》では貫けない。好機とみたか、マンティコアが再度突っ込んできた。押しつぶすかのようにグロリアに飛びかかる。両手に針はない。エイプリルが悲鳴を上げた。

巨体の影に覆われながらグロリアは左手を上げ、にやりと笑った。

耳をつんざくような爆音が轟《とどろ》いた。巨大な火柱が伸びて、マンティコアを包み込んだ。炎に包まれた獅子《しし》の巨体が宙を舞い、首のないまま地面に落ちた。

グロリアは立ち上がると、右手で乱れた髪を整えた。左手からは煙が吹いている。

「うざい」

俺にしがみついていたレッドキャップまで驚いた様子でどこかへ逃げ去っていった。

「助かったよ」

俺は素直に礼を言った。

「やっぱり。君の義手って仕込んでたんだ」

「高かったんだから」

だらん、と垂れ下がった金属製の手を反対の手で指さす。

「一発撃つと後が続かないのと、威力の調整が出来ないのが難点だけどね」

なるほど、ならば自分の部屋では使えないな。

「そうそう、忘れてた」

と、グロリアが取り出したのは、小さな包みだ。

「えーと、ニール・バーンストーンだっけ？　あの年取ったヒーラーさん。あの人から預かったの。ヒモさんに渡してくれって」

「ニコ……ニック・バーンスタインね」

偽名の方で訂正しながら包みを開ける。中身は白いあめ玉だ。

包みの裏に字も書いてある。『君に合わせてあめ玉にしてみた。患者に飲ませれば中和できる』か。

もう少し早ければ、と思ったがないよりはマシか。

礼を言って懐《ふところ》にしまい込む。アルウィンと合流したら飲ませよう。

「あ、あの！」

今度はエイプリルが頬を紅潮させながら声を掛ける。

「ワタシとマシューさんを守ってくれて、ありがとうございます！　助かりました」

「ああ、そうね」

グロリアは気怠《けだる》そうに言った。

「お嬢さんに何かあったらおっかない人に怒られそうだからね」

エイプリルは目をぱちくりさせる。

「え、あ、そうか。じーじ……お爺様《じい》は怒ると怖い、ですから」

「まあ、そんなところ」

意味ありげに俺を見るな。

俺はグロリアに事情を話し、エイプリルを預ける。打算ばかりの女だが、だからこそ信用が出来る。じいさまと俺を敵に回すようなマネはしないだろう。

幸いにも今日は晴れだ。うまく立ち回れば、何とか辿《たど》り着《つ》ける。

二人と別れ、大通りを南に進む。街の中を魔物が暴れ回っている。祭りの食い物だけでなく飾り付けまでかじりついてやがる。やりたい放題だ。

そこかしこから悲鳴が聞こえる。魔物の氾濫に混乱と恐怖が満ち満ちている。

悪いが、俺に助けている余裕はない。誰もかも助ける余裕と力があるのは神くらいだろうが、俺の知る神は史上最悪のクソ野郎だ。あてには出来ない。

魔物の群れを掻《か》い潜《くぐ》り、どうにか養護施設《ホーム》に辿《たど》り着《つ》いた。

「ひでえな」

建物はすでに半分が瓦礫《がれき》に変わっていた。庭も花壇も魔物に踏み荒らされている。

ひどい有様《ありさま》だが、死体は見当たらない。魔物が来る前に避難していたのだろう。問題のルークはどこだ、と壊れた施設の中を歩いていると、瓦礫《がれき》の向こうから聞き覚えのある声が聞こえた。間違いない。ルークの声だ。

「大丈夫か？」

必死で瓦礫《がれき》をよじのぼると、ルークは庭だった場所に座り込んでいた。その目の前にいるのは、巨大な蛇だった。こちらも見覚えがある。

リントヴルムか。

『迷宮』の奥からこんなデカブツまで出張ってきやがったのか？　腹を空かせていたのか、行きがけの駄賃か、巨体を揺らしながら目の前のエサを丸のみにすべく口を開ける。

「どけ！」

俺は地面を蹴った。間一髪、食い殺される前にルークを抱え込む。巨大なものが駆け抜けていく勢いと風圧に押されながら地面を転がる。

勢い余って壁にぶつかったが、ルークにケガはない。

「無事か」

「あ、ヒモのおっさん」

「ここでお兄さんと言えるようになると将来モテる」

有《あ》り難《がた》い教訓をくれてやると、路地の奥にある倉庫の方を指さす。

「向こうへ逃げろ。あの体なら狭い場所まで追いかけてこない」

「お兄さんも一緒に！」

俺の手を取って立ち上がらせようとする。表情は真っ青だ。リントヴルムが反転してまた向かって来るのが見えたからだろう。

「デートのお誘いだ。お子様には刺激が強い。少しばかり目を閉じて耳をふさいでくれ」

強引に背中を押して路地奥の倉庫へと走らせる。その背中が見えなくなった時には、リントヴルムの巨体はもうそこまで迫っていた。

「残念だったな、蛇公」

日差しを遮るように来たのは正解だが、まだ甘い。俺は頭上の光を感じながら横跳びでかわすと、リントヴルムのどてっぱらをぶん殴った。

蛇の腹が一瞬浮き上がる。動きが止まったところで、ちょうどいいものが落ちているのを見つけた。『建国祭』で掲げていた国旗だ。竿《さお》も付いている。俺はそいつを拾い、リントヴルムの目玉に深々と突き刺した。血しぶきが上がり、国旗が真っ赤に染まる。二股の舌を伸ばして頭部を激しく揺らす。暴れるんじゃねえ、ホコリが立つだろうが。

尖《とが》った瓦礫《がれき》を拾うと、一気に飛び上がる。リントヴルムの脳天目がけ、石のナイフ代わりに瓦礫《がれき》を突き刺した。絶叫とともに身もだえするが、動きは徐々に鈍っていく。

「終わりだ」

最後に頭をぶん殴って、血反吐《ちへど》を吐かせる。土埃《つちぼこり》をまき散らしながら、リントヴルムは瓦礫《がれき》の上に頭を突っ込み、動かなくなった。

動かなくなったリントヴルムに腰掛け、ため息をつく。

　ふと見れば建物の陰に巻物《スクロール》が落ちているのが見えた。広げてみたが、白紙だった。なるほど、こんなデカブツがいきなり現れるのは妙だと思ったが、『ソル・マグニ』の仕業か。『スタンピード』を起こすと同時に、街のあちこちに魔物を解き放ったのだ。逃げ延びた人間を追い詰めるために。だとすればこんな怪物がまだまだ出てくるはずだ。予想以上に事態は深刻だ。『迷宮』への扉だけでも閉じないと、今日にでも街が終わる。

「大丈夫か？」

　路地奥の倉庫の扉を開けると、ルークが目を白黒させていた。

「あのでっかい蛇は？」

「さっきすごい冒険者が来て倒していったよ」

「え、本当？」

　飛び出すなりリントヴルムの死体を見て腰を抜かす。

「すごい、一体誰？　姫騎士様？」

「お前の知らないお方だよ」

　肩に抱え上げようとして、頭を撫《な》でる。太陽が雲に隠れてしまった。

「勝手に抜け出したバツだ。おちびがお尻ペンペンだとよ」

　あ、とルークが振り返りながら指さした先には、倒したはずのリントヴルムの体がもぞりと動き出した。まさか、息の根は止めたはずだ。俺の困惑をよそに、リントヴルムの口から黄色い光の球とともに、粘液だらけのネズミが飛び出して来た。子供の背丈ほどの大きさで、口の牙が大きい。リントヴルムの口から這《は》い出《で》ると、二本足で立ち上がる。

ワーラットか。

リントヴルムに生きながら呑み込まれたのだろう。しかも五匹も出てきた。手には刃の欠けた短剣やを石斧《せきふ》を持っている。よくもまあ。蛇の腹の中で生き延びたものだ。

お腹立ちなのだろう。ワーラットは赤い目に敵意を漲《みなぎ》らせ、俺たちに向かってきた。やばい、今の俺ならこいつらにも負ける。何とかルークだけでも逃がさないと、と、身構えたところでどこからともかく、矢が飛んできた。

脳天に刺さった一匹がひっくり返り、矢を墓標の代わりにする。

ワーラットたちがひるんだところで、背後から野太い掛け声が上がった。

「ぶち殺せ！」

強面《こわもて》どもが俺たちの間をすり抜けてワーラットへ殺到する。棍棒《こんぼう》で袋叩《ふくろだた》きにし、槍《やり》で突きまくる。抵抗する間もなく、ワーラットの死体が積みあがった。

「よう、無事か？」

俺はうめいた。

やって来たのは、『群鷹会《ぐんようかい》』の幹部・『鱗雲《うろこぐも》』のオズワルドだ。後ろには武器を抱えた強面《こわもて》が何人も控えている。いずれも手には剣や槍《やり》や斧《おの》を持っている。

「決まっているだろう、街を守るためだ」

あごで指し示した先には、死体が転がっている。おそらくオークの類だと思うが、大勢で囲んで殴り飛ばしたのだろう。原形をとどめていない。

「どうしてここに？」

「親分さんが？」

「それりゃあ、俺たちはロクデナシだ。人様から嫌われる商売だ」

自覚はあったのか、という言葉を腹の中に飲み込む。

「けどな、それでもやっちゃあいけない筋ってもんがある」

それに、とオズワルドの顔に怒気がみなぎる。

「あんななめたマネをしてくれたんだ。落とし前を付けさせねえと、なあ」

後ろの男たちが一斉に返事をする。

「そうかい」

期待はしていないが、人手は多い方がいいだろう。

「ああ、それとお前に報告だ」

「『教祖』の正体でも分かったのか？」

「もう一つの方だ」

アルウィンの悪評をばらまいた件か。

「苦労したが、ようやく辿《たど》り着《つ》いた。ウワサをばらまいていたのは、たった一人だ」

そいつの名前と素性を聞いて、俺は合点《がてん》がいった。

「ありがとうよ、役に立った」

「そいつになし付けに行くんだろう？　うちの若いのを連れていくか？」

「止めとくよ」

ムダな犠牲を出したくはない。そうか、とオズワルドも強くは勧めなかった。

「俺たちは南東のほうにいる。困ったことがあったらそっちに来い」

「ああ」

と、『群鷹会《ぐんようかい》』が去って行くのを見送ってからルークの手を取り、『聖護隊《せいごたい》』の本部へと向かう。太陽の光もあるし、何とかなるだろう。ルークを肩に担《かつ》ぎながら歩いていると、急に髪を引っ張られた。

「あの人たちのところに行かなくていいの」

「いいか、ルーク」

俺は腹の底から忠告してやる。

「あの手合いに借りなんか作ったら後でとんでもない目に遭う。関わらないのが一番だ」

ルークを送り届けた後、俺はもう一度引き返す。向かうのは無論、『迷宮』だ。早いところあの『伝道師』を片付けたいところだが、居場所も分からないし、『迷宮』の魔物を何とかしないと。俺たちの方が先に力尽きる。

大通りを避けて、裏路地から『迷宮』に向かう。日陰というリスクはあるが、一直線に突っ切ればこちらの方が早い。

背後から無数の足音が聞こえた。こいつは二足歩行か。だが、歩き方はひどく頼りないし、ふらついている。酔っぱらいじゃああるまいし、と振り返って息をのむ。

やってきたのは、亡者《もうじゃ》の群れだ。

スケルトンにゾンビに、グール、低級のアンデッドの大群だ。それはいい。動きも鈍いから倒しやすい。問題があるとしたら、ただ一つ。亡者《もうじゃ》はいずれも冒険者の格好をしていた。

『迷宮』で死んだ連中の魂がアンデッドとして蘇《よみがえ》ったのだ。『迷宮』で死ぬと、魂を囚《とら》われ『迷宮』攻略の日まで苦しみ続けるという。

うんざりする。こいつらの仲間もこの街のどこかにいるだろうに。骨だけになっている者もいれば、生きている人間とさして変わらない者もいる。

大通りに逃れようかとも考えたが、ほかの魔物と挟み撃ちになるだけだ。

俺は更に細い路地へ逃げ込んだ。追いかけてくるが、知性がないから統率がとれていない。互いの体で押し合いへし合いしているので、すぐに詰まる。仲間同士で噛みつき合っている奴までいる。これなら楽勝で引き離せる、と思ったが、前の方から黒い影が迫ってくる。やはり亡者どものようだ。

ほかに逃げ場はない。後ろからは無数。目の前にはたった三体。これなら、と懐《ふところ》に手を入れながら駆け抜けようとして足が止まる。

そいつらは、顔見知りの姿をしていた。

「俺だけで来たのは、正解だったかな」

ヴァージル、クリフォード、セラフィナ。

目の前にいたのは、『迷宮』で命を落とした『戦女神の盾《イージス》』のメンバーだ。

死体は燃やして骨も砕いたはずなのに、『スタンピード』で活性化した『迷宮』がご丁寧に体まで用意したらしい。

服も着ているし、骨が露出しているとか、腐った肉をまき散らす様子もない。それでも死んでいるのは明らかだった。肌には血が全く通っておらず、色艶が悪い。何より、目の瞳孔が開いている。

「久しぶりだな、元気にしてたか?」

話しかけても返事はなし。生前の人格は残っていないのか。ヴァージルは、俺を見て歯をむき出しにすると、獣のように飛びかかってきた。とっさに手近にあった石を蹴飛ばすと、地に伏せる。ヴァージルは空中で石に当たり、バランスを崩して地面に落下する。その間に、俺はクリフォードの足元をかいくぐり、背後に回るとセラフィナの背中を押した。二人がもつれ合うように倒れこんだ隙に全速力で逃げ出した。

……のは、いいのだが、光差さぬ路地裏では俺はのろまに早変わりだ。あっという間に追いつかれる。武器の使い方も忘れたのか、走りながら適当に振り回している。狭い上に固まって走っているので互いの武器で頭を打ったり、手を壁にぶつけたりしているのだが、あきらめる様子はない。しつこいな、おい。その熱意を生前に生かしてほしかったよ、アルウィンのためにもな。

　差は縮まっている。

　こうなったらと、懐《ふところ》に手を入れた時、俺の背後に何かが飛び降りる気配がした。思わず足を止めて振り返ると、それもまた顔見知りだった。

「ゴメン、遅くなった」

　フィオナは剣を持ち、ヴァージルたちに向かっていく。止める間もなかった。

　ヴァージルは剣を力任せに振り回す。壁を削り、地面を傷つける。時には勢い余って剣ごとひっくり返る。

　乱暴そのものだが、生者と違って加減がない。自分が傷つくのも構わず全力で振り回すから厄介だ。当たれば命はない攻撃をフィオナは軽やかにさばいてく。大上段の振り下ろしには体を開いてかわし、続く疾風のような切り上げも紙一重でよけてみせた。ただ逃げるだけじゃあない。ヴァージルの横薙《な》ぎを下から跳ね上げるようにしてそらすと、その動きを利用して勢いをつけ、体勢の崩れたヴァージルの腕を切り落とす。

動きにムダがない。明らかに、正統の剣術を学んでいる。

ヴァージルが膝をつくと、入れ違いにクリフォードとセラフィナが襲い掛かってきた。二人とも魔術は使わず、武器も持っていない。ただ、生前とは比べ物にならない敏捷《びんしょう》さと怪力でフィオナに殺到する。

ヴァージルはその間にも落ちた腕を自分で引っ付ける。十も数えないうちに腕を曲げて感触を確かめるような仕草をする。

「ここはアタシに任せてアンタは先に行って！」

「いいのか？」

「こいつらとは、積もる話もあるからね」

軽い口調で言いながらも目は泣き出しそうに潤んでいる。

「アルウィンに、こいつらの相手をさせるわけにはいかないでしょ？」

強く剣の柄を握る。その時初めて、彼女の左手に指輪をはめた跡があることに気づいた。

「……分かった」

俺は背中を向けて走った。背後で剣戟の音が、一際《ひときわ》高く聞こえた。

その後も路地や抜け道を通りながら『迷宮』へと近づく。アルウィンはどこだ？

近づくにつれて魔物の数も増えている。大通りはもう歩けない。俺は屋根の上に上り、屋根伝いに向かう。見下ろせば、ついさっきまで人でごった返していた道が、今では魔物と阿鼻《あび》叫喚《きょうかん》の舞台へと様変わりしている。魔物は空にも出現している。ガーゴイルやロック鳥といった翼を持つ魔物が我が物顔で飛び交っている。屋根の上に避難した人間が、ガーゴイルに捕まって空高く持ち上げられる。空中で逆《さか》さ吊《づ》りにされた男を、ガーゴイルの爪と牙が鳥葬のように八つ裂きにした。

ようやく『迷宮』の入り口が見えるところに来た。『迷宮』と地上とを隔てるはずの扉が壊れ、魔物が飛び出している。ゴブリン、コボルト、といった低級の魔物からオーガ、ミノタウロス、バジリスク、コカトリス、キマイラ、スキュラ……とんだ『狂気の狩猟団《ワイルド・ハント》』だ。

ギルドの周囲ではデズたち冒険者ギルドの面々が防衛線を張っている。魔術の壁を作り、寄せ付けない一方で、何とか押し返そうとしているが、数が多すぎる。冒険者もギルド職員も奮闘しているが、追いつかない。

不意に頭上に黒い影が差した。見上げれば、ガーゴイルが俺を次の獲物と定めて急降下してくるのが見えた。しまった、と舌打ちする間もなく、俺の体が空高く持ち上げられた。浮遊感とともに俺の体は腕一本で吊《つ》り上《あ》げられている。手を放せば、俺は下の魔物の目抜き通りに真っ逆さまだ。

俺の周りにガーゴイルが飛び交う。今度は俺を八つ裂きにするつもりのようだ。

「晩餐《ばんさん》会の会場はあっちだぜ、田舎者ども」

日差しを浴びながらガーゴイルの手首を反対に握りつぶす。手首ごと俺の体は真っ逆さまだ。足元にいた、ガーゴイルを巻き添えにして急降下する。衝撃が来た。目の前が一瞬真っ暗になって、地面に倒れる。俺をのぞき込むのは、親の顔より見慣れたもじゃひげだ。

「早かったな」

「色々あってな」

デズの手を借りて立ち上がる。

落ちたのは、冒険者ギルドの真ん前だ。いい感じにガーゴイルがクッションになってくれたから助かった。お礼を言いたいところだが頭が潰れているので、返事は期待できそうにない。

「アルウィンはどこだ？」

「姫さんは魔物の掃討に回っている。さっきまでこの近くで戦っていたが、今はどこにいるかはちょいと分からねえ」

「そうか」

戦いながらあの『伝道師』を探しているのだろう。

「状況は？」

「見ての通りだ」

「簡潔に、頼む」

説明を放棄するな。

「東西南北四つの門に、でかい魔物が現れた」

『迷宮』から向かったにしては早すぎる。『ソル・マグニ』の仕業か。また巻物《スクロール》で魔物を召喚して出口をふさいだのだ。あくまでも街の連中を皆殺しにする算段か。

「東にはギルドの職員が向かっている。西も『金羊探検隊《アルゴー》』が、ほかの冒険者を引き連れて今向かったところだ」

「北と南は？」

「北は衛兵と『聖護隊《せいごたい》』が対応しているらしい」

ヴィンスも騎士様だからな。騎士の仕事には魔物退治も含まれる。

「で、南が……」

「今から俺たちが行くところだ」

話しかけてきたのは、レックスと『黄金の剣士《クリユサオル》』の面々だ。

「頼む」

南には貧しい連中が多い。逃げ遅れた奴《やつ》も多いだろう。

「今だから正直に話すがな」

レックスが声を潜めて言った。

「以前、姫騎士様を口説いたことがある」

「殺すぞ」

「断られたよ。『気持ちはありがたいが、私には離れられない命綱《ヒモ》がいる』ってな」

レックスが肩をすくめるが、言葉ほど落胆した様子はなかった。

「だろうな」

「……信頼しているんだな」

「惚《ほ》れた腫れただけで一緒にいるわけじゃないからな」

ややこしい上に色々絡《から》み合《あ》っている。他人に話せない事も多い。

「一度じっくりなれそめでも聞かせろ」

「『蒸留酒《ウイスキー》』飲みながらな。シングルモルトの高いやつ」

「考えておく」

レックス率いる『黄金の剣士《クリユサオル》』を見送り、デズと話を続ける。

「先生は？」

「さっきまでギルドでケガ人の手当てをしていたが、ほかの連中と一緒に街の救援に向かった」

落ち着きのないおっさんだ。アルウィンにまた何かあれば、先生が頼みなのに。

「で、ここの様子は？　魔物はどうなっている？」

「一応の防衛線は敷いているが、歯止めにもなっちゃいねえ。街の方に流れ出ている」

　ギルドは野戦の診療所と化していた。一階はケガ人でごった返していた。冒険者や負傷した住民に回復魔法をかけている。重傷者から先に回復魔法を掛けているようだが、数が多すぎる上にケガ人の仲間や家族に責められて上手《うま》く回っていない。『迷宮』への扉を修理したいところだが、次々とあふれ出る魔物のせいで近づくことすら出来ない。

「時間稼ぎ程度なら手はある。とりあえずこれ以上、魔物が出るのは防げる」

「どうすればいい？」

「今、目の前にいる魔物をどうにかしないといけねえ」

「この数をか？」

　扉からは次々と魔物が湧き出している。扉の付近だけで何百もいる。昔ならば俺とデズの二人でどうにかなったかも知れないが、手数が足りない。

「それで何とかなるの？」

　俺とデズが同時に振り返る。

　そこにいたのは、マレット姉妹だ。こっちに来ていたのか。

　服は血まみれだが、足取りはしっかりしている。回復魔法で傷は癒やしたようだ。

「もういいのか？」

「この状況で、いつまでも寝ていられないわよ」

　ベアトリスが面倒くさそうに巨大な杖《つえ》を振る。

「……あの子たちの敵《かたき》も取らないとね」

セシリアが二本の杖《つえ》をぎゅっと握る。

「話は聞いたわ。今いる魔物をどうにかすれば、何とかなるのね」

「一時的だがな」

少なくとも街の連中が逃げる時間は稼げるだろう。

「了解」

ベアトリスが背を向ける。

「今からアタシとシシーで雑魚《ざこ》を片付けるから、そしたらその時間稼ぎってのをやってよ」

「いいのか？」

こういう捨て駒というか、他人の土台になるような立場は好まない女だと思っていたが。

「アタシの仲間に手を出した報いを受けさせてやるわ」

「……そういうことだから。あとはあたしとビーに任せておいて」

「問題はあいつらか」

いつの間にか、例の卵頭が壊れた扉の上に陣取っている。全部で六体。『伝道師』本体はいないようだが、何とかしないと、ジャマされちまう。

「デズ、出番だ」

指示するより早くデズは動いていた。鈍重な体を動かして前に出る。分身の一人が一瞬で背後に回り、デズに手刀を振るう。

閃光《せんこう》が瞬《また》いた。

次の瞬間、分身の手刀は仲間の頭部に突き刺さっていた。デズの戦斧《せんぷ》が胴体を薙《な》ぎ払《はら》い、上半身を仲間のいるところまで吹き飛ばしたのだ。あとに残った下半身も風が吹いてぐらりと、仰向けに倒れる。

「殺せ殺せ！」

デズを危険人物と見たか、一斉に殺到する。むしろ、好都合だ。向かって来る方があいつにとっては楽だからだ。動き回らなくて済む。

戦斧《せんぷ》を両腕で振るうごとに光の軌跡が生まれる。その軌道上にいる奴《やつ》は何であろうと、ぶった切られた。デズの怪力はもちろんだが、手にしているのはあいつの作った武器の中でも最高傑作の戦斧《せんぷ》『二十二番』だ。そこらの雑魚《ざこ》に相手が務まるものか。

「デズ、首だ。首を狙え」

「今やっている」

雑魚《ざこ》だが、生命力だけは一丁前だ。体をバラバラにされてもまだ動いてやがる。

面倒くさそうに、地面に倒れた分身たちの首を次々と切り落とす。

「こっちも準備万端よ」

振り返れば、マレット姉妹が妙な格好で杖《つえ》を構えていた。

妹のベアトリスが片膝をつき、巨大な杖《つえ》を脇に挟み込む形で構えている。その背中に姉のセシリアが立ち、二本の杖《つえ》を構えている。

「離れていて。今からすごいのぶっ放すから」

「アタシたちの力見てなさいよ」

「ダメよ、ビー。見ちゃダメだから」

「ああ、そうだったわね」

姉にたしなめられてベアトリスが苦笑する。

「それじゃあ、行きますか」

二人は同時に宣言すると、同じ顔で会心の笑みを浮かべた。

「万物の」「長たる神々よ」「異界を統《す》べる」「星海の魔神よ」「我ら」「汝《なんじ》らの」「嚆矢《こうし》となりて」「その意を」「愚者に示さん」

セシリアとベアトリスが交互に、切れ目なく言葉を紡《つむ》いでいく。もしかして、同じ呪文を二人で唱えているのか？　セシリアが杖《つえ》を振るうたびに小さな魔法陣が浮かび上がる。魔法陣から光の球がベアトリスの持つ巨大な杖《つえ》の前に収束していく。

「炎の」「蛇よ」「氷の」「獅子《しし》よ」「風の」「天狼《てんろう》よ」「大地の」「鳥よ」

徐々に語調が強く、言葉も速くなっていく。

「『光の剣となりて、敵を打ち滅ぼせ』」

もはやどちらがどの言葉を言っているのかも聞き取れない。二人で一つの魔術だ。

「塗り潰せ！ 『暗黒白光牙《ダーク・レイ》』」

光の奔流が俺たちを襲った。とっさに目を閉じるので精いっぱいだった。予想していたような耳をつんざくような音もなく、立つこともままならないような爆風も来なかった。

ただひたすらに眩《まぶ》しい光だった。目を閉じていても瞼《まぶた》の上から真っ白な光が飛び込んできた。

光が収まっていくのが分かった。恐る恐る目を開ける。目がちかちかする。

そこには何もなかった。

分身の『伝道師』もろとも、百を超えるような魔物は跡形もなく消滅していた。

呆然《ぼうぜん》とする俺の後ろで、歓喜の声が上がる。

ベアトリスとセシリアが拳や腕や肘をぶつけ合いながら喚《わめ》いている。

「喜んでいるところ悪いんだけどな」

俺は『迷宮』の方を見ながら冷ややかな声で言った。

「これで終わりじゃないからな」

前の連中がいなくなったせいだろう。『迷宮』の入り口からまたぞろぞろと魔物が這《は》い出《だ》し始めている。

「今の、もう一度やれる？」

マレット姉妹は互いの顔を見合わせた後、無言で首を横に振った。だろうな。

このままじゃあ、同じことの繰り返しだ。

「デズ、どこだ？　出番だぞ」

そもそもあいつに策があるというから乗ったのだ。

「あそこ」

ベアトリスの指さした方を見れば、デズが扉の前にいた。いつの間に？

「今やるところだ」

デズが掲げたのは、丸い石だ。『炎の心臓《ハート・オブ・フレイム》』という、カス虫太陽神の『神器』だ。

「そいつをどうするんだ？」

もう平気だと判断したのか、『迷宮』からまた魔物が飛び出してきた。そいつらが真っ先にいるのは、一番近くにいたデズだ。だというのに、丸い石を掲げたまま、バカみたいに突っ立ってやがる。おまけに愛用の『二十二番』も地面に突き刺したままだ。

「寝てんのか？　デズ、おい！　返事をしろ！」

何匹ものゴブリンがデズに殺到する。手にした石の刃や爪や牙でひげもじゃドワーフを食い殺すつもりなのだろう。凶悪な目や牙がデズに届く寸前、ゴブリンたちの体がぶるりと震えた。

丸い石からトゲのような細い針が何本も伸びて、ゴブリンどもの体を貫いていた。

地面に縫い付けられたゴブリンが血を吐きながらもデズへともう一度飛びかかろうと手足をばたつかせる。すると石からう一本の針が伸びて、ゴブリンの脳天を貫いた。

デズがぎゅっと、石を握ると、針はすべて元の石まで引っ込んだ。

「こいつはな、俺の念じた姿に形を変えるんだとよ」

ゴブリンどもが死体になったのとほぼ同時に『迷宮』からまた魔物が飛び出してきた。今度は百はいる。

ふん、とデズは石を放り投げた。すると、『炎の心臓《ハート・オブ・フレイム》』は途中で斧《おの》の形に変わり、回転しながら魔物を次々と薙《な》ぎ払《はら》っていく。要するにドンケツ太陽神は、細工職人として再起不能になったデズに、自在に形を変えられるおもちゃをくれてやったわけか。地獄に落ちろ。

「ほうらよ！」

一通り魔物を片付けたところでデズは『炎の心臓《ハート・オブ・フレイム》』を放り投げた。丸い石が『迷宮』の入り口に差し掛かる寸前、巨大な布のように膨れ上がった。扉に纏《まと》わりつきながら壊れた扉の隙間を埋める。

「とりあえずは終わった」

「やったじゃねえか、デズ。最高だな、お前さんはよ」

頭の上にあごを載せる。

「ぬか喜びするんじゃねえ」

デズが俺のあごを下から突き上げる。

「こいつはただの一時しのぎだ。『スタンピード』そのものを止めたわけじゃねえ」

「このまま穴をふさいで収まるまで待つ、ってわけには？」

デズがあごで指し示す。なるほど、扉の向こう側から無数の気配がする。喚《わめ》き、叩《たた》き、爪を立て、牙を鳴らし、開けろ開けろとしきりに呼びかけている。

「こいつも長くはもたねえ。いずれはまた石っころに戻っちまうはずだ」

「理解したよ」

俺はその場にいたギルド職員に呼びかける。

「デズ大先生のおかげで魔物の氾濫は止まった。今のうちに避難を進めろ。それと、街にいる魔物の始末だ」

街の中にはまだ魔物が徘徊《はいかい》している。そいつらを片付けて住民を一人でも多く逃がす。

「じゃあな、あとは頼むわ」

「どこに行く気だ？」

「疲れたからちょっち休憩」

せっかくデズが作ってくれた貴重な時間だ。ムダにしたら絞め殺される。

アルウィンはここにはいなかった。こうなったら探すよりも大元をたたいた方が早い。あの『伝道師』を倒して、『スタンピード』を止める。俺たちが助かる道はそれしかない。街の外へ逃げたとは考えにくい。あいつは、この街の崩壊を見届けるつもりだ。特等席で見物するつもりだろう。それはどこだ？　領主の館か？　この街で一番高い塔か？　いや、違う。この街のど真ん中にあって、『迷宮』の入り口を見渡せる場所。

「つまり、ここだ」

俺は冒険者ギルドの門をくぐった。

真っ先に向かったのは、カウンターだ。いつもは依頼を受ける冒険者であふれかえっているが、今はケガ人だらけだ。重傷者は寝かされているが、比較的傷の浅いケガ人は、応急手当だけで、後回しにされている。目当ての人物はそこにいた。

そいつは窓際《まどぎわ》の壁にもたれかかり、俯《うつむ》きながら今にも泣きそうな顔をしている。我が身に起きた理不尽を嘆いているようにも見えた。

「よう、じいさん」

声をかけると、運び屋のじいさんは大儀そうに顔を上げ、目を見開いた。

「お前も逃げてきたのか」

無事だったか、と俺の腕を撫《な》でさする。

「ケガをしたのか？」

見れば、じいさんの腕には包帯が巻いてある。

「ん、ああ。かすり傷さ」

大したことはない、と言いたげに腕をぶん回す。

「そこの酒場で飲んでいたら『迷宮』から魔物が出たって、大騒ぎでな。あわててここまで逃げてきたんだよ。その時、周りの連中に突き飛ばされちまった」

「災難だったな」

と、そこで俺は周囲の様子をうかがいながらじいさんに小声でささやく。

「ちょうどいいところで出会った。ここの倉庫で、いい酒見つけたんだ。ギルドで蓄えているのがあるんだよ。一緒に飲もうぜ」

と、酒瓶を振って見せる。三十年物の上等な蒸留酒《ウイスキー》だ。

「いいのかよ、こんな大騒ぎの真っ最中に」

「だからこそだよ」

俺は笑った。

「これが人生最期《さいご》の酒になるかも知れねえんだぜ。だったら、旨《うま》い酒が飲みたいじゃねえか」

「全くだ」

じいさんが相好を崩す。

「本当ならアルウィンと二人で、と行きたかったんだが、この騒ぎでお留守だからな。ここで出会ったのも何かの縁だ。飲もうぜ」

「それ聞いたらケガなんかすっかり治っちまった」

じいさんがひょいと立ち上がる。

「どうせなら見晴らしのいいところがいいな」

俺は窓の外を指さした。

「あそこにしようぜ」

冒険者ギルドの建物は、いざという時には砦《とりで》として使われる。つまり、砦《とりで》と同じような構造の建物がいくつもある。その一つが、物見塔だ。

物見塔はギルドの敷地《しきち》の奥にある。石造りの壁が分厚いので頑丈だ。カギは先程ちょろまかした。扉を開けると、腐った臭いがした。各階が倉庫も兼ねていて、魔物の死骸や一部がここに保管されている。だから職員もここには来たがらない。

螺旋《らせん》階段を上り、頭上の扉を開けると、屋上に出る。丸い形になっていて、俺の腰ほどの手すりがあるだけだ。冷たい風が吹きすさぶ。眼下では魔物が大暴れしている。手当たり次第に建物へ飛び込み、食い物をあさる。敵意と殺意と食欲に支配された魔物たちはとどまるところを知らない。先程のガーゴイルのように空を飛ぶ魔物も出てくるだろうが、ギルドの周囲に魔物よけの香草も焚いているので、しばらくは寄ってこないだろう。

酒と一緒にちょろまかしてきたコップを手渡し、なみなみと注ぐ。屋上の手すりにもたれかかりながら俺たちは乾杯をする。

ああ、いい酒だ。どうせなら美人と夜景でも見ながら飲みたかったぜ。

「この街はもう終わりだな。あとはどれだけ生き残れるかだ。ここならまだ何とか持ちこたえられるかもしれねえが」

塔の下をちらりと見ながらじいさんがため息をつく。『スタンピード』も永久には続かない。波が収まれば魔物たちも自然と元の『迷宮』へ戻る。

ここはよその建物よりはるかに頑丈だし、魔物よけの呪いもあちこちに施してある。食料の備蓄もある。『迷宮』の真ん前にあり、『スタンピード』が起これば真っ先に踏みつぶされるはずの建物だ。だからこそ、ここは砦《とりで》のように強固だ。籠城《ろうじょう》して戦えば、命拾い出来るかもしれない。

「ああ、そうだな」

俺はうなずき、拳を鳴らす。

「お前さんの計画ももうおしまいにしようや」

俺は太陽の光を背に浴びながら、腕を振り上げた。

運び屋のじいさんは転げるように飛びのいた。

「いきなり何をしやがるんだ」

「アルウィンのウワサを流したのは、アンタだ」

「俺はそんな」

「ウワサの発信源ってのは、存外にたどりやすいんだよ。普通なら思い出さないことでも強面《こわもて》が聞いたらみんなすぐに思い出してくれる。そしたら、色々なウワサ、まあ口に出すのもはばかられるような評判が全部アンタから出ていた。『群鷹会《ぐんようかい》』のお墨付きだ」

「……俺よりもやくざ者の言うことを信用するのか？」

「連中は商売人だからな」

裏切りなど当たり前の連中だが、金さえ払えばその辺りは誠実だ。何より、『群鷹会《ぐんようかい》』がこのじいさんをカタにはめる理由がない。

「大体、なんだって俺がそんなマネを」

「もうお前の正体は分かっているんだよ、じいさん。いや、『伝道師』」

じいさんは、顔をしかめた後、弱り果てたように自分の手をいじりだした。

「何の話だ」

「アンタ、生まれはどこだ？」

「それがどうした。今、何の関係がある？」

「当ててやるよ。マクタロードだ」

じいさんの顔色が変わった。

「罪に問われるってんで、アルウィンは自分を王女殿下なんて呼ばせないし、この街の連中も呼ばない。けれど、お前はアルウィンをそう呼んだ。二回もだ」

そう呼ぶのはマクタロードの出身だけ、らしいからな。あの『伝道師』もアルウィンをそう呼んだ。何より、じいさんもあの時、『迷宮』の中にいた。疑うきっかけとしては十分だ。

「言ったか？　覚えてねえよ」

「おとぼけはなしにしようぜ」

ようやく尻尾を捕まえたのだ。逃がすつもりはない。

「ニック・バーンスタインは知っているよな」

「ああ、あのヒーラーのおっさんか。それがどうした？」

「どうして、あいつが俺を弔うんだ？」

ニコラスはギルドでヒーラーと名乗った。ヒーラーと聖職者は似て異なる商売だ。ヒーラーは弔いなんかしない。

「お前は、あいつの正体を知っているんだよ。だから無意識に弔うなんて言葉が出てきた」

「知らねぇよ、言った言わないで俺を怪物扱いか？　見損なったぜ、マシュー」

「怪物？　どうして怪物だと分かる。お前はあの時、いなかったはずだ。言っておくが、見ていたなんてのはナシだぜ。あの霧の中で見えるはずがない」

見える範囲にいたのなら、俺の視界にも入っていたはずだ。

「後で聞いたんだよ。お前が話しているのをな！」

「どんな風だって？」

「確か、黒い頭に黄色い目玉、二の腕には太陽神の……」

「大当たり《Jackpot》だ」

俺は指さして言った。

「お前が聞いたってのは、これだろ」

さっき、カウンターの奥から拝借しておいた。救助に向かった時の記録調書だ。俺の証言も入っている。

「俺は字を読むのが下手だからな。読んでみてくれ。ちゃんと書いてあるはずだぜ。二の腕には、ケツの穴みたいな模様ってな」

じいさんが愕然《がくぜん》とした表情で固まる。

あの時、現場にいたのは、俺とアルウィンとノエルにラルフ。アルウィンはもちろん、ノエルもラルフもケガをしていたので、ギルドの職員は俺から調書を取った。後でノエルとラルフにも口裏を合わせるように言い含めておいた。だから調書には俺の証言がそのまま書いてある。

「どこにも書いてないんだよ。太陽神の紋章なんて、一言もな」

「いや、だから。そうだ、さっき祭りに現れた怪物ってのが」

「ずっとそこの酒場で飲んだくれていた男がどうして知っている？」

「……」

「つまり、あの怪物はお前さんってわけだ。少なくとも関係者ってのは間違いない」

返事はなかった。

「それでもしらを切るってんならそれでもいい。実力行使に出るまでだ」

俺は衛兵でも裁判官でもない。大切なのはアルウィンを守ることであって、法律ではない。

じいさんは、しばし放心したように天を見上げた後、盛大なため息をついた。

「まったく、詰まらねえところでとちるとは、油断しちまったなあ」

　やれやれと首をひねり、両手で首を押さえてうなると首を回し、こちらを見た。

「ああ、そうだ。俺が『伝道師』だ」

　雰囲気が変わった。顔や形は変わっていないが、纏《まと》う気配が桁違いだ。暴力に慣れたものの身に着ける敵意と殺意がにじみ出ている。

　こっちが本性か。俺としたことが、すっかり騙《だま》されちまった。こんなことなら『迷宮』で助けるんじゃなかったぜ。

「『スタンピード』を止めろ。今すぐだ」

「そいつはムリな相談だ」

「なら、力ずくしかねえか」

「まあ、待てよ」

　俺が懐《ふところ》に手を入れようとすると、じいさんは手で制する。

「その前に少し話をしないか？　ほれ、そこに座ってよ」

　じいさんが指さした先には、先ほどまで使っていたコップが転がっている。

「逃げる気か？」

「そんなせこいマネはしねえよ」

俺たちはもう一度酒を注ぐと、向かい合って座る。向こうの方が小柄だが、見た目で判断すれば痛い目を見るのは明らかだ。下の喧騒《けんそう》がやけに遠くに聞こえる。

聞きたいことは山ほどある。何故《なぜ》、『ソル・マグニ』の『教祖』が野菜売りの運び屋になっているのか。アルウィンに恨みでもあるのか。結局のところ疑問は一つに収束する。

「お前は何者だ？」

「せっかちだな」

じいさんは苦笑しながら酒をあおると、俺に向き直った。

「俺の名前はリーヴァイ。リーヴァイ・ポール・バーランド・マクタロード」

そう名乗った声は威厳に満ちていた。

「マクタロード王国の元国王だ」

「アホか」

俺は鼻で笑った。

「それじゃあお前がアルウィンの父親だってのか？」

「遠い親戚ってところだな」

それからリーヴァイは語り始めた。野望に燃えた男の愚かな半生だ。

「今言ったとおり、これでも昔はマクタロード王国の国王だった」

といっても山間の小国だ。平穏無事に国を継ぎ、国を治め、後継者を作り、冥界に旅立つ。

「そういう平穏な人生ってのがイヤになってな。王国史なら一行程度の平凡な人生だ。そう考えたら死ぬのが怖くなっちまった」

権力者のお約束である『不老不死』に取り憑《つ》かれた男は、死を克服する手立てを見つけた。『星命結晶《せいめいけつしょう》』だ。当時の隣国が手に入れそうだ、と知り、侵略から民を守るとの大義名分を旗印にして、攻め入った。『迷宮』攻略に国の財政の大半をつぎ込み、国の守りを怠っていた隣国の都を攻め落とし、『星命結晶《せいめいけつしょう》』を手に入れた。

「ところが、手に入った『星命結晶《せいめいけつしょう》』は魔力切れでスッカスカ。何度願っても『不老不死』は叶《かな》わなかった」

無謀な願いの代償は大きかった。ムリな戦争で国費はガタガタ。国内の貴族からも恨まれた。

「ガタガタぬかす連中はどいつもこいつも皆殺しにしてやったよ。けど、強引な手が裏目に出ちまってなあ。とうとう反乱を起こされ、俺は国を捨てて逃げるしかなかった」

命からがら国を逃げ出し、家来からも見捨てられたリーヴァイを待っていたのは、さらなる地獄だった。放浪の最中、奴隷狩りに捕まったのだ。

「それから俺は近隣諸国を回った。奴隷としてな」

過酷な労働をさせられ、何度も逃げ出しては捕まり、過酷な罰を受けた。

「『不老不死』はかなわなかったが、『星命結晶《せいめいけっしょう》』に残っていたわずかな魔力で老化だけはゆっくりになっていた。おかげで人の倍は生きられたよ。地獄の中でな」

飼い主が亡《な》くなると、また別の奴隷商人に売り飛ばされた。何度も主を代え、最後に売り飛ばされた先は、マクタロード王国だった。その頃には、アルウィンの父親の治世になっていた。

王都の外れで、奴隷商人の奴隷になった。

朝から晩まで酷使され、逆らえばムチで打たれ、殴られた。世代が変わっていたのと殴られすぎて顔つきが変わったせいか、誰も元・国王とは気づかなかったし、リーヴァイ自身名乗らなかった。名乗れば、今度こそ処刑される。ばれないようにと平身低頭、息を潜めて怯え続ける。与えられたのは最低限の食料と寝床。死ぬことはないが、生きているとも言いがたい生活が、何年も続いた。

「毎日毎日神に祈った。だが恩恵も慈悲もなく、牢《ろう》の中で病に倒れ、朽ち果てるのを待つばかりだった。毎日毎日死に怯《おび》えていたよ。その時だ。我が神の『掲示』を受けたのは」

そのまま死なせておけばいいものを。ヤツデムシ太陽神の余計な横槍《よこやり》のせいでリーヴァイは『伝道師』になった。

「奴隷の主人が代わっただけじゃねえか」

「主が違えば、待遇も異なる」

「奴隷とは認めるんだな。首輪が豪勢だと見せびらかす奴隷ほどみじめなものはねえな」

「ほかの神は俺に何もしちゃくれなかった。助けてくれたのは、あの方だけだ」

皮肉も通用しないか。

「それで、太陽神は一体何を命じたんだ？」

「『迷宮』の復活だよ。俺が『星命結晶《せいめいけっしょう》』を奪い取ってやった国に存在した『迷宮』・『百鬼牢獄《ひゃっきろうごく》』のな」

力は失われているものの、『星命結晶《せいめいけっしょう》』はマクタロード王国の王宮の地下に保管されていた。

リーヴァイは太陽神から与えられた力で、王宮から『星命結晶《せいめいけっしょう》』を盗み出した。

「だが中身は空っぽ。何の力も残ってないんだろ？」

「だからこそだ」

リーヴァイは笑った。

「空の器ならば、また力を注ぎなおせばいい」

リーヴァイは『星命結晶《せいめいけっしょう》』に力を注ぎ、『迷宮』を復活させた。

「『星命結晶《せいめいけっしょう》』は力を欲《ほっ》する。あの土地のエネルギーを吸い取ってもう一度、『迷宮』を生み出すためにな」

デズの推測どおりか。あの国の崩壊に関わっているどころか、寝小便太陽神こそが黒幕じゃねえか。

「なら、マクタロードのどこかに『迷宮』への入り口があるってことか」

「いや、あの国そのものが『迷宮』だ」

リーヴァイの言葉を呑み込むのに時間がかかった。

「マクタロード王国そのものを『迷宮化』させたんだよ」

「そんなマネが……」

「難しく考えるな、『迷宮』は、この世界の病みたいなものだ。今までの『迷宮』は体の内に膨れ上がって、マクタロードのは、体の中から皮膚にはみ出たってところだ」

だから魔物はどこにも移動せず、ずっとマクタロード王国に留まり続けている。魔物にとっての住処《すみか》であり故郷だから。

「なら『星命結晶《せいめいけっしょう》』はどこにある?」

「さあな。……いや、そんな顔するなよ。本当に知らねえんだ。移動しているからな」

「どういうことだ?」

「言っただろ。王国そのものを『迷宮化』させたって。一カ所にとどめると勝手に根を張って『迷宮』を作っちまうからな。そうさせないために、術をかけて鳥も飛べないような高さまで飛ばしたんだよ。今も王国の遙か上空を飛び回りながら力を吸い取っている。探してみるか? 運が良ければ見つかるかも知れねえぞ」

そんなもの、砂漠から砂金を一粒見つけるようなものだ。

「なら、あの土地にいた魔物は」

「二種類ある。『迷宮』が生み出した魔物と、外の魔物を『迷宮』に取り込んだものだ。養分と、新たに生み出す魔物の材料にするためのな」

「そんなことをして何の得がある？」

ただ『星命結晶《せいめいけっしょう》』にエネルギーを注ぐだけならば、今までの『迷宮』で十分なはずだ。

「あの方が命じられたのは『百鬼牢獄《ひゃっきろうごく》』を復活させることだ。方法までは問わなかった。だから、俺のやり方で復活させたまでだ」

「何故《なぜ》だ？」

「決まっている。誰も住めなくするためだ」

普通に壊滅させたのでは、いずれ誰かが移り住む。焼き払ったところで、いずれ草は生え森となり、豊かな土地になる。『迷宮』を生み出しても、誰かに見つかれば『灰色の隣人《グレイ・ネイバー》』のような『迷宮都市』となる。

「元は俺の国だったのに、殺し損ねた甥っ子に乗っ取られちまった。俺を追放した連中の子孫が、俺の国でのうのうと生きてまぐわってクソ垂れてやがるんだ。むかつくだろ？」

自分の手に入らないのなら、メチャクチャにしてやる、か。見た目は年寄りでも中身は癇《かん》癪《しゃく》持ちのガキだ。

こいつのせいでマクタロード王国は崩壊し、生き残った王族はお姫様がただ一人。土地は魔物のせいでろくに人も住めない。辺境に住んでいる者たちもいずれは、他国へ逃れるか、魔物に蹂躙《じゅうりん》されるだろう。何もかもこいつの思い通りだ。

「アルウィンの悪評を流したのも復讐《ふくしゅう》のためか？」

「『迷宮病』で涙ながらに故郷へ逃げ帰った腰抜けに同情する奴《やつ》が、思っていたより多かったんでな。目障《めざわ》りだったんだよ。足取りをたどられるとは思ってもみなかったがな」

ぶん殴りそうになったが、かろうじてこらえる。まだ質問は終わっていない。

「お前なら、アルウィンを殺す機会はいくらでもあったはずだ」

「俺はあくまで太陽神様にお仕えする『伝道師』だ。使命が最優先に決まっているだろう。殺して万が一、俺の正体を嗅ぎつけられたら、面倒になるからな」

いけしゃあしゃあと言ってのける。

「マクタロードの件で成功した俺に、太陽神様は新たな使命と『掲示』を与えてくださった。だからこの街に来たんだよ。街に溶け込みやすいように、物売りになってな。冒険者ギルドに雇われたのは、偶然だった」

「マクタロードだけじゃあ足りないのか？」

「あれはあくまで『予備』だ。力が溜《た》まるまでには何十年もかかる。本命はこちらだ」

パープリン太陽神の目的は、『星命結晶《せいめいけっしょう》』で自身を復活させることだ。手に入れても中身が空っぽでは使えない。力を注ぎこむには時間がかかる。だから狙いをこの世界の最後にして最大の『大迷宮』・『千年白夜《せんねんびゃくや》』に変更したってわけか。いや、むしろマクタロードが前哨戦《ぜんしょうせん》でこちらが本命だろう。

「そのために太陽神様は、俺の手足となる者まで用意してくださった」

それがローランドでありジャスティンってわけか。

「お前のせいで犠牲は大きかったが、何とか使命も果たした。この街は終わる」

塔の下ではまた悲鳴と足音が聞こえる。街の誰かが逃げまどっているのだろう。街の誰かが戦っているのだろう。

リーヴァイは酒を飲み干すと、手を差し出す。

「お前もこちらに来い。マシュー。俺は誰よりもお前の力を評価しているつもりだ」

「ほう」

「桁外れの力に、積み重ねた知恵と経験。何よりいかなる苦境においても失わぬその魂。あの女にはもったいない。到底扱いきれねえよ。宝の持ち腐れだ」

前に「別れろ」と言っていたのは、そういう意味かよ。

「気持ちは分かる。太陽神様の御業《みわざ》によって、力を思うように使えずに悔しいんだろう。だがな、それはお前の魂が未熟だからだ。ご威光にすがり、教えに従えば新たな段階へと進める」

「もし、うんと言ったら、俺の力を戻してくれるのか？」

「当然だ。太陽神様は強い『受難者』を求めておられる。お前の力が必要なんだ」

リーヴァイの目が熱っぽくなる。

「わだかまりを捨てろ。そうすればお前はもっと強くなれる。望むものは何でも手に入る。金でも女でも土地でも地位でも。思いのままだ」

「本当に、何でもくれるのか？」

「ああ、だから……」

「お断りだ、バカタレ」

俺はリーヴァイの鼻先におっ立てた中指を突きつける。

「御大層な口上を並べ立てた割には、中身がねえな。野菜売っている時の方がもっと格好良かったぜ」

「貴様……」

「意気込むのは勝手だがよ」

俺は酒を一気にあおった。

「たとえこの街を滅ぼしたとしても復讐《ふくしゅう》は終わらねえぞ。お前が殺したい相手は、ほかにいるからな」

「何の話だ？」

「お前は『迷宮』でアルウィンを殺すところだった」

「ああ、そうだ。それがどうした。憎いのか？」

「その前にお前は奇妙な動きをした。今にして思えば、あれは術の体勢でも力を溜《た》めていたわけでも黒カビ太陽神への敬意でもない。平伏しようとしていたんだ。奴隷っぽくな」

リーヴァイは無言だったが、額には癇癪筋《かんしゃくすじ》が走っている。

「お前がむかついたのは、自分自身だ。力を手に入れてもなお、昔の習性が抜けていない。見下しているはずのアルウィンですら気が付けば、王女殿下と呼んでしまう。長年の生活でしみついた、自分自身の奴隷根性が許せなかったんだよ。だからアルウィンに八つ当たりした」

「黙れ！」

「怖いね。いくら外見をバケモノの姿で覆い隠しても、腐った中身がにじみ出る」

こいつの力の源は、劣等感だ。王族に生まれ、国王となっても平凡な人生に耐えきれず、高望みをした。挙げ句の果てに奴隷落ちして何十年とこき使われた。その忌《い》まわしい過去が、リーヴァイの力の源であり、消したい記憶だ。

「色々面白い話を聞かせてもらったが、そろそろ時間みたいだ」

俺は口元を拭い、立ち上がった。

「おっぱじめようぜ、大将。ここならジャマも入らねえ」

「街を救う英雄にでもなろうってか」

「俺がそんなちゃらい男に見えるか？」

今更英雄になんてなりたいとは思わない。興味もない。誰かの憧れや願いや希望を背負うなんてのはまっぴらだ。正義の味方面するほど、まっとうな人間でもない。俺がここにいる理由はただ一つだ。

「ひとのオンナに手を出したクソ野郎をぶちのめしに来たんだよ」

空から太陽の光が降り注ぐ。

「覚悟しろよ、卵野郎」

「粋がるな、小僧！」

リーヴァイは喚《わめ》くなり、白い袋を投げ捨てた。

「こちらもとうに準備はできている。未熟者どもとは違う」

リーヴァイの体が同時に膨れ上がる。血液が沸騰しているかのように体の中で何かが泡立っている。同時にリーヴァイの口から大量の粘液が吐き出された。粘液はリーヴァイ本体を包み込み、体を変化させていく。

茶色い卵のような頭に巨大な二つの目玉、口には巨大な牙が折り重なるようにして生えている。灰色の胴体から伸びた手足は昆虫のように細長い。そこにいたのは、間違いなく『迷宮』の十三階にいたあの『伝道師』の姿だ。

「『太陽神はすべてを見ている《ソル・ニア・スペクタス》』」

言い終えるより早く俺は殴りかかった。拳が顔に当たる寸前、素通りする。勢い余ってつんのめったところで素早く横に飛びのく。一瞬遅れて、けたたましい音がした。床に電撃が当たる。当たったところが黒焦げになっている。

クソ、またか。

こいつときたら殴りかかってもすり抜けちまう。マレット姉妹のように魔術でも使えれば戦いようもあるのだろうが、俺ときたら殴る蹴る叩《たた》く絞めるすり潰すと、体のない奴《やつ》には攻撃手段がほとんどなくなっちまう。それに引き換え、リーヴァイは剣のような光を放ち、遠距離からでも攻撃してくる。相性が悪い。逃げに回られると打つ手がなくなる。

一応、切り札は用意してあるが、当たらなければ意味はない。

「どうした？　さっきまでの威勢は。口だけか？」

「まあ待てよ。今からマシューさんがとっておきの技を見せてやるからよ」

「そいつは楽しみだ」

近距離だと万が一、と警戒しているのだろう。リーヴァイは遠距離戦に切り替えるつもりらしい。一定の距離を保ちながら、例の光を放ちまくる。床がちょいと黒焦げになるくらいだからさして威力はないのだろうが、その分手数が多い。俺ときたら逃げ回るだけだ。足を止めればその瞬間にハチの巣になる。俺は這《は》うようにして階段へと逃げ込む。

「おにごっこの次は、かくれんぼのつもりか？」

階段の縁にリーヴァイが来た。そうだ、階段を下ってだ。リーヴァイが階段を踏みしめた瞬間、『仮初めの太陽《テンポラリー・サン》』を光らせる。同時に身を低くして飛び込み、リーヴァイの両足首をつかむ。手ごたえがあった、と思った瞬間にはそのまま握りつぶしていた。

「があっ！」

悲鳴を上げて屋上の床をのたうち回る。案の定だ。

霧のままでは床を踏めず、移動できないからな。つまり、足首から下だけは実体化していると踏んだが、その通りだったぜ。このまま追撃をかけようとしたが、俺の手からリーヴァイの両足首がすり抜ける。同時にあいつの体も床に吸い込まれるように消えていく。舌打ちしながら俺は『仮初めの太陽《テンポラリー・サン》』を解除する。

「下に逃げられたか」

足を潰されて動きは鈍っているはずだが、あいつならすぐに再生しちまうはずだ。早く追いかけてとどめを刺さねえと、と階段を降りかけてその場を飛びのく。

俺の足があった場所から白い光が天に向かって伸びていた。

下の階から直接ぶっ放してきやがった。物音か気配に反応して撃っているのだろう。

床に次々と穴が開く。

当たらないように必死で右に左にと、屋上を逃げまどう。反撃しようにも下の階では、俺の拳は届かない。床の穴から石を投げてやろうかとも思ったが、穴は小石ほどしかない。小さすぎて跳ね返るだけだ。

「やりたい放題かよ」

このままでは、というところで不意に足元がぐらついた。散々ぶち抜かれた床の穴に、足を引っかけちまった。しまった、と思った時には床から生えてきた光が、俺の足をかすめていきやがった。痛みはたいしたことはないが、バランスを崩して床にぶっ倒れる。

気が付けば仰向けに寝転がっていた。日の光は西に傾きつつあった。

俺は動けなかった。下手に動けば、その瞬間に下からぶち抜かれる。

呼吸を浅くし、気配を殺す。これでどうにかいけるかと思っていたら、明後日《あさって》のところから広い光が生えてきた。俺を見失ったので、手あたり次第に出たのだろう。さっき足首を潰してやったのがこたえたと見える。

とはいえ、この状況はまずい。狭い屋上だからいずれは当たる。仮に逃れ続けたとしても日が沈めば、そこで詰む。リーヴァイがバケモノ面で喜んでいる姿が目に浮かぶようだ。

「だからこうする」

俺は腕を振り上げ、思い切り床を殴りつけた。同時に転がってその場を離れる。幾条もの光が床から空へと突き抜けていく。

その瞬間、亀裂の走る音がした。床のひび割れは蜘蛛《くも》の巣《す》のように広がっていく。これだけ穴を開けていればいつかはそうなる。特に俺を追いかけて屋上の床を区切るようにしてぶっ放していればな。

致命的な亀裂が走り、屋上の床はそのまま階下へと落ちていった。重々しい音が物見塔を揺らす。ホコリが舞い散り、視界をかき消す。

それを見届けてから俺も飛び降りる。

「やってくれるな、マシュー」

くぐもったような声が聞こえた。

「ムダなあがきだ。こんなマネが通用すると思っているのなら思い違いも甚だしいぞ」

俺の体だってすり抜けることができるのだ。天井が落ちたところで余裕だろう。

「出てこい、マシュー。どこにいる！」

デタラメに例の光を空に向かって放ちまくる。

もちろん、返事をしてやる義理はない。息を殺し、絶好の機会を待つ。

あいつの位置はつかめた。視界をさえぎられ、混乱している今が絶好の機会だ。俺は切り札を取り出した。そして窓の外から建物の中に向かって、それを投げつける。

「靴でもなめてろ、クソじじい」

空気を切り裂き、一直線にリーヴァイの足に突き刺さった。

絶叫が上がる。

同時に窓をぶち破って中に入る。

風が吹き抜け、視界が晴れる。

瓦礫《がれき》の上でリーヴァイがうずくまりながら足を抱えてもがいている。左足の甲には俺が投げたナイフが刺さっている。

「こ、これは」

「ジャスティンの落とし物だよ」

ニコラスの動きを封じるために、これで刺されたニコラスはしばらくの間動けなくなった。ニコラスによれば、『伝道師』の……太陽神の力を妨げるものだという。ならば、リーヴァイにだって通用するはずだ。屋上の床が抜けた隙に塔の外側へ飛び降りる。そして窓の外にへばりつきながら中の様子をうかがっていたというわけだ。

死にはしないだろうが、今ならば殺すには絶好の機会だ。

俺はリーヴァイの背後に回り、静かに首に手を回す。

「首を絞めたところで死ぬとでも……」

「俺がそんなのんびり屋だと思うか？」

両手に力を込める。黒い肌に血管が浮き出る。こんな怪物でも血管があるのかと苦笑する。

「探せば斧《おの》か鉈《なた》くらいはあるだろうが、まあ、気にするなよ。俺の腹立ち紛れだ」

すでに頸動脈《けいどうみゃく》も気管も絞まっているから満足に呼吸できないはずだ。こいつのせいで、アルウィンは両親を殺され、民と国を失い、俺と出会う羽目になった。落とし前は付けさせてもらう。首はもう半分以上細くなっている。

「じゃあな。地獄で会ったらまたナスビでもおごってくれや」

リーヴァイの体を前に傾けた瞬間、ぽん、とはじける音がした。首から鉄さびの臭いとともに赤黒い血が噴き出す。卵のような頭は二、三回弾んだ後でコロコロと転がり、瓦礫《がれき》に当たって止まった。

「乾杯」

栓の取れたワインボトルのように放り投げる。血は止まり、代わりに傷口から黒い灰が流れ出した。

ため息をついてその場に座り込む。

とりあえず黒幕は倒した。これで『スタンピード』も終わるはずだ。問題はそれまでの時間だな。魔物が『迷宮』に引き返すまでどれだけかかるか。

頼むから生きていてくれよ、アルウィン。

「そんなにあの女が気になるのか？」

まさか、と振り返ったとたん、白い光が俺の肩を貫いていった。

仰向けに倒れる。激痛の中、飛び込んできた光景に俺は目を疑った。

「ウソだろう?」

首のないリーヴァイが自分の頭を抱えていた。

「経験に足を引っ張られたな、マシュー」

自分の腕の中で、歯を光らせて笑う。空いた片腕で足の甲に突き刺さったままのナイフを引っこ抜き、握りつぶす。ナイフの破片が瓦礫《がれき》の上にばらまかれる。

「いかに『伝道師』といえど首をはねられれば死ぬ。だが、何事も例外が存在する」

血が止まらねえ。クソ、傷をふさがねえと。

「言ったはずだ。俺は、二度『掲示』を受けたと」

リーヴァイは自分の頭を空高く掲げる。

そして牙だらけの口を動かし、またも忌《い》まわしい言葉を紡《つむ》いだ。

「『太陽神《ソル・ニア・スペクタス》はすべてを見ている』」

その瞬間、リーヴァイの頭が真っ二つに割れた。中から青い粘液が飛び出す。腕を伝い、首のない体や足を包み込み、侵食していく。青い粘液の中で何かが飛び跳ねるように膨らんでは小さくなるを繰り返しながら形を整えていく。

青い粘液が少しずつ、地面に流れ落ちていく。そこから現れたのは、今までとは異なる異形の怪物だった。

背丈は俺を超える二ユール（約三・二メートル）はあるだろう。全身を青い鱗《うろこ》で包まれている。肩の辺りから長い首が伸びて魚のような顔が生えている。胴体はサボテンのように長くて丸っこいが手足は短く太い。背中からはとげの付いた尻尾も生えている。

もう一度変身しやがった。反則だろう、おい。

巨体の分、見た目は鈍重そうだが、パワーは上がっていると見るべきか。

「どうだマシュー、この姿は。美しいだろう」

「悪趣味極まりないな」

正直な感想を言うと、リーヴァイの巨体が浮き上がった。あわててその場を飛びのくと、轟《ごう》音《おん》とともに床に大穴が開いた。穴から下を覗《のぞ》けば、二つの魚頭が四つの黒くて死んだ目を俺に向けている。

「降りてこい、マシュー。それとも怖くて降りられないのか？」

「お前さんが階段を踏み壊したせいでな」

「ならばこちらから行ってやろう」

リーヴァイがわずかに屈《かが》んだ瞬間、俺の頭上まで跳躍する。

俺は壊れた窓からの日差しを確認しながら拳を振り上げる。力勝負ならば負けやしねえ。こちとら『巨人喰い《ジャイアント・イーター》』のマシューさんだ。デカブツになんぞ遅れは取らねえ。

「間抜けが！」

リーヴァイの腕から電光が放たれる。当たりはしなかったものの肩の痛みと、かわすのに精一杯でバランスを崩してしまう。その間に背後に回り込んだリーヴァイが俺の頭をでかい手のひらでつかみ上げていた。

「このまま頭をザクロのように握りつぶしてやろうか？」

クソ、しくじった。万力で締め付けられているかのようだ。頭の骨が砕けちまう。反撃しようにも背後からつかまれている上に宙吊《ちゅうづ》りにされている。これでは力が入らず、ろくな反撃も出来ない。せいぜい手足をばたつかせる程度だが、こいつには撫《な》でられたようなものだろう。

それに天井に穴が開いているとはいえ、ここは建物の中だ。リーヴァイが日陰に移動してしまえば、いつものへなちょこマシューさんに逆戻りだ。

「おっと、忘れるところだった」

挙句の果てには懐《ふところ》から『仮初めの太陽《テンポラリー・サン》』まで奪われ、打つ手なしだ。

頭が締め付けられる。やべえ、血が出てきた。このままだと死ぬな。

死ぬかも、って体験は何度もしてきたが、その度に乗り越えてきた。自力で越えたこともあれば、仲間に助けられたこともある。一番助けてくれたのはデズだが、『迷宮』にかかりっきりだから来ないだろうな。来てくれたらマジでキスしてやるんだけど。

「最後の警告だ、マシュー。お前も太陽神様に仕えろ。そうすれば、お前には最高の幸福が与えられる」

「俺の故郷じゃあ神の奴隷になり下がることを幸福とは言わねえんだよ」

「そうか」

と、リーヴァイが奇妙なものを取り出した。横目で見れば、コインのような丸い金属の板に細い棒が付いている。丸い板の底には不可思議な文様が刻まれている。

「これは、太陽神様への忠誠の証《あかし》だ」

リーヴァイが口から炎を吐いて、丸い板に浴びせた。熱せられた板が赤く変色している。

焼き印か。

「これをお前の体に刻みつければ考え方も変わる」

「拷問したってムダだぜ」

こちとら、痛みには人一倍強いからな。

「ただの焼き印ではない。我らと太陽神様とのつながりを強くする。太陽神様の声も聞こえやすくなる」

「処刑ならそう言えよ」俺は肩を落とした。「一日中、あの声を聞いていたら間違いなく頭にウジが湧いて死ぬ」

「その『減らず口《ワイズクラック》』も太陽神様への感謝に変わる」

背中に熱を感じる。押す場所は背中に決めたらしい。

「悪いがお断りだ。フニャチン太陽神のケツアナ野郎」

後ろの御仁に見えるよう、中指をおっ立てる。

「俺の信仰は姫騎士様に捧《ささ》げているんでね。改宗なんかしたらあそこ切り取られちまう」

「安心しろ。切り刻むのはお前だ。あの女も笑顔で殺すようになる」

ぶち殺すぞ、と言ったつもりだったが頭を締め上げる力が強くなり、ただ悲鳴ばかりが口から洩《も》れる。背中が熱い。もうすぐ押し当てられるようだ。

痛みに備えて目を閉じる。

次の瞬間、俺の耳が風を切り裂く音をとらえた。

俺の頭から圧力が消える。と同時に真下に落ちる。俺の頭から手首が外れて落ちた。

尻もちをつき、痛む尻をさすりながら立ち上がろうとする俺に手が差し伸べられた。

「大丈夫か、マシュー」

『深紅の姫騎士』様のご登場だ。


「遅くなった。すまない。先程の分身を倒すのに手間取った」

どうしてこうもいいタイミングで駆けつけるのかね、この方は。

今度こそ感謝のキスでも、と思ったが、見過ごせない点が一つある。

アルウィンが手にしているのは『暁光剣《ドーンブレード》』。太陽神の『神器』だ。また持ち出したのか。

「話は後だ」

俺が咎《とが》めようとする気配を悟ってか、先手を打ってきた。

「後だ、じゃないよ。毎回毎回君はどうして」

「この怪物は？」

アルウィンはリーヴァイに剣を向けながら俺に聞いた。

無視されて腹立たしくはあるが、今度こそ絶対にとっちめてやると思い直す。

「リーヴァイ……ギルドの運び屋で今回の黒幕。君の胸に穴開けたバケモノの第二形態」

それから、と言うべきか迷ったが伝えることにした。

「君の国を滅ぼした元凶の手下で実行犯」

「……後で詳しく聞く」

端的な説明にうなずくと、俺をかばうように前に出る。

「ここは私が引き受ける。お前はその間に逃げろ」

「どこへ？」

街中魔物であふれかえっている。『聖護隊《せいごたい》』の本部まで行けば安全かも知れないが、そこにいくまでに間違いなくに襲われる。

「いいから隠れていろ！」

そこは責任持って欲しいんだけどね。

「またのこのこと現れたか、愚かな女だ」

「せっかく助かった命を捨てに来たか、頭の悪い女だ」

リーヴァイが二つの口でしゃべり出す。

「また死にかけて無様な姿をさらすのか」

「そこの男にすがりついて慰めてもらうのか」

リーヴァイは二つの口で笑った。

「自分が正義の騎士とでも思っているのか？」

「自分の国が楽園だとでも思っているのか？」

アルウィンの正義が常に正しいとは限らない。

差別に貧困に不平等。どの国でもなくならない。なくなるはずがない。

それこそ、人間の業だからだ。自分より劣るもの弱いものを見るのが大好き。自分と違うものを排除したい。貶《おとし》めたい。他人より豊かでありたい。ああはなりたくない。自分も貧しいけれどあいつよりはマシ。誰かと比べて安心する。利己的な生き物。

「口が増えたせいか、能書きも増えたな」

アルウィンは忌々《いまいま》しそうに言った。

「私は私のなすべき事をするまでだ」

リーヴァイが鼻で笑った。

「マクタロードを滅ぼされた恨みか？　それとも両親の敵討ちか？」

「違う」

アルウィンはきっぱりと言った。

「これ以上、お前たちの野望のために苦しむ者や犠牲者を出さないことだ」

「綺麗事《きれいごと》を抜かすな。仲間を殺されて悔しいのだろう。貴様自身も死にかけて恥を晒《さら》した」

「おい、アルウィン」

ただの挑発だ。まともに受け取る必要はない。

「そのとおりだ。私は大勢の大切な者たちを守れず、今もこうして生きながらえている。あの時の悔しさは今も忘れない。何故《なぜ》自分だけが生き残ったのかと」

「……」

「だが、生き残ったからこそ、今こうしてお前と戦えている。私の大切な者たちと手を取り合えている。それは誰にも恥じ入る必要のない、私の、私の命だ」

静かに、迷いのない切っ先をリーヴァイに向ける。

「マシューは、私が守る」

「ならば貴様だけ死ね」

リーヴァイが冷ややかに言い放つと、残った腕で俺の首根っこをつかみ、壁際《かべぎわ》まで放り投げる。痛え、と頭を抱えていると信じられないものが飛び込んできた。

リーヴァイの放り投げた瓦礫《がれき》が、次々と俺の上に降り注ぐ。

「マシュー！」

「生きているよ」

アルウィンの叫びに首を伸ばして応じる。背中には亀の甲羅のように瓦礫《がれき》がのし掛かっている。かろうじて首だけは動かせるが、身動きが取れない。

「そこでおとなしくしていろ。儀式は後回しだ」

言い放つなり、リーヴァイが体中から青い霧を放った。

また例の霧か？　姿が見えなくなる。

立ち尽くすアルウィンの頭上を黒い影が覆った。

「上だ！」

アルウィンが飛び退《との》くとほぼ同時に、リーヴァイの巨体が着地する。みしり、と床にひびが入る。

蛇のように鎌首をもたげると、アルウィンの逃げた方向を向き、体ごと突っ込む。突進もアルウィンにかわされて壁を突き抜ける。

ギルドの広場に出る。しばらく前にここでマンティコアが暴れ回ったことがあった。今いるのは、比較にならない怪物だ。

リーヴァイを追って、アルウィンも壁の穴から外に出る。

「体重も増えたようだな」

「ほかにも色々とな」

口から蒼《あお》い電光を放つ。両腕も合わせれば四倍だ。当たれば今度こそ冥界行きの光線を右に左にと次々とかわしていく。今のアルウィンからは気負いもなく、余裕すら感じる。

アルウィンが円を描きながら背後に回り込む。巨体の分、小回りが利《き》かないから簡単に背後を取れる。

「どうした? 『迷宮』で戦ったときの方が圧倒的に強かったぞ」

「そうでもない」

リーヴァイが体当たりでぶつかってきた。面での攻撃に切り替えてきやがった。あの巨体でしかも速度はさほど変わらない。アルウィンもかわしながら何度も切りつけるが、びくともしない。巨体の利を生かしている。

気がつけば、アルウィンは壁際《かべぎわ》に追い詰められていた。

逃げ場はない。リーヴァイが突っ込めば、姫騎士様の壁画が出来上がる。

「どうした、『迷宮』の時のようにみじめったらしく助けを呼ばないのか?」

「お前は勘違いをしている」

アルウィンは会心の笑みを浮かべた。

「私が一人で来たと誰が言った」

黒い影がリーヴァイの背に重なる。ノエルが飛び乗ると同時に背中を剣で突き刺す。リーヴァイが仰《の》け反《ぞ》ったところで、正面からラルフが突っ込んだ。『慈雨の剣《マーサフル・レイン》』で腹を深々とえぐる。

苦痛の悲鳴を上げてリーヴァイが体を激しく振り回す。

振り回す腕を掻《か》い潜《くぐ》り、すれ違いざまに脇腹を一閃《いっせん》する。血しぶきが上がる。

「なめるなよ、デカブツ」

ラルフが生意気にもアルウィンの隣に立って剣を構える。

「この街のためにもここであなたを倒します」

「そういえば、お前たちもいたのだったなあ」

リーヴァイは二つの顔で同時にあざ笑う。

「三人になったところで何が変わる？　六人でも私に敵《かな》わなかったというのに」

「試してみるか？」

アルウィンが剣を構えた。

「いつまでも、私たちが同じままだと思うなよ」

口火を切ったのはノエルだ。回り込みながら黒い縄を放り投げる。リーヴァイの腕に絡《から》みついた途端、食い込んだ部分から白い煙が上がる。材料は分からないが、あの黒い縄はおそらく魔物の体の一部だ。毒や体液をはじめ、魔物の一部を利用した武器や道具を作り、利用する技術がある。『忌毒術』や『魔毒法』と呼ばれているが、忌《い》み嫌《きら》う者も多い。ノエルはそいつの数少ない使い手だ。

マクタロード王国から手製の武器や道具を大量に持ち帰ったが、あの黒い縄もその一つなのだろう。

「ちっ！」

リーヴァイは空いた腕でアルウィンの攻撃をさばき、反対の腕を引き寄せる。綱引きとなれば勝ち目はない、と承知の上なのだろう。ノエルは焦《あせ》った様子もなく、今度は青い玉を投げつける。玉が割れて、リーヴァイの足下に透明な液体が飛び取る。当然、体にも掛かっているがダメージを受けた様子はない。

「何のマネだ……っ！」

リーヴァイが急によろめき、体勢を崩した。素早く立ち直ろうとするが、滑って踏ん張れないでいるようだ。中身は油か？　それにしては滑りすぎだが。

「カゲロウネズミの汗と油を混ぜたものです」

黒い縄を引きながら毒を塗ったナイフを何本も投げつける。カゲロウネズミを踏みつけると、船酔いでもしたかのように立てなくなる。あの玉は殺傷力よりむしろ相手を弱らせるためのものなのか。こらえきれず、リーヴァイが膝を突いたところで、アルウィンが斬りかかる。

「クソッ」

不安定な体勢では、うまく動けないのか、腕や額を何度も切られている。その都度、再生していくが、それでもアルウィンは手を緩めない。

「バカめ！」

不意にリーヴァイの体がかき消える。周囲に霧が漂う。『迷宮』の地下で見せた、例の霧か。身構えるアルウィンの背後から、蒼《あお》い稲光をまとった腕が迫っていた。

「危ない！」

ノエルが上から赤い玉を放り投げた。アルウィンと『伝道師』の間に落ちた瞬間、拳大ほどの大きさだった球が急激に膨れ上がった。あっという間に大人の背丈ほどにもなり、アルウィンとリーヴァイを弾《はじ》き飛《と》ばした。

赤い玉はその後、空気が抜けたみたいに急にしぼみ、ぺしゃんこになってしまった。なるほど、今のはアルウィンをあいつから引き離すためか。

「助かった。さすがノエルだな」

アルウィンは素早く立ち上がり、ノエルに礼を言う。ノエルはほっとした様子で頭を下げる。ノエルの武器が何なのか、アルウィンとて気づいているはずだが、気にした風もない。度量の広いお方だからな。

ノエルは回り込むようにして走ると、横を駆け抜けざまに手のうちから白い玉をいくつも取り出し、放り投げる。リーヴァイに当たると、破裂して白い粘液のようなものをまき散らす。

「番兵グモの糸を溶かして作った液体です」

ノエルが背中に回り込みながら次々と白い玉を叩《たた》きつけていく。

「簡単にははがれません」

「それがどうした！」

リーヴァイの片方の首が振り返った。大きく口を開けて炎を放つ。火山弾のような塊がノエルに降り注ぐ。派手な音とともに、地面に突き刺さり、土煙を舞い上げる。着弾したところから炎の柱が上がる。ノエルはそれらを次々とかわしていくが、煙と炎で視界も悪いせいか、なかなか近づけないでいる。

反対側からはラルフが切りかかっている。

さっき切られたのがこたえたのだろう。魔剣の威力を警戒してか、リーヴァイは腕から氷のムチを生み出し、近づけまいと振り回している。ラルフはひいひい言いながら逃げまどうばかりだ。時折、剣で弾《はじ》き飛《と》ばすものの、やはりムチが怖くて近づけないでいる。さっきまで威勢はどこに行ったのやら。

そして我らがアルウィンは真正面から突っ込み、切りつけている。リーヴァイも空いている腕で応戦している。前回と違い、アルウィンの勢いが違う。何より剣そのものが違う。

先祖伝来の剣ではなく、太陽神の『神器』である『暁光剣《ドーンブレード》』だ。赤い閃《ひらめ》きとともに、リーヴァイを切り刻んでいく。

自分の親玉の剣で切られているのだ。さぞ本望だろう。

それでもリーヴァイは崩せない。腕に何度も切り傷を作ってはいるが、再生能力が高い。あっという間に傷がふさがっていく。さっきノエルやラルフにやられたところも既に癒えている。やはり、また首を切り落とすしかないか。だが、さっきと違って今度は二つもある。

多分、同時に切り落とさないとまた復活する。

三対一の戦いは、思っていた以上に膠着《こうちゃく》していた。そうなると、こちらが不利だ。体力なんて無尽蔵の『伝道師』と違い、アルウィンたちはまっとうな人間だ。必ず体力の限界が来る。案の定、先に追い詰められたのは、ノエルだった。

三人の中で一番小柄の上に動き回ってしきりに手製の武器を投げて反撃を加えている。強酸で皮膚を焼き、毒で体をしびれさせ、時には強い光で目を焼いている。

並の相手ならとっくに決着はついているが、相手は『伝道師』だ。焼けただれた皮膚も、毒で弱った体も、光にくらんだ目もすぐに再生しやがる。消耗は激しいに違いない。徒労感もあるだろう。徐々に動きが鈍っていく。

「くっ」

ノエルが足をもつれさせて転ぶ。想像以上に負担が大きかったのだろう。まだ立ち上がる気配はない。

左側のリーヴァイが愉悦に満ちた表情を浮かべる。

「まずは貴様だ」

宣言すると、口の中で炎を溜《た》める。あれを吐かれたら、黒焦げどころでは済まないだろう。

「ええ、そうですね」

ノエルは片膝を付いた体勢のまま、腕を上げた。手首からは糸が伸びていた。糸はリーヴァイの横っ腹、白い粘液の真ん中まで続いていた。

「まずは、わたしからです」

ノエルが糸を引いた。粘液表面あたりからぷつん、と切れる。その瞬間、轟音《ごうおん》とともに黒い煙が上がった。爆発とともにリーヴァイの肉片が飛び散る。

どうやら粘液だけでなく、別のものも仕込んでいたらしい。番兵グモうんぬんは、注意をそらすための方便か。

粘液の張り付いていた場所が次々と吹き飛ぶ。同時にやられてはたまらないらしい。よろめいたところでノエルが地を這《は》うように近づく。リーヴァイの腕を掻《か》い潜《くぐ》り、地面を滑りながら足首にしがみつき、巻き付くようにして一回転する。ノエルが前転しながら再び距離を取った時には、リーヴァイの左足首が切り落とされ、地面に置き去りにされていた。

巨体が尻もちをついて倒れる。

そこに大声を張り上げながらラルフが突っ込んでいく。

「小童《こわっぱ》が！」

リーヴァイが舌打ちをしながらムチを振りかぶる。機動力を封じられ、デタラメに振り回しながらも氷のムチが空気を引き裂き、凍らせていく。まるでそのあたりだけ吹雪になったかのようだ。

それでもラルフは止まらなかった。ムチの間合いに自分から飛び込む。

当たれば、肉どころか、鎧《よろい》ごと両断されちまいそうだが、ラルフは全部見切っていた。立ち止まり、しゃがみ、飛び跳ねて、回避している。目では追い切れない速度だが、ムチではなく、手首を見て動きを予測している。

間合いの取り方だけは上手《うま》い。前回、リーヴァイにやられた時もあいつだけ軽傷だったのは、偶然だけではない。猟師の出だからそこで鍛えられたのだろう。獲物と自分との間合いを取るのが抜群だ。本人に言うと調子に乗るから言わねえけど。

「おのれ！」

舌打ちをしながらムチを振り下ろす。勢いに引っ張られるようにして、リーヴァイがよろめいた。そこにラルフが懐《ふところ》に滑り込む。

「くたばれえっ！」

手にした刃が青白く輝く。宝剣『慈雨の剣《マーサフル・レイン》』は、わずかの間、切れ味が増すという。雄た

けびとともに淡い光に包まれた剣を振り下ろす。その勢いでリーヴァイの額を両断する、というところでぴたりと止まった。

リーヴァイの両手が、『慈雨の剣《マーサフル・レイン》』を挟み込んでいた。

「残念だったな」

体勢を崩したのは誘い込むためのワナか。

「クソっ！」

何とか押し込もうとするが、『伝道師』の怪力に敵《かな》うわけがない。

「終わりだ」

「手を放せ！」

俺が声をかけると同時に、リーヴァイが腕を傾ける。つられて、ラルフが前のめりになったところでしたたかに蹴り上げられた。

ラルフの体が宙に浮く。壁に叩《たた》きつけられ、ずるずると座り込むように倒れる。

あのバカ、すぐに調子に乗るからこうなるんだ。

ノエルとアルウィンが駆けつけようとするが、今度はリーヴァイに妨害されて近づけないでいる。ラルフから奪った『慈雨の剣《マーサフル・レイン》』を振り回し、二人を寄せ付けない。

「能無しの家来はやはり能無しか」

半ば憐《あわ》れむようにリーヴァイが言った。

「これで二対一だな」

均衡が崩れた。このままではまた追い詰められる。

やはり俺が出るしかないか。休んだおかげで少しは体も動くようになった。それだけでもラルフが踏ん張った甲斐《かい》はある。そういうことにしておいてやろう。

とりあえずこの瓦礫《がれき》をどけてもらおうと、声をかけようとしたところで信じられないものを見た。

「ふっざけやがって！」

ラルフが喚《わめ》きながらリーヴァイの背中に張り付いたのだ。アルウィンもノエルも常識外れの行動に、棒立ちになっている。

「どいつもこいつも、バカにしやがって！　返せ、返しやがれ！」

背中越しに『慈雨の剣《マーサフル・レイン》』奪い取ろうとする。リーヴァイは引きはがそうとするが、巨体が災いして、身動きが取れないでいる。

「そんなに欲しければ返してやる！」

業を煮やしたのか、リーヴァイは自分から仰向けに倒れこむ。潰されれば、そこで終わりだ。

「なめんじゃねえ！」

ラルフは首の後ろに回り込むと、リーヴァイの顔に白い玉を叩《たた》きつける。中から割れた粘液が顔にへばりついて視界を奪う。呼吸もできないのか顔を押さえてもがいている。

「どうだ、ノエルさんからもらった玉の力は！」

リーヴァイの右の頭が苦しげにもがき、振り回していた『慈雨の剣《マーサフル・レイン》』を落とす。

「さっきのお返しだ！」

転がるようにしてそれを拾い上げると、再び魔力を開放する。一際《ひときわ》強い輝きを放ちながらリーヴァイの右の頭を切り落とした。

胴体に残った頭と、宙に浮いた頭、二つの口から絶叫が上がる。

アルウィンが動いた。

「貴様の罪を冥界であがなえ」

断罪の刃で残った左の首を切り落とそうと振り上げる。

リーヴァイはにやりと笑った。

「あれがどうなってもいいのか？」

見れば、卵のような頭をした怪物が腕に子供を抱えている。リーヴァイの分身だ。まだいたのか。

「卑劣な」

「なんとでも言え」

リーヴァイは後ずさりしながら切り離された首を拾い、傷口に押し当てる。

白目を剝《む》いていた右の首が、徐々に生気を取り戻していく。続いてノエルに切り落とされた足首も同様につなぎ合わせていく。便利だな、おい。

怪物に抱えられた子供は気を失っているのか、目覚める気配はない。

見捨てればいいんだろうが、それができたら苦労はしねえよな。特にこの姫騎士様は。

「形勢逆転だな」

リーヴァイがゆらりと立ち上がる。

「まずは、俺の首を取ってくれたお前からだ！」

巨石のような拳をラルフ目掛けて振り下ろす。

「待て！」

そこにアルウィンが前に出てかばう。目の前が一瞬、真っ暗になる。

リーヴァイの拳がアルウィンに当たる寸前、半透明な壁が固い音とともに弾いた。

魔法の障壁か？

予想外の反撃に、リーヴァイは硬直する。そこへ背後から飛んできた炎が巨体にぶち当たる。

リーヴァイは悲鳴を上げながら膝を突いた。物陰から二つの影が歩いてくる。

「アタシたちも交ぜてくれる？」

「こんな美味《おい》しいシーンに、あたしたちを仲間はずれにする気？」

ベアトリスとセシリアだ。

「子供は？」

「無事だよ」

アルウィンの問いかけに、のんきな声が応じる。

「いやはや、どうにか間に合ったようだね。肝を冷やしたよ」

場にそぐわない、のどかな声が聞こえた。

振り返れば、子供を抱えたニコラスが立っていた。足元には、さっきの怪物が倒れている。

「ニコラス・バーンズ」

リーヴァイの憎しみのこもった声にもどこ吹く風だ。

「どうも、はじめまして。君が『教祖』かな」

「もう会っているぜ」

ニコラスの誤解を指摘してやる。

「こいつの正体はリーヴァイって、ギルドの運び屋だ。ほら、この前一緒に『迷宮』潜った時にいただろう？」

「どうだったかな？　いや申し訳ない。どうもこのところ物覚えが悪くってね。君が言うのならそうなんだろうね」

すっとぼけた口調で頭をかく。

「とにかくリーヴァイ君だっけ？　君のおかげで色々と苦労させられたからね。そのお礼にと思ってね」

子供を物陰に寝かせると、右手に持った杖《つえ》で肩を叩《たた》きながら悠然と歩いてくる。

「この、背教者が！」

リーヴァイの口から放たれた炎は、またも半透明の壁に防がれ、ニコラスの眼前で拡散する。

「おっと、忘れていたよ」

ニコラスの杖《つえ》がきらめくと、アルウィンたちの傷が癒えていく。ついでに俺もだ。おかげで血は止まったが、ついでに上に載っている瓦礫《がれき》もどかしてくれないかな。

「さて、続きと行こうか」

無視するなよ。

「あちこちでケガ人を治したり、魔物と戦ったりと大変だったが、間に合ってよかったよ。君には聞きたいこともあるからね」

太陽神のことだろう。ローランドやジャスティンと違い、もう少し深く太陽神の目論見《もくろみ》に関わっているようだ。俺たちの知らない情報も握っているだろう。

「拷問なら手を貸すぜ。いいやり方を知っているんだ」

「……謹んで辞退するよ」

ニコラスが苦笑する。俺は本気なんだが。

「形勢逆転だな」

俺を抜いてもこれで六対一だ。リーヴァイも不利だと悟ったらしく、焦燥の色が濃い。

「聞いてのとおり、荒っぽい手段になると思う。その前に自分から話してくれるとありがたいんだけど」

「戯言《たわごと》をぬかすな！」

ニコラスの降伏勧告に、リーヴァイが腕を振り上げる。自分の体に両腕を突っ込むと、また例の赤い卵を幾つも取り出す。そうはさせまい、とマレット姉妹が魔法を放つが今度はリーヴァイが透明な障壁を張る。その間にも卵は孵化《ふか》し、分身は増え続けている。

「アルウィン」

リーヴァイの注意がそれた隙に麗《うるわ》しき姫騎士様を呼ぶ。

「すぐに助ける。もう少し待っていてくれ」

助けて欲しいのは山々だが、用件はそれじゃあない。

「耳を貸して」

「何故《なぜ》だ？」

「いいから貸して。あいつを倒す切り札をあげるから」

半信半疑って顔のまま俺に顔を近づける。俺は耳打ちする。

「……本当か？」

「間違いない。君なら効果てきめんだ」

分かった、と振り返った視線の先にはリーヴァイと大量の分身だ。ざっと三十は超えている。

「もう時間はない。小細工をしたところで『スタンピード』は止まらない」

「ならば、その前に叩《たた》き潰すまでだ」

アルウィンが進み出る。

「今度こそ、その首を叩《たた》き切る」

リーヴァイが障壁を解除すると同時に、分身どもが殺到する。

それを迎え撃つように、六人がひとかたまりになって迎え撃つ。

アルウィンが先頭の分身を切り捨てると、続いてラルフとノエルが切り込む。遠くにいる連中はマレット姉妹の出番だ。ベアトリスが炎で焼き、セシリアが雷で薙《な》ぎ払《はら》う。

分身どもが飛び下がると、一列に並び、腕を光らせる。親玉と同じ攻撃か。

強い光が一斉に放たれる。アルウィンたちを貫く寸前、半透明の障壁が現れ、かき消していく。ニコラスの防御魔法だ。

攻撃が途絶えたのを見計らって、障壁を解除する。同時にマレット姉妹の放った炎が分身どもを焼き尽くしていく。

「行くぞ！」

分身どもの隊列が乱れたところで、再びアルウィンが先陣を切って突っ込む。炎に巻かれた分身どもを切り捨て、本体への道が見える。ノエルが赤い玉を放り投げた。地面に当たると、一瞬で膨張し、分身どもを弾《はじ》き飛《と》ばす。

開けた道をアルウィンがひた走る。背後から迫る分身どもを引き受けるのは、ノエルとラルフだ。

「姫様のジャマすんじゃねえ！」

喚《わめ》きながら『慈雨の剣《マーサフル・レイン》』を振り回す。倒せはしないが、背中を守られたアルウィンがとう、とう、本体の正面に辿《たど》り着《つ》いた。

リーヴァイの二つの顔に焦《あせ》りが浮かぶ。あれだけ一気に分身を作れば、消耗も激しいだろう。おまけに一体ずつの力も弱くなっている。手数で勝負しようとしたのが徒となったな。

「クソッ」

リーヴァイは背中を向けると、またも霧を体中から噴き出す。隠れる？　いや、逃げるつもりか？　まずい。ここで逃げられたら二度と見つけられないだろう。この街は終わりだ。

「借りるぞ」

アルウィンはノエルから黒い縄を引ったくるようにして受け取ると、激しく地面に叩《たた》き付《つ》けた。乾いた音が響き渡る中、薄れゆく背中に向かって叫んだ。

「ひざまずけ、、、、リーヴァイ！」

その瞬間、リーヴァイの動きが止まる。二首の巨体を中途半端《ちゅうとはんぱ》な体勢でかがめ、途方に暮れたような顔をしている。奴隷として長年刻み込まれた習性は、怪物の姿になっても抜けなかったようだ。

「貴様……」

振り返ったリーヴァイの顔が屈辱と憤怒《ふんぬ》に染まる。

「二度も言わせるな！」

アルウィンは剣を握り、言葉を紡《つむ》ぐ。

「『太陽は万物の支配者《ソル・エスト・エクストリカ》』、『天地を創造する絶対の存在《アバソルス・イクス・テラ・クリエ》』」

呪文と同時に柄の辺りからまたも赤い鱗《うろこ》が集まっていく。赤い鱗《うろこ》は虫のように地面を這《は》いまわると、リーヴァイへとまっしぐらに進んでいく。リーヴァイもこれは危険だと気づいたのだろう。姿が急に輪郭を失う。まさか、あの体でも姿を霧に変えられるのか？

「彼の力も、あの剣と同じ太陽神の力ではあるが、相性が悪い」

ニコラスが訳知り顔で言った。

「太陽の光の前には、霧なんてかき消されるだけだよ」

「『我らが敵に、哀れなる敗北と死を《トリスクラデ・モア・フオシストリス》』」

赤い鱗《うろこ》が霧の中、うず高く重なりながら何かの形をかたどっていく。

霧が晴れた時には、赤い鱗《うろこ》に全身を包まれたリーヴァイが踊るように悶《もだ》えていた。

「ひざまずけ。そして、父と母、お前が殺した全ての者に許しを請《こ》え」

「何故《なぜ》だ。こんな小娘に。俺が」

赤い鱗《うろこ》に包まれ、身動きが取れないまま倒れこむ。

「こんな、神よ。この娘に裁きを！　みじめな負け犬の姿を！」

「ムダだと思うよ」

ニコラスは言った。

「人の魂はたとえ神だろうとどうにもならない」

最後のあがき、とばかりにリーヴァイが立ち上がる。全身から赤い鱗《うろこ》をそぎ落としながらアルウィン目掛けて突っ込んでくる。

ノエルとラルフが同時に動いた。左右から駆け抜けざまにリーヴァイの両腕を切り捨てる。

苦悶《くもん》の表情を浮かべ、リーヴァイは両膝をつき、身体《からだ》を折り曲げる。断頭台に乗せられた死刑囚のように。

アルウィンが剣を振り上げる。

「終わりだ」

罪人《リーヴァイ》の首を二つ同時に切り落とした。二つの首が転がる。首のない胴体はその場で膝を突き、うつ伏せに倒れこむ。地響きがした。

「やった！」

ラルフが腕を振り上げる。

「俺たちの勝ちだ！」

「気を抜くな」

アルウィンたちに瓦礫《がれき》の下から助け出されながらお調子者のラルフに忠告する。ローランドやジャスティン以上の怪物だ。事実、一度は片方の首を切り落とされたのに、またくっつけやがった。黒い灰に変わりつつあるので、死にかけているのは間違いないだろうが、油断は出来ない。とどめをさせ、と言おうとしたとき、哄笑《こうしょう》が聞こえた。

右の首はもう半分以上消えている。左の首も黒い灰が侵食して頭半分が消えている。胴体も、両腕も、黒い灰となって消えていく。リーヴァイの死は変わらない。それでも笑い続ける。

つまりこれは断末魔だ。

「燃やしとく？　シシー」

「その方がいいわね」

マレット姉妹に杖《つえ》を向けられても、リーヴァイの哄笑《こうしょう》は止まらない。

「ムダだ。私を殺したところで『スタンピード』は止まらんよ」

なんだと？

「ならば、どうすればいい。どうすればこの災厄は止まる？」

アルウィンの必死な問いかけに、リーヴァイは得意満面に答えた。

「お前も見ただろう、マシュー。あの黒い球を。あれこそが俺の『神器』よ」

あの奇妙な球が、『神器』だと？

「『迷宮』の奥に行ってあれを破壊するだけだ。もっとも、人の身で『神器』を破壊するなど不可能だ。いくら貴様が怪力無双であろうともな」

魔物が後から後からあふれ出る『迷宮』の十三階まで降りて、人間には壊せない『神器』をぶち壊せだと？　ムチャクチャだ。

「もはや死ぬのは怖くない。これは殉教だ。私の死と引き換えに神が再びこの地に降臨される。その礎《いしずえ》となれるのだ。何を恐れることがあろうか！　私は、勝ったのだ！」

また高笑いをする。今度は弱々しい。既にもう一つの首は消滅したし、身体《からだ》も……。

手足はすでに黒い灰となっているのに、胴体だけがまだ残っている。そこだけ黒い灰の侵食が遅い。まるで最後の力を振り絞って、こらえているかのように。

俺の頭の中で警鐘がうるさく鳴り響く。

リーヴァイの体から乳白色のかたまりが飛び出した。巻物《スクロール》だ。最後の執念なのか、巻物《スクロール》が広がり、魔法陣が浮かび上がる。

「逃げろ！」

アルウィンを抱えて倒れ込む。同時に爆風が俺の背を包んだ。

第七章　強欲の姫騎士

耳鳴りとめまいがして気分が悪い。どうにか立ち上がる。リーヴァイのいたところは地面に穴が開いていた。雑草のように小さな炎がくすぶり、煙を上げている。

あのクソジジイ、巻物《スクロール》を腹の中に隠し持ってやがったのか。最後の力で魔力を注いで自爆するとは、いい度胸しているぜ。

「無事か、マシュー」

アルウィンが駆け寄ってきた。大したケガはないようだ。

「ご覧の通り、ぴんしゃんしているよ」

「ラルフたちはどうなった？」

焦《あせ》った様子で周囲を見回す。

「こっちです」

声をかけてきたのはノエルだ。服はボロボロで、顔もススだらけだが、ケガは見当たらない。

「ラルフさんにかばっていただきまして」

当のラルフは瓦礫《がれき》の上で気絶していた。命に別状はなさそうだが、早く治療した方がいいな。

マレット姉妹も瓦礫《がれき》に座りながら手を振っている。

「先生は？」

「分かりません。ただ」

とノエルは壊れた壁の方を指さした。

「爆発の寸前、何か紫色の固まりが向こうへ飛んでいくのが見えました」

ニコラスの正体は不定形の紫色の怪物だ。爆発の衝撃で人の姿を保てなくなったのだろう。無事だとは思うが、動けないようなら回収してやった方がいいな。

「俺は先生を探してくる。君はここでラルフを見てやってくれ」

「私も行こう」

とアルウィンも付いてくる。

「どうやって探す？」

「上に登ろう」

魔物のせいで町のあちこちから煙も出て視野も悪い。一度上から見た方がいい。物見塔はさっきの戦いで崩れ落ちてしまった。あれでは遠くまで見渡すのはムリだ。

「あそこにしよう」

振り返った先にあるのは、打ち捨てられた教会だ。人の良い《い》神父だったが、『スタンピード』の予兆の時に街を逃げ出して以来、無人になっている。

門はカギがかかっていたので、落書きだらけの壁を乗り越え、中に入る。貴重品は盗まれたか持ち去ったかしたらしく、がらんとしている。薄暗い中、残っていた松明に火を付け、唯一残った神像に中指をおっ立て、離れにある建物から螺旋《らせん》階段を上る。

「ここを上れば鐘塔に出る。そこからなら街の様子も分かるはずだ」

先生も見つけやすい。向こうも俺たちを見つけやすいだろう。

「詳しいな」

「まあね」

この街に来たばかりの頃に、呪いを解く方法はないかと、調べ回ったからな。

細いハシゴを上ると鐘塔に出た。とがった屋根を四本の柱で支えている。そこそこ高さもあり、壁はないので風が強い。小さな鐘が吊《つ》るされていたはずだが、持ち去られた後だ。

太陽はもう西の空に沈もうとしている。そのせいで俺もなんだか辛《つら》くなってきた。

「さて、先生はどこかな」

「……マシュー」

アルウィンの声は絶望に満ちていた。振り返れば、その理由はすぐに分かった。デズの力に限界が来たのだ。

轟音《ごうおん》とともに『迷宮』の穴を塞いでいた門から魔物があふれ出すのが見えた。

壊れた扉を踏み越えて魔物が這《は》い出《で》てきた。

先頭で戦っているのはデズだ。とっくに限界を超えているだろうに、例の『神器』を壁代わりにして魔物の発生を食い止めている。だが、それも限度がある。いくら形を変えようと、カバーしきれるものではない。『迷宮』の穴から這《は》い出《で》た魔物は壁をも突き破り、街の中へ駆けていく。ほかの冒険者たちも戦っているが、数の多さには敵《かな》わない。

衛兵や『聖護《せいご》隊《たい》』も駆けつけ、戦っている。ヴィンセントも部下を指揮して、魔物と戦っているが数の暴力に押されている。

ちょびひげと色黒は住民の避難を呼びかけ、誘導している。

大通りの方には『群鷹会《ぐんようかい》』までいる。思い思いの武器で魔物をタコ殴りにしている。

名前も知らないあらくれが、強面《こわもて》が、細腕の女が、毛も生えていないような子供が、思い思いの武器を手に、魔物と戦っている。

どいつもこいつも自分のやるべきこと、やれることを懸命にこなしている。

生き残るため、大切なものを守るために必死で戦っている。

けれど、俺には分かる。それは全て徒労に終わる。

『スタンピード』は防げない。大勢の死人が出る。生き残る人間はいるだろう。だが。この街は終わる。魔物に蹂躙《じゅうりん》され、何百年かの歴史に終わりを告げる。

好材料があるとすれば、被害はほぼ、この街とその周辺に限定されるくらいか。

街を踏み越え、『亡霊荒野《ぼうれいこうや》』を越えて『月光の泉《ムーンライト・ファウンテン》』やバラデール王国に辿《たど》り着《つ》くには時間がかかる。それまでには対策も打てるだろうし、そもそもあの荒野を越えるまでに砂漠の魔物と潰し合いになるはずだ。

俺にやれることがあるとしたら、アルウィンたちを避難させることと、あの堅物で頑固者のデズを奥方と愛息の元へ帰るよう説得するくらいだ。あいつとて悔しいだろうが、女房《にょうぼう》子供の方が大事なはずだ。今のあいつはそういう生き方を選んだ。

いずれにせよ、ここにいては逃げ場がない。魔物の餌食《えじき》になるだけだ。

「アルウィン、早く逃げよう」

彼女は呆然《ぼうぜん》と魔物の大群を見ている。

「悔しいのは分かる。俺だってこんな結果になっちまって残念だ。君がいなかったら地面に転がってべそかいている」

「……」

「勝負は終わった。あいつの粘り勝ちだ。命と引換えに、この街を道連れにしたんだ」

「まだ、終わりではない」

「どうするってんだ？　俺も君もボロボロのフラフラ。戦ったところで、死ぬだけだ」

アルウィンは返事をしなかった。

「このバカ騒ぎもいずれは収まる。そうなれば君にもチャンスが生まれる。新しい仲間を引き連れて、また『迷宮』に挑めばいい。そうすれば『星命結晶《せいめいけっしょう》』だって手に入るし、故郷も救える。君はそのためにここに来たんだろう？」

「ダメだ」アルウィンは幼子のように首を振る。「それではダメなんだ」

ああ分かっている。彼女の正義感がこんな状況を許しはしないってな。

もし逃げ出せば、王国が崩壊した時と同じになると思っているのだろう。

父親と母親を救えなかった時のように。

けれど、どうにもならないことはどうにもならない。

高いところから低いところに落ちるし、水は沸かせば湯になるし、赤ん坊だって老人になるし、人はいずれ死ぬ。自然の摂理ってやつだ。

「俺も君も万能じゃあない。どうにもならないことをどうにかしようとした結果が、今の君じゃなかったのか？」

魂の平衡を崩し、『迷宮病』に蝕《むしば》まれてなお、国を救おうと『星命結晶《せいめいけっしょう》』を手に入れようとして、地獄に落ちた。

「さあ、行こう。ラルフとノエルを迎えに行こう。先生も見つけないとな」

このまま長話をしていても時間を浪費するだけだ。俺は彼女の手を取り、連れて行こうとしたが、強い手つきで振りほどかれた。

「お前はそれでいいのか？　デズ殿やエイプリル……この街にも親しい人間はいるはずだ」

おちびなら安全な場所にいるし、ひげもじゃは、こんなところで死にはしない。

「俺が何より守りたいのは、君だ」

アルウィンは息をのんだ。一瞬蕩《とろ》けたような顔をしたが、すぐに水をぶっかけられた野良犬《のらいぬ》のように目を伏せる。

「気持ちはありがたい」

そうつぶやき、気持ちを静めるかのように胸に手を当てる。

「けれど、やはりこのまま逃げられない。この街にも大勢の人が住んでいる。それぞれに大切な人間がいる。悪徳ばかり栄えた街だろうと、その中で懸命に生きている者たちがいる。それを見捨てるなど」

「じゃあ、どうするつもりだ？」

聞き分けのなさに苛立《いらだ》ち、気がつけば大声で叫んでしまった。

「無謀な戦いに挑んで死ぬのが君の正義なのか？　ここでぼーっと街を眺めていたって何の解決にもなりゃしないよ。人が死ぬのを闘鶏バクチみたいに眺めようってのか？」

「お前こそ忘れたのか？　ここは私とお前が出会って、共に過ごした街だ。無関係でいられるものか！」

「君の国じゃないだろう！」

アルウィンははっと気づいたかのように目を見開く。

それから拳を固め、静かに告げる。

「……マシュー、私はお前を信じている。だからお前も私を信じてくれ」

嫌な予感がした。ためらっている場合じゃない、と頭の中で誰かが告げている。

『仮初めの太陽《テンポラリー・サン》』を使ってでも強引にでも街から脱出させるしかない。

そう考えて懐《ふところ》に手を入れた時には、アルウィンは既にそれを手にしていた。

リーヴァイが持っていた、太陽神の焼印だ。

「おい、よせ」

焼印を松明《たいまつ》の火で炙《あぶ》ると、それを自分の手の甲に押し当てた。

アルウィンの顔が苦痛に歪《ゆが》む。

「何をやっているんだ、君は！」

駆け寄ろうとした俺を手で制する。

「……そうすれば、私はどこまでも戦える。お前の信じてくれる私を信じられる」

全身が総毛立つ。アルウィンは過去最大級にとんでもないことをしでかそうとしている。

ニコラスから聞き出したのだろう。

太陽神の『神器』である魔剣『暁光剣《ドーンブレード》』に、『伝道師』であるニコラスの一部、心臓にはあいつの血がついた『聖骸布』、そして体内には『解放《リリース》』。

条件が揃いすぎている。

「止めろ、止めてくれ」

「心配するな」

「出来るわけねえだろうが！」

俺はたまりかねて叫んだ。

「怪物になるつもりか？　二度と元に戻れなくなるかも知れないんだぞ！」

「私を信じろ、マシュー」

アルウィンはふてぶてしく笑った。

「私は死なない。絶対に、お前を死なせはしない。私と、お前の周りにいる大切な人たちを、今度こそ守り抜く！」

ぶん殴ってでも止めるべきだ。止めるしかない。絶対に止める。

俺が手を伸ばす、その前で彼女は言った。

「『太陽神はすべてを見ている《ソル・ニア・スペクタス》』」


その瞬間、アルウィンの体が震えた。熱病にでもかかったかのように激しく震えている。同時に、魔剣から発生した赤い鱗《うろこ》が、大群となってアルウィンを侵食していく。

「『我らを見守る偉大なお方に感謝の言葉を《ベルバ・グラシアス・マガナ・ノス・コスデイト》』」

太陽神に捧《ささ》げる祈りの言葉を続けていく。赤い鱗《うろこ》は鎧《よろい》ごと手足を包み、胴体を侵食して首元まで包んでいる。

「もう止めるんだ、おい！」

「何度も言わせるな、マシュー」

鱗《うろこ》を引き剝がそうとしたところで、アルウィンが微笑《ほほえ》んだ。強引に手を曲げて切っ先を手の甲に近づける。そして太陽神の紋章にバツ印を刻んだ。

「『地獄に堕ちろ、クソ野郎《イト・インフェルミ・スプリクス》』」

その瞬間、赤い鱗《うろこ》がアルウィンを包み込んだ。卵のような形を取りながら脈動を繰り返す。この中から一体何が生まれようとしているんだ？

どうする？　こいつを壊すべきなのか？　ためらっている間にも赤い鱗《うろこ》の脈動は速くなっていく。まるで心臓の鼓動のように。どのくらいの時間が経《た》っただろう。不意に、赤い鱗《うろこ》に亀裂が入った。亀裂は次々と広がり、唐突に砕け散った。中から現れたのは、一人の女だった。

顔はアルウィンそのままだが、髪が燃えるような赤から白銀に変わっている。瞳の色も翡翠《ひすい》のような深緑からトパーズのような金色になっていた。首から肩にかけて銀色の肩当てのようなものが広がり、胸から腰を赤銅《しゃくどう》色の鎧《よろい》で覆っている。その下にはドレスのような赤い衣を纏《まと》い、足下まで裾が広がっている。

「私を信じろ、と」

「アルウィン？」

まさか、本当にやったのか。『伝道師』の力をものにしたってのか？

「さしずめ今の私は『異端者』……いや」

アルウィンは少し考えると明るい声で言った。

「『聖像破壊者《アイコノクラスト》』といったところか」

そう言い残すなり、鐘塔の上から飛び降りた。

「おい、待って」

行っちまいやがった。あっという間に姿が見えなくなる。

まったく身勝手なお姫様だ。階段を使っていたら間に合わねえ。

腹をくって俺も飛び降りた。数瞬遅れて衝撃が来た。着地しようとしたが、こらえきれず、地面を転がり、教会の壁にぶつかって止まる。こういうマネも出来てしまう頑丈な体がありがたくも恨めしい。

ふらつきながらも立ち上がって後を追う。

どこだ、どこに行った。街の中心部に近いせいか、悲鳴があちこちで上がっている。『建国祭』の飾りが地面に落ちて足形が付いている。

街中では、デズたちの防衛線をくぐり抜けた魔物があちこち出始めている。まずはそちらを掃討するつもりのようだ。

俺はアルウィンを追いかける。

路地の奥で母親らしき女が子を抱えて震えている。観念したのか逃げる様子もない。アルウィンの剣が駆け抜けながら魔物の首を切り落とす。

「早く逃げろ」

それだけ言い残して走り去る。礼を言われる間も惜しんで次の救援先に向かうつもりなのだろう。呆然《ぼうぜん》とする親子に大通りの方へ行く道を案内してから再び後を追う。

それからアルウィンは背中に翼が生えたかのように街中を駆けずり回った。ゴブリンの群れを蹴散らして逃げ遅れた老婆を守り、ガルムの群れを切り伏せて屋台の上にいた子供を守り、オークの集団を切り捨てて井戸に隠れていた商人を救い、ロックゴーレムの胴体をぶち抜いて貧民街の無頼漢をかばい、ドラゴンの首を刎《は》ねて、冒険者の命を救った。老若男女《ろうにゃくなんにょ》、善悪を問わず、アルウィンは目に映る者たちを助けた。

大方掃討し尽くしたところでアルウィンは向きを変えた。向かうは街の中心部。『迷宮』の入り口だ。振りかぶった剣で立ちふさがるガーゴイルを両断し、ロック鳥の翼を切断する。デズたちは壊れた扉の前にいた。マレット姉妹がいる。ニコラスもいる。無事だったか。異変を察知して、ここに駆けつけたのだろう。ヴィンセントもいる。ちょびひげに色黒もまだ生きている。ほかの冒険者たちひとかたまりになって陣を組んでいるが、魔物の海に呑み込まれるのは、時間の問題だ。

「どいてくれ！」

アルウィンが高々と舞い上がる。空中で放った一閃《いっせん》が空を切り裂き、剣から出た炎でなぎ払い、焼き尽くす。気がつけば、アルウィンとデズたちの間に道が出来ていた。

「遅くなった」

アルウィンの出《い》で立《た》ちと、その力にその場にいた者たちが息をのむ。

「え、何その格好？　仮装？」

「さしずめタイトルは『冒険者を導く正義の姫騎士』ってところ？」

ベアトリスとセシリアもしょうもないことを言いながらも目を丸くしている。

「話は後だ。今から私が『迷宮』に乗り込んで原因を取り除く。それまで持ちこたえてくれ」

アルウィンの言葉にベアトリスは首を傾《かし》げる。

「どのくらい？」

「湯が沸くまでには終わらせる」

「コーヒー作って待ってるわ」

それから姉の肩に手を置く。

「だって。お願いね、シシー」

「はいはい」

鬱陶しそうに手を払いのけると、セシリアは魔法の杖《つえ》を構える。狙うは、扉の奥からまた這《は》い出《で》てきた魔物の大群だ。

「まだ大丈夫よね、ビー」

「当然よ……」

魔法の杖《つえ》を重ね合わせる。

「ぶちかませ！『炎の豪拳《フレイム・フィスト》』」

その瞬間、すさまじい火柱が上がった。熱風が魔物を燃やし、焦がし、焼き尽くす。

閃光《せんこう》と爆音が治まった後には、魔物の群れは見事に吹き飛び、入り口までの道が広がる。

「これで、貸し一つね」

「覚えておく」

あとはもうアルウィンに任せるしかない。肝心なところで役立たずなのは、今更だ。彼女の無事と帰還を願うばかりだ。

てっきりすぐにでも飛び込むのかと思いきや、アルウィンは何かに気づいたかのように足を止めると、その場で何かを探している。どうしたんだ？　と思っていると、不意に俺と目が合った。大股で近づいてくると、俺の手をつかんだ。

「お前も来い！」

次の瞬間、俺の体はアルウィンに引っ張られ、宙を舞っていた。一瞬の浮遊感を味わった後、加速を付けて『千年白夜《せんねんびやくや》』の入り口に落ちていった。足元には、早くも次の魔物どもが集まってきている。

「ダアッ！」

雄叫《おたけ》びとともに『暁光剣《ドーンブレード》』から放たれた炎が魔物を焼き尽くす。一瞬で黒焦げになり、空白地帯に着地する。

ムチャをするな、と抗議する間もなく、アルウィンは俺を連れて『迷宮』の奥を突き進む。

中は文字通り魔物の巣窟《そうくつ》だ。幾重もの壁となって立ち塞がる。

「ハッ！」

それでも俺たちの……アルウィンの歩みは止まらない。悪徳の街に住まう者たちを救うために。深紅の衣をまとい、白銀の髪をなびかせて『深紅の姫騎士』は突き進む。『暁光剣《ドーンブレード》』から放たれた炎が、魔物を消し炭や黒い灰へと変えていく。魔物の壁は消え去り、代わりに炎の道が生まれる。両端に生まれた炎の壁を駆け抜け、アルウィンは下の階へと降りていく。魔物を蹴散らしながら自ら作り上げた道をひた走る。下へ下へと。

目指すは十三階。あのクソジジイが埋め込んだ黒い球を破壊すれば、この馬鹿騒ぎは終わる。

「もうちょいだ」

と励ましたところで、アルウィンの表情が浮かないことに気づいた。

駆け抜ける速度も少しずつ落ちている。疲れたのかと思ったが、アルウィンの髪が少しずつ元に戻りつつある。

そこで俺は唐突に理解した。

今の状態は太陽神の力を利用してのものだ。『迷宮』の中ではあいつの力は届かず、制限される。心臓には『聖骸布』が埋まっているはずだが、この桁外れの力を維持できるほど万能でもないのだろう。

「俺を置いていった方がいいんじゃない？」

「バカを言うな！」

振り返りながらアルウィンは怒鳴った。

「お前を置いてなどいけるものか」

「だったら何故《なぜ》連れてきた？」

「すぐに分かる」

魔物は下の階から次々と溢《あふ》れかえっている。アルウィンの剣と炎で一掃されながらもその後から何百何千の壁となって湧いてくる。

アルウィンの顔に焦《あせ》りが生まれる。額から汗が流れる。戦うたびに、力を削られていく。

このままでは十三階にたどり着くまでに力尽きる。当然救援は望めない。俺たちの通ってきた道には、既に魔物どもで埋め尽くされている。あともう少しだってのに。このままでは辿《たど》り着《つ》く前に二人もろとも魔物に押しつぶされる。

どうすればいい。アルウィンは明らかに消耗している。体力とは違うから回復薬や魔法が使えても意味がない。太陽神の力を回復させる手段など、あったとしても見つけ次第、叩《たた》き潰しているだろう。

そこで俺はひらめいた。なるほど、アルウィンの意図はともかく、俺を連れてきた甲斐《かい》があったのは確かだ。

俺は懐《ふところ》に手を入れて小さな玉を取り出した。

「『照射《イラディエーション》』」

太陽の光をたくわえる『仮初めの太陽《テンポラリー・サン》』ならば、太陽の光、つまり太陽神の力だ。これならばアルウィンの力になるはずだ。

アルウィンの速度が上がった。

「これは、ヴァネッサの形見か？」

「これで明るくなっただろう？」

アルウィンはふっと笑った。

「急いでくれ。こいつも長くは保たない」

「了解した」

速度が上がった。俺の足はもう床にすらついていない。

長い魔物の回廊を抜け、飛び降りるようにしてようやく到着した。十三階だ。

「どこだ？」

魔物どもを斬り伏せ、アルウィンが周囲を見回す。

「この階の中央。広場になっているところ」

「分かった」

アルウィンは俺を連れて駆け出す。通路を駆け抜け、角を曲がり、そこに見えたのは、黒い渦だった。

広場の真ん中の床、ちょうどリーヴァイがあの黒い球を埋め込んだ辺りを中心に、黒い竜巻のようなものが渦巻いていた。

風を受ける度に肌がひりつく。まるで殺意と怨念のかたまりだ。

何よりおっかないのは、あそこからどんな種類の魔物とも違う、異形の肉の塊が這《は》い出《で》ているところだ。

冥府魔道ってところか。そして渦の中心には、例の黒い球が見えた。

近づこうとしても、突風のような渦からの圧力に押し戻されてしまう。

「ダァッ！」

咆哮《ほうこう》を上げてアルウィンが剣を一閃《いっせん》する。炎の刃は黒い渦を切り裂いたが、すぐに元に戻ってしまう。

凄《すさ》まじい物音が聞こえた。振り返れば背後からも大群が迫ってきている。

それは最早《もはや》、魔物とも呼べなかった。ただの肉の塊で、殺意の壁だ。

あの球体が呼び寄せたのか、押し合いへし合い、ただまっしぐらにこちらへ向かっている。

逃げ場はない。あと三十も数えないうちに俺たちは押しつぶされる。

「どうすればいい？」

アルウィンの焦《あせ》った顔に、つとめて優しく微笑《ほほえ》みかける。

「大賢者マシューさんにこいつの止め方を聞きたいんだろう？　いいアイデアがある。今から俺がこの渦を弱める。その隙に君が飛び込んであの球っころをたたっ斬ってくれ」

「どうするつもりだ？」

「簡単だよ」

まだ『仮初めの太陽《テンポラリー・サン》』は俺の頭上で輝いている。これが光っている限り、俺は『迷宮』でも本来の力を取り戻せる。そいつを手でつかみ取った。

リーヴァイによれば、あの黒い球体もウンコタレ太陽神の『神器』らしい。『神器』は人の力では壊せないという。なら同じ『神器《じんぎ》』であればどうだ？　試してみる価値はある。

俺たちが持っている『神器』は、アルウィンが持っている『暁光剣《ドーンブレード》』と、俺の『仮初めの太陽《テンポラリー・サン》』だけだ。

だったら、こう使うまでだ。

「俺たちの力でねじ伏せる」

黒い渦めがけて思い切りぶん投げた。

光の玉が一直線に飛んでいく。光と影、太陽神の力同士は干渉することなく黒い渦を切り裂き、黒い球にぶち当たった。

ひび割れた音がした。黒い球は渦の中心から弾《はじ》き飛《と》ばされ、宙を舞う。

同時に黒い渦が勢いを失い、急速に弱まっていく。

「今だ！」

俺の合図と同時に、アルウィンが駆け出した。異形の魔物どもの間をくぐり抜け、斬り伏せ、飛び上がる。『暁光剣《ドーンブレード》』を振り上げ、黒い球体を一閃《いっせん》する。

真っ二つに切り裂かれた球体は音を立てて床に落ち、粉々に砕け散った。

破片は床に散らばると、粉雪のように解けて消えていく。

アルウィンもそこで力尽きたのか、着地と同時に膝をついた。髪の色や目の色も元に戻る。

体から鱗《うろこ》が剝がれ、下からいつもの鎧姿《よろい》が現れる。

崩れ落ちた姫騎士の元に異形の大群が殺到する。助けようにも足は動かず、間に合わないと冷静な部分が告げていた。

俺は叫んだ。

牙とも爪ともつかない先端が、アルウィンへと襲い掛かる。

彼女の体を切り裂く寸前、そこに黒い影が駆け寄るのが見えた。

「アルウィン!」

かばうようにしてアルウィンの背後に立つと、銀色の剣を一閃《いっせん》し、異形の肉塊を切り裂いた。

それが誰なのか、と気づいた瞬間、黒い球体が壊れた辺りを中心に、異形どもが弾《はじ》けたように黒い灰となって消滅していく。

断末魔の声が怒涛《どとう》のように巻き起こり、上の階へと広がっていく。

気が付けば黒い渦は消滅し、冥府魔道は消え去り、そこに動いているものは何もなかった。

先程の黒い影もいずこかへ消えていた。

どうやら、うまくいったらしい。

「やったな」

返事はなかった。

気を失っているのかと思ったが、アルウィンは歯を食いしばり、汗を流して何かに耐えている。

「どうした？　痛むのか？」

俺が呼びかけると同時に、叫びながら身悶《みもだ》えする。

手にした魔剣から這《は》い出《で》た赤い鱗《うろこ》がアルウィンの手の甲に食い込んでいた。

赤い鱗《うろこ》は、一枚一枚が人食い魚のように顔や首筋にまで這《は》いずり回《まわ》っていた。髪の色は再び銀色に染まり、目の色が金から深緑に蛍のように目まぐるしく変色している。『伝道師』の力が暴走しているのか。だから言わんこっちゃない！　このままでは、ローランドやジャスティン、リーヴァイたちと同様、太陽神の奴隷に成り下がる。

「マシュー、逃げ、ろ」

「それ寝言？　聞かなかったことにするよ」

俺は彼女の手の上から『暁光剣《ドーンブレード》』を握った。引き剝がそうとするが、皮膚を突き破って肉にまでに食らいついている。

「気をしっかり持って。意識を集中するんだ」

「ムリだ」

痛むのか、苦しそうに首を振る。話すのも辛《つら》そうだ。

じゃあ仕方がない。

俺は彼女を引き寄せる。

「痛み止めだ」

唇を重ねた。

アルウィンの体から力が抜ける。

喉が鳴った。

アルウィンの手から剣が滑り落ちる。音を立てて床に転がる。赤い鱗《うろこ》は次々と塵《ちり》となって消えていく。

髪や目の色も元通りになり、赤い鎧《よろい》もドレスも塵《ちり》となって消え去った。手の甲に刻まれていた焼き印も消《き》え失《う》せている。俺の腕の中にいるのは、いつもの姫騎士様だ。

「目覚めのキスの味はどうだい？」

包み紙を握りつぶし、ポケットにしまい込む。

ニコラスが作った、解毒《げどく》薬の試作品だ。『解放《リリース》』の毒性を弱められたらと思ったが、うまくいったようだ。

アルウィンは顔を背けた。

「なんか苦かった」

あの神父様のことだ。薬草やら何やら味も考えずに混ぜ込んだんだろうな。

「口直しにどうだい？　健康にもいい」

普通のあめ玉入りの包みを手で振る。アルウィンは不満そうな顔をする。

「これは苦いやつだろ。ほかにはないのか？」

「悪いけど、品切れ」

みんなして俺におやつをねだるんだから。

「……それより、さっき私の名前を呼んだのはお前か？」

「そうだけど、どうして？」

俺はウソをついた。その方が彼女にとって都合がいいと思った。

アルウィンは少し落胆したように目を伏せた。

「……懐《なつ》かしい声が聞こえた。私を迎えに来たのかと思ったが、そうではなかったらしい」

「君はこんなところでくたばるつもりかい？」

「まさか」

アルウィンにはなすべき使命がある。それを果たすまでは止まれない。

「だが、疲れた」

アルウィンは俺の腕から離れて床に寝転がる。おいおい、と注意しようとしたが、俺も体力の限界だった。

二人して手足を伸ばして寝転がる。普通ならこんなマネをすれば即冥界行きだが、魔物の気配はどこにもない。視線の先には『迷宮』の薄暗い天井が広がる。

「……静かだな」

「そうだね」

「こんなに静かな『迷宮』は初めてだ」

「言っておくけど、このまま奥まで行こうなんて思わないでよ」

魔物が消えたのは、『スタンピード』の反動による一時的なものだろう。すぐにまたあちこちから魔物が湧いてくる。それまでに『星命結晶《せいめいけっしょう》』にたどり着く可能性はゼロに等しい。

「言ってみただけだ」

どうだか。

「君は本当に俺の言うことなんか聞きやしない」

俺の忠告なんか無視してばかりだ。

「そうだな」

アルウィンは遠くを見ながらぶやいた。

「多分私はまたムチャを繰り返す。危ない橋を何度も渡る」

それが彼女の宿命であり、選んだ道なのだろう。それに付き合わされる方はたまったもんじゃないけどな。

「だからこそお前という命綱が必要なのだ」

「限度ってものがあるよ」

何でもかんでも解決できるような超人ならここにはいやしない。

「その時はその時だ」

アルウィンは言った。

「信じられる命綱でなければ、つかもうとは思うまい。だろ?」

まったく最高のお姫様だよ、君は。

「そろそろ戻ろうか」

このまま寝転んでいたいのはやまやまだが、時間がない。早く戻って柔らかいベッドでぐっすり眠りたい。ところが、俺が立ち上がってもアルウィンは起き上がる気配はない。手足を投げ出したままだ。

「アルウィン?」

「どうやら力を使い果たしたらしい。さっきから起き上がろうとしているが、動けない」

どこか他人事《ひとごと》のような口調に、俺は血の気が引くのを感じた。

「少し休めば回復すると思うが、それまで生きていられるかどうかだな」

アルウィンにあわてた様子はない。命があっただけでも儲《もう》けものだ。動けなくなるくらいは想定内だっただろう。

「本当に大丈夫なのかい？」

「感覚はあるから大丈夫だと思うが、さて困った。どうやって戻ろうか」

そこで俺は、はたと思いついた。

「もしかして、俺を連れてきたのってこのため？」

疲労困憊《ひろうこんぱい》の上に、貧弱な俺にもう一度、アルウィンを背負って上らせようってのか？

「私は、ラルフでも良かったんだがなあ」

あさっての方を向きながら白々しく言ってのける。

「どこかの誰かさんは、ヤキモチ焼きだそうだから」

「もしかして、聞いていたのか？」

「さあな」

アルウィンはにやりと笑った。

「参ったなあ。さて、どうしようか。なあ、マシュー」

不意にめまいがした。頭を抱えながら俺はうめいた。

この女、最悪だ。

担《かつ》いだ途端、汗が大量に吹き出してきた。前回はラルフやノエルが助けてくれたが、今は俺一人だけだ。しかもアルウィンごと、鎧《よろい》と『暁光剣《ドーンブレード》』まで背負っている。それでも歯を食いしばり、どうにか立ち上がる。よろめきながらも一歩、一歩と足を進める。

難しい話じゃない。前にも一度やり遂げたことだ。しかも前回と違って魔物の妨害もない。安全安心に帰るだけだ。楽勝楽勝。

地上に戻れば、『スタンピード』も片付けている。きっと拍手喝采でお出迎えだ。『仮初めの太陽《テンポラリー・サン》』がなくったって平気平気。

「重くないか？」

「牛みたいにね」

アルウィンが俺の耳を引っ張った。重いとは言ってない。子牛だっているし、紙で作った牛の人形だってある。

「早くしろ」

「へいへい」

地上までの道は把握している。とにかく歩くだけだ。あの時も意識が飛びそうだったが、まあなんとかなった。だから今回もなんとかなるはずだ。

階段がまた辛《つら》い。上るたびに足がふらつきそうになる。それでも落とすわけにはいかない。息を切らせながら十二階まで上る。すでに疲労困憊《ひろうこんぱい》で休みたいのだが、そうはいかない。

っちまう。

時間が経《た》てばまた魔物が『迷宮』のあちこちに現れる。そうなれば俺たちは簡単に餌食《えじき》にな

そう、前回との違いは時間制限があるってことと、守ってくれる仲間がいないってことだ。のんびりしている余裕はない。とにかく動け動け。歩け歩け。

「……まだ怒っているのか？」

ずっと無言でいたせいだろう。アルウィンがおずおずと尋ねてくる。

「激おこだよ」

人には許せるかどうかの線引きがある。俺にだってある。相手によっては線引きの位置は変わるが、今回のは明らかにオーバーだ。

「君ときたら、人の話は聞かないし、勝手にほいほい話は進める。ワガママで自己中でそのくせ自分が世界一不幸だと思っている。最悪だよ。バカ、アホ」

「……そこまで言うことは」

「今更取り繕うとしたってムリだよ。君はどうあがいてもワガママなお姫様だ。俺もノエルもラルフも、君に振り回されている。ちったあ自覚してほしいものだね」

「……そうか」

そうじゃなかったら、こんな危険な穴蔵に入ってお宝を見つけようなんて思いやしない。

「だから、何でもかんでも自分で背負い込むな。人を頼れ、利用しろ。他人の迷惑なんぞ、今

更だ。バカだの世間知らずだのは好きなだけ言わせておけ。気にするな」

「……それで良かったんだな」

どこかほっとしたようにつぶやく。

「言っておくけど、これで終わりじゃないからな。地上に戻ったらお説教だ」

「いつもとは逆だな」

「たまにはそんな日もあるよ」

できれば来ないでほしいけどね。俺はロクデナシのヒモで、君は誇り高き姫騎士様。それでいいんだ。

話をしている間も足は絶え間なく動かし続けている。静まり返った、薄暗い『迷宮』の中、足音を立てて歩く。そうこうしている間にまた階段だ。

「ちょっと揺れるから気をつけて……」

用心するよう呼びかけたが、アルウィンは目を閉じて眠っていた。おやまあ、呑気《のんき》なお姫様だ。君が乗っているのは馬車でも名馬でもなく、図体《ずうたい》ばかりのヒモの上だってのに。どうしてそんなに安心しきった顔をしていられるんだろうね。

深呼吸して階段を上る。一段一段、汗を吹き出しながら上っていく。

「やべっ」

体勢を崩しかけたところでどうにか踏みとどまる。危ねえ。もう少しでアルウィンともども転げ落ちるところだった。

「落っことさないでよ」

階段の下から声がした。

振り返ると、金髪の女が階段に肘を付き、こちらを見上げていた。

「やあ、フィオナ」

俺は驚かなかった。彼女の正体に気づいていれば、ここに現れたのも説明がつく。

「さっきは助かったよ」

アルウィンの窮地に駆けつけたのも彼女だ。

「こっちこそ、ありがとうね。アルウィンを守ってくれて」

「礼を言われるほどのもんじゃないよ」

俺は言った。

「フィオナってのは、やっぱり昔の偉い人からもらったのかな。それともジャネットって言った方がいいか？」

アルウィンの友人にして、元『戦女神の盾《イージス》』のメンバー。『迷宮』でリントヴルムに半身を食われて死んだ、勇敢にして偉大なる騎士。

ジャネットはしてやられた、と言いたげに苦笑いを浮かべる。

「気づいていたんだ」

「まあね」

ヒントは色々あった。俺がアルウィンのヒモをしているなんてのはこの街じゃ有名な話だ。冒険者ならよその街から来たとしても真っ先にウワサに上がるだろう。それを知らないってのは、一年以上前からこの街にいない冒険者ってことだ。ジャネットがリントヴルムに食われて死んだのは、俺とアルウィンが知り合う前だ。

『迷宮』で死んだ魂は冥界に行くこともない。そのまま『迷宮』の中にとどまり続ける。彼女の魂もそうなったようだ。

ヴァージルたちのように『迷宮』の走狗《そうく》とならなかったのは、身につけていた指輪の力だろう。災いからは守れなかったが、魂が汚されることだけは防いだようだ。

「本名だとまずいかなって思ってね。ひいおばあ様のお名前をお借りしたんだ」

「地上に出てこられたのは、『スタンピード』のせい？」

ジャネットはうなずいて、左手の指を撫《な》でる。

「いつもはぼんやりして意識も夢の中みたいに曖昧だったんだけど、気がついたらアンタがアルウィンを背負っているところだった」

今も背負っているけどな。

「自分が死んだのは自覚していたけど、気になったからね。悪いとは思ったけどそのまま地上まで連れてきてもらった」

この女、俺に取り憑《つ》いて来たのか。セシリアがジャネットについて言葉を濁していたのは、幽霊だと気づいていたからか。

「せめて俺には、素直に教えてくれたら良かったのに」

「アンタが信用できるかどうかは半信半疑だったからね。それに、こっちだって苦労したんだから。あいつのせいで街からは出られないし喋《しゃべ》れないし、気を張っていないと、すぐにまた意識がどこかへ飛んでいくし」

リーヴァイが『スタンピード』を操っていた影響が、ジャネットの言動にも制限を与えていたのだろう。

「で、『スタンピード』の影響で体を手に入れてから、俺たちを助けに来た、と」

俺は背中のアルウィンをちらりと見た。

「起こそうか？」

「そっとしておいて」

ジャネットは首を横に振った。

「じゃないとまたムチャをするから」

「だろうね」

親友が今も『迷宮』に魂を囚《とら》われていると知ったら、何が何でも攻略しようとするだろう。

「それじゃあ、アタシはもう行くから」

見れば、ジャネットの身体《からだ》が薄くなっている。もうすぐ元の亡霊に戻り、『迷宮』の中を永久にさまよい続けるのだろう。『千年白夜《せんねんびゃくや》』が攻略されるその日まで。

「早く上に戻って。そろそろ『迷宮』の魔物も復活する頃だから」

ちらり、と俺の背中の方を見て、痛ましそうに微笑《ほほえ》む。

「アルウィンのこと、お願いね」

そう言い残して、ジャネットは『迷宮』の奥へと消えていった。

俺はうなずいた。そして再び、地上への道を進む。

どれだけ上ってきただろう。体力は限界を超えているはずだ。アルウィンはまだ目を覚まさない。気がつけば印象深い場所にたどり着いていた。前回、ここでガーゴイルに襲われたんだっけか。

あの時はアホのラルフが調子に乗って死にかけたんだよな。笑いそうになって一瞬気が遠くなる。

ぜえぜえと肩で息をする。めまいがする。そろそろ命の方が危険なのだろう。

前回とは疲労度が違いすぎる。初《しょ》っ端《ぱな》からクタクタのヘロヘロでメロメロ。疲れすぎてバカになっている。

たしかここは六階だったはずだ。もう半分だ。早くしねえとまたガーゴイルに頭かち割られちまう。

階段にたどり着く。ここを上れば五階だ。四階でも六階でもない。

一歩、一歩、何も考えずに上る。考えるだけで体力を使う。そう考えている時点でもう余計な体力を消耗しているんだからイヤになる。

余計なことを考えていたせいだろう。足が滑った。しっかりと踏みしめたはずの階段が濡《ぬ》れていたのか。気がつけばアルウィンに引っ張られるように後ろへと倒れていく。

まずい、とは思ったが、踏みとどまる体力も気力も残ってはいなかった。重力に従って階段の下に落ちていく。

このままだとアルウィンを下敷きにしちまう。なんとか体勢を入れ替えようとした瞬間、目の前に黒い影が横切った。

ぐい、と俺は不安定な体勢のまま階段の真ん中に留まっていた。

背後で安堵《あんど》の息を吐く音がした。

「なんとか間に合いました」

ノエルの声だ。

「お前は何をやっている」

振り返れば、階段の上からラルフが左腕を伸ばし、俺の腕をつかんでいた。

「これがお馬さんごっこに見えるか？」

背中からノエルに押され、前からラルフに引っ張られて俺は階段を上る。

「おやまあ、楽ちんだ」

「ふざけるな、自分で歩け」

ラルフが鬱憤を晴らすように言った。

「アルウィンを迎えに来たのか？」

「ついでに、お前もな」

「そりゃどうも」

俺はこらえきれず笑ってしまった。

「急ぎましょう。魔物に出くわす前に地上へ」

ノエルに急《せ》かされて階段を上る。ラルフは先頭を歩きながらちらちらと俺の方を見ている。

「姫様は……」

「安心しろ。無事だ」

「さっきのは……」

「王家に伝わる秘伝だとか何とかだそうだ。この前マクタロード王国に行っただろ。その時に拾った箱の中に入っていたんだとよ」

適当にごまかしておく。あとでアルウィンとも口裏を合わせておこう。

「言っておくが、あの力は一度きりだ。次使ったら死んでもおかしくねえ」

「……だろうな」

ラルフも勘づいているのだろう。あれだけの力が代償もなしに使えるはずがない、と。

「こいつは命令じゃねえ。俺からの頼みだ。アルウィンにあの力を二度と使わせないでくれ。それが出来るのはお前らだけだ」

もう一度使うとしたら、『迷宮』の中だろう。その時、アルウィンが無事なんて保証はどこにもない。ゲロカス太陽神の奴隷に成り下がるアルウィンなんぞ、死んでも見たくない。

ラルフは神妙な顔でうなずいた。背後でノエルもうなずく気配がした。

「疲れたんじゃないのか。代わろうか」

「やなこった」

「だろうな」

ラルフは俯《うつむ》いた。ややがっかりしたように見えた。そんなにアルウィンとベタベタしたかったのか、助平野郎め。

「頑張って下さい。もうすぐ地上です」

見上げれば遙《はる》か先にほのかな光が見える。どうやら無事に一階までたどり着いたようだ。

『迷宮』に入ったのは夕方だったが、もう真夜中を過ぎているだろう。

「マシュー」

肩を叩《たた》かれる。俺は顔を傾けて微笑《ほほえ》む。

「お目覚めのキスはいるかい？」

「いいから下ろせ」

アルウィンが俺から降りる。まだ足下はふらついているが、意識ははっきりしているようだ。

「お前たちもすまなかったな。感謝する」

「いえ、わたしたちは……」

「俺たちは当然のことをしたまでで」

ラルフまで生意気に照れくさがる。

目の前には階段。ここを上れば地上だ。

「早く出ましょう。ここはまだ『迷宮』の中、油断は禁物です」

ラルフが周囲に目を配りながら先陣を切る。用心のつもりなのだろう。間抜けな姿ではあるが、警戒を怠らないのは感心だ。

ノエルが上がり、アルウィンが地上に戻った時、爆発的な歓声が上がった。

ひょっこりと上を覗《のぞ》けば、大勢の人間がアルウィンを待っているのが見えた。マレット姉妹やほかの冒険者もいる。デズやニコラスもいる。

みんな気づいているのだ。『スタンピード』を終息させたのは誰なのかと。

呆然《ぼうぜん》とするアルウィンから距離を取ると、後ろからノエルに話しかける。

「俺は先に戻っている。君とラルフは責任を持って彼女を連れて帰ってくれ。いいね」

「え、ちょっと」

賞賛の声にあわてふためく彼女を残して、俺は群衆の間をすり抜け、その場を後にする。

輝かしい場面にうさんくさいヒモ野郎なんぞ、ジャマなだけだからな。

夜の街は静まり返っていた。家の明かりもついていない。この辺りはまだ避難先から戻っていないのだろう。あるいは、魔物の暴走を恐れて家に閉じこもっているのか。星も出ているし、歩くのに支障はない。体は疲れ切っていたが、高揚感があった。きっと、歓声と拍手を受けるアルウィンを見たからだろう。誰よりも、最後まで、この街を守り抜いたのだ。喝采を浴びるにふさわしい。

「ありゃ」

気がつけば、目の前には黒焦げの家だ。参ったな。ぼーっと歩いていたせいで、ついいつもの道に来ちまった。

ここに来たのは、街に戻ってきた日以来だが、ますますぼろっちくなっていた。比較的被害の少なかった床板や柱までいつの間にか切り取られ、運び出されたらしい。風が吹くだけでぐらついている。今にも倒壊しそうだ。

この分だと一から作り直した方が早そうだ。『スタンピード』も収まったし、早いところ建て直してもらわねえとな。デズの知り合いに頼めば前よりもっといい造りにしてくれるだろう。

その分金はかかるだろうが、なんとでもなるか。

急にとん、と衝撃が走った。誰かが横からぶつかってきたのだ。危ねえな、と見たら黒いフードを被《かぶ》った男が、俺の脇腹に短剣を突き立てていた。

思わず振り回した手が男のフードを払いのける。俺は目をみはった。

顔や手も包帯だらけ。わずかに見える目の縁には重度の火傷《やけど》の痕が見える。墓場から抜け出してきたような出《い》で立《た》ちだが、その凶暴な目には見覚えがあった。元『三頭蛇《トライ・ヒドラ》』のレジーだ。

まだ生きていたのか。

「もしかしてお前、俺のファンだったりする？」

「ああ、お前を殺すためなら地獄だってついていくぜぇ」

一拍遅れて伝わってきた痛みと衝撃に膝をつく。その勢いでレジーが短剣を引っこ抜く。

血が溢《あふ》れ出《で》て、赤いシミを作る。

ただでさえ全身筋肉痛だってのに、脇腹まで刺されて痛みがあちこちで起こっている。どこが痛いのかも怪しくなってきた。頭がバカになりそうだ。もうなってる？　そりゃ失敬。

追撃してくるかと思ったが、レジーはその場で四《よ》つん這《ば》いになり、咳《せ》き込みだした。

ぴんぴんしているのはおかしいと思っていたが、やはり、見た目通りの重傷者か。レジーの命はそう長くない。魔法でも治せないような重傷を負いながら、短い命を俺とアルウィンへの復讐《ふくしゅう》に費やそうとしている。不毛だな。

「医者呼んだほうがいいんじゃないのか？」

「お前を殺してからな」

レジーは口元の赤黒い血を拭うと、再び俺に短剣を振り上げる。

抵抗する気力も体力もなく、転がりながら逃げ惑う。

「火事だ、火事だぞ、おい！」

腹の底から振り絞ったつもりだが、精根尽き果てて屁《へ》のような声しか出ねえ。お口臭そう。

「ムダだ！　この辺りの連中はみんな逃げちまって誰もいやしねえよ！」

治安が良《い》いからと比較的金持ちの住む地域に住んだのが裏目に出ちまったか。

立ち上がる気力もなく、俺は這《は》うようにして逃げる。レジーも四《よ》つん這《ば》いになって追いかけてくる。まるで赤ん坊のじゃれあいだが、実際は血まみれの男二人で、命の取り合いだ。微笑《ほほえ》ましくもなんともない。

追いかけっことなれば勝つのは脚力と体力のある方だ。レジーも重傷だろうが、頭ハナクソ太陽神の呪いにはかかっていないだろうし、『伝道師』なんてバケモノと戦った上に、姫騎士様を背負って『迷宮』の十三階から上ってはいないだろう。

つまり、俺の方が限界だった。レジーが俺の足首をつかんだ。

反対の足で顔や腕を蹴っ飛ばすが、レジーはびくともしない。倒れているから体重を乗せられない。その上、レジーも頭に血が回って痛みを感じにくくなっているようだ。

足首に痛みが走る。レジーが俺の足に短剣を突き立てやがった。

「これでもう逃げられねえぞ」

ふらつきながらも、立ち上がり、勝利を確信した笑みを浮かべる。まるでネズミを呑み込む前の蛇のようだ。

「観念して死ねよ」

「やなこった」

尻を付きながら両腕だけで後ずさる。『仮初めの太陽《テンポラリー・サン》』は時間切れだ。体力の消耗が激しすぎて、切り札である俺の『意地』も絞り出せない。それでも従容《しょうよう》と死ぬなんてのは、ゴメンだった。少なくともこいつ相手には、まっぴらだ。ススまみれになろうと、尻が泥だらけになろうと構うものか。最後の最後まであがいてやる。

そう決意した矢先に待っていたのは、家の柱だ。振り返れば血まみれ包帯男のレジーがナイフを持って立っている。客観的に見る限り、万事休すってところか。

「安心しな。すぐに姫騎士もそっちに送ってやるよ」

レジーがナイフを振り上げた。

「じゃあな、『減らず口《ワイズクラック》』。くたばりやがれ！」

「お前もな」

レジーの振り下ろしたナイフが俺の胸を突き刺す寸前、かすかに身をよじる。息が詰まった。

急所は外したのを痛みで確かめながらレジーの腕をつかみ、一気に後ろへ倒れかかる。背中に衝撃が走った。その瞬間、ぐらりと、周囲の柱が傾きだした。

レジーは血眼で追いかけてきたから気づかなかったようだが、ここは放火と強盗でがたがたになった家の真ん中で、今しがたへし折れたのは、この家の大黒柱だ。ただでさえ脆弱《ぜいじゃく》になっているところに大黒柱を折られたらどうなるか。答えがこれだ。

あ？　と間抜けな声を出しながらレジーが空を見上げる。炎でもろくなっているとはいえ基礎となる柱や梁《はり》だ。人間より重い。そんなものが何本も頭の上に落ちてくるのだ。おまけに屋根もある。壁もある。

多分痛い。すごく痛い。押しつぶされたら動けなくなるくらいには。

冥界への道連れがこいつとはうんざりだが、それもまあ人生だ。

「地獄で会おうぜ、ベイビー」

倒壊した家屋が俺たちの上にのしかかってきた。レジーが血相を変えて逃げだした。

轟音《ごうおん》の中、柱や梁《はり》が降り注ぐ。壁や床板が落ちて、砂煙と土埃《つちぼこり》が飛び散る。俺は目を閉じた。

不思議と痛みはなかった。

これは死んだかと思ったが、いつまでたってもお迎えは来ない。

目を開ける。

俺の周囲は倒壊した家屋で瓦礫《がれき》と化していた。

俺はというと、柱どころか木くず一本も当たっていない。柱の傾き方や落ち方がうまい具合に作用したのだろう。俺のいるところだけがドームのように残っていた。

目の前ではレジーが何本もの柱の下敷きになっていた。頭がかち割れ、舌を出して白目を剝《む》いている。瞳孔も開いているので、死んだのは間違いない。とうとう悪運も尽きたようだ。

どうにか隙間から這《は》い出《で》る。瓦礫《がれき》の外まで出た瞬間、家は完全に倒壊した。

幸運だった、と喜ぶべきなのだろうが、俺の人生にこんなうまい話があるわけがない。必ず何か裏があるに決まっている。案の定だ。

ズボンのポケットに入っていたのは、蒼い石の付いた指輪だった。マクタロード王家に代々伝わるもので、災いや邪悪な力から持ち主を守ってくれるという。アルウィンが持っていたはずの指輪がどうして俺のズボンに入っていたのか。

さっき背中に担《かつ》いでいた時に偶然滑り落ちた、ってのが合理的な推測だろうが、俺には別の理由だと見当がついていた。

前の持ち主からの礼だ。

姫騎士様のご友人が少しは恩に着てくれたらしい。

サイズが小さすぎて指にはまらないのが難点だけど。

苦笑したら急に力が抜けてきた。どうやら本当に限界が来たらしい。

その場に座り、倒れ込む。眠い。

「マシュー！」

薄れゆく意識の中、アルウィンの声が聞こえた。夢かと思ったら、現実のようだ。血相を変えて俺を抱き起こす。

「大丈夫か？　しっかりしろ！」

「見ての通り、ぴんしゃんしている。平気だって」

アルウィンは返事もせず、俺の脇腹に布を当て、巻きつける。治療のつもりらしい。あんまり意味はないかと思うが、やりたいようにさせておく。止める気力もない。とにかくひたすら眠い。

「どうしてここに？」

今頃は街を救った英雄として表彰台の上か、宴会でも開いているのかと思っていた。

「お前を追いかけてきた」

まるで迷子のように途方に暮れた顔をしていた。

「お前が、どこかへ行ってしまう気がした。デズ殿のところにも戻っていないから、もしかしたらこっちかと思って」

心配性だね。

俺はアルウィンの顔に手を伸ばす。

「どこにも行きやしないよ」

だから少しばかり眠らせてくれ。痛みも感じなくなってきたからちょうどいい。

「死ぬな、マシュー！」

死にやしないよ。そう言ったつもりだったが声になったかどうかは自信がない。

俺は目を閉じた。

寸前に見えたのが、アルウィンの顔ってのは、悪くない。

俺の意識は闇に落ちた。

終章　姫騎士様とヒモ

「だから言ったじゃないか。平気だって」

三日後、俺はベッドの上で笑いながら言った。

マシューさんの生命力をなめてもらっちゃあ困る。脇腹刺されたくらいで死ねるならこんな苦労はしていない。体力の限界に加えて血を流したのでへとへとになっていただけだ。内臓も傷ついていない。丸一日も寝たら体力も回復したし、傷もふさがった。あとはメシでも食えば血も戻るだろう。

「お前が紛らわしいことを言うからだ」

ベッドの横でアルウィンはふくれっ面《つら》だ。目も赤い。

「もしかして、ずっと看病してくれていたとか？」

「知るか」

「耳元で声がすると思っていたんだよね。やれ『死ぬな』だとか『お前は私の命綱だ』だとか」

「うるさい、黙れ」

すねた口調で俺の腕をつねる。

「痛いよ」

「お前など、あのまま死んでいれば良かったのだ」

「止めて止めて。また傷が開いちまう」

刺された脇腹を殴りつけるとか、どういう神経をしているんだ。

ひとしきり殴りつけた後、アルウィンはぶっきらぼうにスープを差し出す。紫色のかたまりがゴロゴロと浮かんでいる。

「お前の大好物だ」

「俺、別にナスビが好きってわけじゃあ……」

「残したらタダじゃおかないからな」

ケガ人にそう凄《すご》まないでよ。

「ありがとう、いただくよ」

苦笑いしながらも口に含む。悪くない。

「あとで奥方にお礼言っといて」

デズの妻子は、町の外に避難していたが、俺が寝ている間に戻ってきている。

「……何故《なぜ》、そう思った？」

「君が作ったにしては旨《うま》すぎるからね」

アルウィンならナスビがまるごと入っているか、生で出てくる。

「なんだったら味見してみる？」

「いらん」

「そう言わずに」

スープに浮いたナスビの中から一番大きいのを差し出す。アルウィンは顔を背ける。

下からノックの音がする。

「私が出よう」

「デズに任せなよ」

「ご妻女とご子息を連れて買い物だ」

逃げるように階段を降りていく。はしたないな。

「気をつけてよ」

また物騒なのが襲ってくる可能性だってある。俺も続いて階段を降りる。傷口はまだ痛むが、まあ我慢だ。

「おはようございます」

やってきたのは、ノエルだった。ラルフもいる。

「どうした、朝っぱらから」

それが、と言いにくそうに背後をちらりと見る。ラルフの後ろにもう二人いる。

マレット姉妹だ。

とりあえず食堂に通すと、セシリアとベアトリスはアルウィンの向かいに並んで座る。ラルフとノエルはアルウィンの背後に立っている。

俺はというと、ケガ人だからという理由でアルウィンの横に座らされている。

前にもこんなことがあったな。あの時はもめてケンカ寸前だったが。まあ、あの時とは互いの理解度も少しは異なる。少なくともマレット姉妹に敵意は見当たらない。

アルウィンは言った。

「用件は何だ？」

「そんな怖い顔しないでよ。今日はアンタにもメリットのある話なんだから」

ベアトリスは小さな杖《つえ》を振り回しながらにやりと笑う。

「アタシたちと組まない？」

ノエルとラルフが大きな声を上げる。アルウィンはただ眉をひそめた。

「どういう意味だ？」

「別に深い意味はないわ。そのまんま」

セシリアが会話の流れを引き継ぐ。

「近いうちにまた『迷宮』も開放される。そうなれば、よそからも冒険者がわんさと押しかけてくるわ。今が絶好のチャンスだもの」

『スタンピード』が収まった後はしばらく、『迷宮』に出没する魔物も弱体化するという。何より数も減る。これは大きい。余計な消耗をせずに済む。

「そんな大げさな……」

「別に大げさでもハッタリでもないわ。坊や」

ラルフの疑わしげなつぶやきに、セシリアはきっぱりと言った。

「ここが冒険者にとって、最後の開拓地《フロンテイア》だからよ」

『千年白夜《せんねんびやくや》』が攻略されても冒険者が絶えることはないだろう。魔物退治に護衛、貴重な草石の採集と仕事はまだまだ残っている。けれど、それは傭兵《ようへい》とさして変わらない。古代遺跡なんて、めぼしいものはあらかた踏破されたし、新発見の遺跡なんてここ何十年も見つかっていない。冒険者が夢を見る時代は終わろうとしている。

「けれどそっちもウチも仲間を失って、すぐ『迷宮』に潜れる状態じゃないわ」

「そこで、アタシとアンタが組めばいいのよ。これで一件落着、ってわけ」

横から妹様が脳天気にふんぞり返る。

マレット姉妹は五つ星で実力もお墨付き。魔術師なので、前衛となる戦士を欲《ほっ》している。一方『戦女神の盾《イージス》』は姫騎士様に半人前戦士に斥候、と後衛となる魔術師やヒーラーがいない。

互いの不足を補う、という点では悪くない。

「その件なら以前、断ったはずだが」

「あの時は共闘だったでしょ。今度は違うわ。あたしとビーが『戦女神の盾《イージス》』に入るの。これなら文句ないでしょ？」

これにはアルウィンも目をみはった。

「もちろん、アンタがリーダーで構わないわ。どう？」

返事はない。悩んでいるようだ。代わりに俺が質問をぶつけてみる。

「妹ちゃんはそれでいいのかい？」

ベアトリスの……マレット姉妹の目的は『迷宮』攻略という名声のはずだ。

「アタシは心が広いからね。今回は譲ってあげるわ」

大望のために実利を選んだ、ってわけか。

「もちろん、アンタが不甲斐《ふがい》ないようならアタシがリーダーになるだけよ」

どうする？　と挑発するように小さな杖《つえ》を向ける。

信頼できるかと言われると疑わしい。だが間違いなく戦力になる。

「……いいだろう」

アルウィンはうなずいた。

「ただし、分け前は人数分だ。それは譲れない」

「いいわ。その辺は今後ゆっくり話し合いましょう」

明言を避けたあたり、ちゃっかりしている。

「どうやら話は決まったようだね」

声と共に食堂に入ってくる気配がした。

「心臓に悪いぜ、先生」

「それは失敬」

ニコラスは悪びれもせず、アルウィンとマレット姉妹の間の席に座る。

「何の用だ、先生」

「こちらのご婦人方と同じだよ」

ニコラスは言った。

「ワタシも『戦女神の盾《イージス》』に入ることになったのでね。そのご挨拶に」

「は？」

俺は声を上げた。もちろん、加入に驚いたからだが、それだけではない。ニコラスは『入ることになった』と言った。つまり、加入は決定済みということだ。

「聞いてないよ」

「今から言うつもりだった」

姫騎士様はいけしゃあしゃあと言ってのける。

「実力は確かだし、人格も信頼できる」

視線を向けると、ノエルとラルフも同時にうなずく。ラルフは少々不満そうだが、ノエルはこれで不安要素が減ったと安心しているようだ。

俺はニコラスの腕を取り、部屋の外へ連れ出す。

「どういうつもりだ？　アンタは『解放《リリース》』の解毒《げどく》薬を作るんじゃなかったのか？」

「もちろん、それも大事だがね」

穏やかに言いながら俺の手をやんわりと外す。

「『太陽神』の目的が『迷宮』にある以上、色々自分の目で確かめたくてね」

「けどよ」

ニコラスに万が一のことがあれば、解毒《げどく》薬を作る人間がいなくなっちまう。

「それに解毒薬の方も資金不足で手詰まりになっていてね。手近で手に入る材料は一通り試した。あと可能性があるとしたら、『迷宮』くらいだろう。お金も稼げるしね」

『迷宮』の奥は秘境そのものだ。未知の植物や既に絶滅した魔物も生きているという。何より『太陽神』は『迷宮』では力を発揮できない。ある意味、安全な隠れ家ではある。

それでも、と反論しかけたところでニコラスが声を潜めながら言った。

「ワタシならば、『迷宮』の中で彼女に異変が起こっても対応出来る」

「……」

俺が『迷宮』に潜れない以上、事情を知る人間が近くにいるのはありがたい。それは確かだ。

「どうだね？」

「わあったよ」

頭をかきむしりながら言った。この聖職者様もなんだかんだでガンコなんだよな。

「言っておくがアンタがアルウィンに吹き込んだこと、俺はまだ許しちゃいねえからな」

エセ神父がいらない知恵を付けたせいで、アルウィンがあんなマネをやらかしたのだ。本当ならぶち殺しているところだ。

「それは悪かったね。これからは、気をつけるよ」

脅しつけても平気な顔してやがる。どこかの冒険者様はぶるっちまったってのに。肝が太いのか、何も感じないのか。どっちなんだろうな。腹の読めないおっさんだぜ。

食堂に戻ると、ベアトリスが頬杖《ほおづえ》付きながらニコラスに白い目を向ける。

「結構トシ食っているみたいだけど、大丈夫なの？」

「皆さんのような若さはありませんが、経験だけは積んでいますので」

にっこり笑顔で応えるあたりはさすがだ。見た目より遥《はる》かに年食っているだけのことはある。

「ま、いいか。腕は立つみたいだし。アタシも問題ないわ」

歓迎するわ、とベアトリスはまるで古株のような態度でうなずく。

「ビーに手を出したら殺すから」

お気楽な妹に対し、姉は殺意のこもった目でにらみつける。

「ご心配なく」

それを平然と受け流すあたり大物だな、このおっさんも。

何はともあれ、役者は揃《そろ》った。

アルウィンをリーダーに、一応戦士のラルフ、斥候のノエル、魔術師のセシリアとベアトリス、そしてヒーラーのニコラス。

これが新生『戦女神の盾《イージス》』のメンバーだ。

「それじゃあ、親睦を兼ねて飲みに行きましょうか」

「まだ朝だぞ」

ベアトリスの魅力的な提案に、ラルフが苦い顔をする。バカだなあ。

「他人が働いている時に飲む酒が旨《うま》いんじゃないの」

いや、まったく。気が合うね。

「遠慮しておこう」

アルウィンは座ったまま俺の手を取る。

「ケガ人の面倒も見なくてはならない。またの機会に」

「そういうことらしいよ」

俺にナスビスープ食わせるのに必死みたい。

「あら残念。それじゃあ、また今度ってことで」

話が終わったのか、ベアトリスが立ち上がる。

「これからよろしくね」

アルウィンが握手をしようと立ち上がりかけたその時、ベアトリスが音もなく近寄る。

アルウィンの頬に口づけた。

部屋の空気が固まった気がした。

「そっちのヒモに飽きたらいらっしゃい。いい夢見せてあげるわ」

蠱惑《こわく》的な笑みを浮かべると、そのまま背を向けて部屋を出ていった。

扉の閉まる音を聞いてから俺はセシリアに向き直る。

「そっち？」

「どっちも」

「ああ、なるほど」

双剣使い、か。

「ちなみに、あたしは男だけだから」

セシリアがなにか挑発するような視線を送ってくる。俺は気づかないふりをした。関わるとろくな目に遭わない気がする。何より、今は姫騎士様の御前だからな。

翌日、ギルドマスターと領主の連名で『スタンピード』の終息宣言が出た。

数日後には大規模な合同葬も開かれた。街の被害はかなりのものだそうだが、少しずつ復旧は進んでいる。死んだ人間は戻らないが、生きている者は前に進む。世の中はそうやって進んできたし、俺たちもそうする。それだけだ。

それから更に数日後、『千年白夜《せんねんびやくや》』が再び冒険者たちに開放される。早朝、突貫工事で再建された扉の前には、大勢の人間が詰めかけていた。再び、『迷宮』で一攫千金《いつかくせんきん》を狙う奴《やつ》らだ。

『金羊探検隊《アルゴー》』の方のニックもいる。一人、仲間を失ったが、新たな仲間を加え、また『迷宮』へと挑む。だが、『黄金の剣士《クリュサオル》』の姿はここにはなかった。先日の『スタンピード』でリーダーのレックスを失い、解散した。金は持っていたので、個人用の墓地に葬《ほうむ》られている。今度、酒でもおごってやるつもりだ。安酒なのは勘弁して欲しい。

いなくなった奴《やつ》もいれば来る奴《やつ》もいる。すでによその街からも冒険者が来ており、新顔もちらほら見かける。

そして冒険者たちの先頭にいるのは、もちろんアルウィン率いる新生『戦女神の盾《イージス》』だ。

彼らを取り囲むように見物人も大勢集まっている。いずれも街の英雄であるアルウィンの出陣を見に来たのだろう。

その中に交じって、俺はアルウィンの顔を観察している。顔つきが硬い。緊張しているのだ。

彼女自身にも分からないからだろう。

果たして、『迷宮病』は治まったのか。

　この前入ったときは、おかしな姿になっていたが、平静の姿で入るのは一ヶ月以上前。『スタンピード』の予兆に巻き込まれて、仲間三人を失い、自身も死にかけたあの時以来だ。辛《つら》い記憶が蘇《よみがえ》れば、また『迷宮病』が再発しかねない。そうなれば今度こそ、彼女の名声は地に落ちるだろう。あめ玉は食べさせたが、油断は出来ない。

「アルウィン」

　俺は群衆の中から呼びかける。彼女が振り返った瞬間、爆発的な歓声が聞こえたギルド職員たちが集まってきた。扉を開放する時間か。この場にいる者たちの熱気が上がる。やかましい。耳がバカになったみたいだ。これじゃあ声も届かねえな。仕方がないので俺は唇を動かす。何度も同じ言葉を繰り返す。アルウィンは一瞬、怪訝《けげん》そうな顔をしたが不意に微笑《ほほえ》み、唇だけを動かした。

「『クソくらえだ《kiss my ass》』」

　俺はうなずいた。

　扉のきしむ音がした。

　暗闇の隙間に冒険者たちが歓声を上げながら我先にと飛び込んでいく。あの中の何人かはおそらく戻れないだろう。あいつらにも家族がいて、残された連れ合いや親や子供はその死を嘆き悲しむ。それがあいつらの商売だ。

　人波が薄れてからアルウィンたちも動き出す。本命は後から乗り込むものだ。

アルウィンは仲間の先頭を歩く。大股で、ゆっくりと。『迷宮』の扉をくぐる寸前、足が止まったかのように見えた。だが、次の瞬間、彼女の足は『迷宮』の境を踏み越えていた。それからは一度も振り返ることなく、まっすぐに闇の奥へと消えていった。

「生きて帰ってこいよ」

聞こえるはずのない声をかけて俺は背を向ける。

ここから先は姫騎士アルウィンと仲間たちの冒険・第二章の始まりだ。

そっちの様子も気になるが、俺には俺のできることをするだけだ。

裏路地の奥でまばゆい光が輝く。うろたえた男たちの顔をへこませ、喉を握りつぶす。背を向けて逃げ出そうとした男の首根っこを捕まえ、首の骨をへし折った。確実に殺したことを確かめてからひび割れた『仮初めの太陽《テンポラリー・サン》』を回収する。あの黒い球にぶつけたせいだ。今はまだ普通に使えるが、以前見たときよりも亀裂が深くなっている気がする。曲がりなりにも神器なので、ニコラスも修理方法は分からないという。そのうち完全にぶっ壊れるかもしれないが、その時はその時だ。

いつもより丁寧に懐《ふところ》にしまい、薄暗い路地にしゃがみこんで三つの死体の懐《ふところ》を漁《あさ》る。『クスリ』の売人どもだ。あった。『解放《リリース》』だ。

ここ一ヶ月ほど、旅に出ていたせいで、すっかり手持ちがなくなってしまった。アルウィンが戻ってくればまたあめ玉に混ぜた『解放《リリース》』が、禁忌の『クスリ』が必要になる。解毒《げどく》剤が作れない以上、当分は頼らざるを得ない。そのために俺は手を汚し続けている。

背を丸め、誰にも見つからないように気を配りながらその場を立ち去る。何度か角を曲り、誰も後を付けてこないのを確認してから通りを何食わぬ顔で歩く。いつもの通りだ。

屋台で塩豆を袋ごと買う。ほっとしたら腹も減った。

さっそく封を開けて口の中に放り込む。塩っ気が少し効き過ぎだが、まあ悪くない。

遠くから悲鳴が聞こえた。死体が見つかったかと思ったら、ただのケンカのようだ。

「今日は女房《にょうぼう》の誕生日だってのに……」

俺の横を衛兵が煩わしそうに通り過ぎていく。ご苦労なことだ。俺が殺した奴《やつ》らにも妻子はいたかもしれない。

同情はしない。俺が手を下さなくてもいずれ野垂れ死にしていただろう。それに、いつかは俺もああなってもおかしくはない。今日はあいつらが、明日は俺が。ベッドの上で家族に看取られながら安らかには死ねない。そういう生き方を選んじまった。選ばざるを得なかった。

恨むのなら神にしてくれ。特に下着ドロ太陽神なんぞは恨み殺してくれて結構だ。

「おっと」

物思いにふけっていたせいで、人にぶつかり、塩豆を袋ごと落としてしまう。封を切ったばかりだったので、丸ごと流れ出てしまった。

「おいおい、勘弁してくれよ」

買ったばかりだってのに。

地面に落ちたそれを拾い集めようとしゃがみこんだところで、手が止まった。

散らばった塩豆があり得ないほど規則的に並んでいた。文字のように見えた。

【よくぞ第三の試練を乗り越えた】

「あ？」

我ながら滑稽なほど間の抜けた声だったが、笑いすらこみ上げてこなかった。ただ反射的に塩豆を手で払いのけていた。バラバラに飛び散った白い豆を見ながら我に返る。

何だったんだ、今のは。恐る恐るもう一度塩豆をちらりと見下ろしたが、無論、文字どころか、子供の落書きにすら見えなかった。ただ土埃《つちぼこり》で汚れて散乱しているだけだ。

「もったいねえな」

見間違いか。我ながら情けねえ。小心者のマシューさんだ。

食えそうなものだけ拾っていると、足下で小さく鳴った。

塩豆を踏みつけたか、と脚を上げる。心臓が高鳴った。細かな破片がまたも文章のように見えたからだ。

【新たに『受難者』と『伝道師』を次の位階へと導いた】

肌が粟立つのを感じた。『受難者』と、『伝道師』だと？

つまり、それは……。

ふざけんな！　ドグサレビチカス野郎が。俺の親友と女に何をするつもりだ？

何度も塩豆を踏みつける。粉々になってもまた踏みつけた。クソ、あの豆屋め。とんだ不良品売りつけやがって。壁に拳を叩《たた》き付《つ》ける。

俺の非力ではたかが知れているので、ホコリが落ちる程度だ。舞い散ったホコリは壁に張り付き、またも文字のような形になる。

【第四の試練もいずれ訪れる】

もう塩豆どころではなかった。どこだ、どこで見ていやがる。

風が強い日の風見鶏《かざみどり》みたいにその場で回りながら探すが、影も形も見当たらない。

「おい、どうした？」

俺の奇行を見たのだろう。通りから細身のじいさんが近づいてきた。人の良さそうな顔をしている。

「ああ、ちょいと小銭を落としちまったけど、見当たらなくてね」

「そりゃ災難だな」

気の毒そうな顔をする。

「どれ、俺も探してやろう」

と、その場で腰をかがめる。

「いや、いいよ」

落としてもいない金を探させるほど、性格は悪くないつもりだ。

「気にしなくていいから……」


「【お前には期待している】」

じいさんの顔が一瞬仮面のように固まった。今の声は、忘れたくても忘れられない、あいつの声だ。


「おい！」

気がついた時にはじいさんの胸倉をつかみ上げていた。

「何者だ？　お前も『伝道師』か？」

「な、なにするんだ？　俺は親切で……」

「え？」

ふと見れば、腕の中にいるのは、人の良さそうなじいさんだ。一瞬見せた、仮面のような表情はどこにもない。

「放せ！　放してくれ！」

喚《わめ》きだしたので、俺はじいさんの手を放してその場を離れた。

角を三度曲がり、後を付けてくる者がいないのを確かめてからほっと息をつく。

もしかして、また太陽神の『啓示』ってやつか？　伝言を頼む『伝道師』がいないせいか、今度は七面倒くさい方法で来やがった。

「帰るか」

どう考えても験《げん》が悪い。今日は家でおとなしくしよう。

気がつけば『追いはぎ横町』の辺りか。

「ねえ、マシュー、今日は寄っていかないの？」

客引きのお姉ちゃんに声を掛けられる。いつもなら寄っていくが今日はそんな気分ではない。

「また今度にするよ」

「お願いよ。稼ぎが悪いってさっきママに叱られたところなの。安くするからさ」

立ち去ろうとしたら、不服そうに俺の袖をつかむ。

「ゴメン、今日はおふくろの命日でおこもりの日だから……」

振り返って、適当な言い訳を並べ立てたところでその場に固まる。


「【我は強き『受難者』を求めている】」

そうささやいた女の顔は、先程のじいさんと同じ顔をしていた。俺は手を振りほどき、その場を駆け出した。狭い路地を転がるように抜けて、大通りに出る。目的地はニコラスの家だ。本人は不在でも、家探しすれば悪趣味な伝言ゲームを終わらせる方法が見つかるかもしれない。走りながらも耳にはあいつの声が聞こえてくる。


「【我に従え】」

「【私は、全てを見ている】」

「【どこへ行こうと逃がさない】」

「【この世界に再び顕現するために】」

「【貴様の力を振るうのだ】」

寝言を抜かしやがって。クソ野郎。

テメエの奴隷になるくらいなら死んだ方がマシだ。

「あれ、マシューさん？」

聞き覚えのある声に足を止めて振り返る。

「なんだ、おちびか」

「おちびって言うな、っていつも言っているでしょ！」

エイプリルがふくれっ面《つら》ですねを蹴ってくる。都合で『迷宮』への見送りには行けない、とわざわざ伝えに来たかと思えば、袋を抱えてお使いか。ご苦労なお嬢様だ。

「ケガはもういいの？」

「あんなのはかすり傷だよ」

回復魔法も掛けてもらったし、メシ食って寝たらすぐに治る。

「けど、アルウィンさん。すごく心配してたよ？　あんまりムチャしないでね」

「それはこっちのセリフだよ。あの姫騎士様は、いつもムチャしてばかりで……」

と、そこで目的を思い出し。

「悪いな、急用があるんだ。また今度遊んでやるよ」

「そんなこと言って。また女の人のところでしょう？　だいたいマシューさんは……」

指を振りながら説教していたら、急にうつむいて黙り込んじまった。

「どうした？」

顔を覗《のぞ》き込む。心臓を握られた気がした。

エイプリルの顔は仮面のように表情がなかった。


「【お前は、我のものだ】」


数瞬後、エイプリルは瞬《まばた》きを繰り返すと、左右を見回す。

「あれ？　どうしたの、マシューさん。ワタシ、今何か……」

エイプリルが心細げに身を縮こまらせる。

「気にすんなよ。立ちくらみかな。気分はどうだ。大丈夫か？　どこか痛いところは？」

「ううん、平気」

力なさげに笑う。

「気分が悪くなったら医者に診てもらえ。いいな」

警護の冒険者はまだ引っ付いている。もし何かあればじいさまに報告が行くだろう。

それじゃあ、と手を上げて俺はその場を離れた。

角を曲がり、エイプリルの姿が見えなくなったところで日陰に入り、壁をぶん殴った。

もちろん傷一つつかなかったが、それで良かった。

本来の力で拳を振るっていたら、何もかもぶち壊していただろう。

腹の底からあふれ出る熱に全身を震わせながら俺はつぶやいた。

「絶対にぶっ殺す」

「……というわけで、ヴァネッサはそいつの頭にツボを叩《たた》き付《つ》けて、ようやく縁を切ったわけだ。まあ、その十日後に吟遊詩人崩れの色男に引っかかるわけだが」

話のオチと同時にヴィンセントはテーブルに突っ伏して、頭を抱えた。

「何をやっているんだ、あいつは」

「恋多き女だったからな」

見た目以上に面白い女だったよ。

ここは『紫の鉄馬亭』。街の北側にあり、詰め所に近いので衛兵や『聖護隊《せいごたい》』の連中が集まる。おかげでさっきから剣呑《けんのん》な視線を感じて鬱陶しいことこの上ない。それでも俺は達成感で一杯だった。ようやくヴィンセントにおごらせることに成功したのだから。

「高い給料もらっているんだからもうちょい高い酒おごってくれるのかと思った」

「なら飲むな」

「ウソウソ。安酒最高。この水で薄めたところとか、飲みやすくって」

「もう帰れ」

取り上げようとしたのであわてて死守する。どうせ繊細な味など分からない貧乏舌だ。安かろうが薄かろうが、飲めればそれでいい。

「……本当に、こんな話をするために何度も食い下がってきたのか」

「まあ、色々とな」

兄と妹がわかり合う機会は永久に失われた。せこい罪滅ぼしだ。

扉が開いて見知った顔が飛び込んできた。ちょびひげと色黒だ。ちょびひげの方がヴィンセントに耳打ちする。端正な顔がゆがむ。それから立ち上がると、テーブルの上に金貨を置いた。

「用事が出来た。これで好きなだけ飲め」

気前がいいな。さすが隊長様。

「なんかあったの？」

「つい先程、そこの路地で死体が見つかった。『クスリ』の売人だ」

「ありゃま」

「全員、バケモノじみた怪力で殺されていたそうだ」

「そりゃ、おっかねえな」

肩をすくめて身震いしてみせる。

「ここ一年ほど、『クスリ』の売人や中毒者が同様の手口で殺されている。いずれも財布や『クスリ』が持ち去られている」

「金になるからな。あるいは自分で使っちまっているか、だな」

「衛兵側では、中毒者か『クスリ』に恨みを持つ者の犯行とみているようだ」

「ああ、その線もあるか」

納得、とうなずくとヴィンセントは拳をぎゅっと握った。

「……お前、ここに来る前に何をしていた？」

「適当にぶらついていたけど、それがどうした？」

興味なさそうに大あくびをしてみせる。

「以前、『迷宮』からアルウィン嬢を担《かつ》いで戻ってきたそうだな」

「持久力は自信があるんだ。こっちの方は特にな」

にやりと笑いながら下半身を指さす。スタミナと怪力は別物だ。

ヴィンセントは一瞬鋭い目を向けたが、そうか、と言った。

「俺はもう行く。後は好きにしろ」

「お達者で」

ヴィンセントの背中に向けて背を振る。ご苦労なこった。

一度はごまかせたと思ったが、まだ嗅ぎ回ってやがるのか。

とりあえず酒を注文する。懐《ふところ》に入れたところで、帰るまでにチンピラにたかられるのが関の山だ。全部飲んじまうに限る。

「ようやく行ったか」

入れ違いに俺の前に座ったのは、『群鷹会《ぐんようかい》』のオズワルドだ。後ろには手下をぞろぞろと引き連れている。

「お前、あの役人と知り合いか？」

「何の用だい、親分さん」

ヴィンセントが消えるのを待っていたのだろう。飄々《ひょうひょう》とした様子で話しかけてきた。

「お前と姫騎士様には、礼が言いたくてな」

「礼を言われる筋合いはないけどね」

「お前らのお陰で、うちも『スタンピード』を食い止めるのに一役買ったって評判だ。色々と頼られることも増えたからな。忙しくってこうして飲みに来るのも一苦労だ。嬉《うれ》しい悲鳴ってやつだ」

「建築と口入れ屋にも手を出したんだっけ？」

街の再建にはまだまだ時間がかかる。金はもちろんだが、足りないのは人手だ。どこの工事現場も人手を求めている。そして職を失って、金が必要な人間はいくらでもいる。この街で人手をかき集めるには、筋者を頼るのが一番手っ取り早い。

ほかの裏組織を出し抜いて一歩先に躍り出たのが、『群鷹会《ぐんようかい》』だ。命惜しさに逃げ出すような連中とは違い、『群鷹会《ぐんようかい》』の方々は頼りになる、ともっぱらのウワサだ。やっていることは大差ない。仲介料と称して、かき集めた働き手の給金をピンハネして懐《ふところ》に収める。割合だってほかの組織と似たようなものだ。

「お陰で本家の方々からもお褒めの言葉をいただいたよ」

「そりゃよござんしたね」

これで、この街の勢力図も変わるだろう。それはそれで好きにすればいい。

「俺とアルウィンには、何の関係もない話だ」

「そう邪険にするなよ」

オズワルドが粘っこい笑みを浮かべた。儲《もう》けになると思えば、簡単には放さない。今回の縁をきっかけにして、無理難題をふっかけるはずだ。アルウィンの名前を悪巧みに利用することもあり得る。

「また困ったことがあったら言ってくれよ」

オズワルドは立ち上がり、俺の肩に手を置いた。

「仲良くしようぜ、『巨人喰い《ジャイアント・イーター》』」

「何それ？」

俺の返事がお気に召さなかったのだろう。オズワルドは舌打ちした。

「まあいいさ、また飲もうって姫騎士様に伝えてくれ」

一方的に言い置いてからオズワルドは手下を引き連れて去って行った。

完全にいなくなったのを確認してから俺はため息をついた。

「やっぱりこうなったか」

だからやくざ者に関わりたくなかったんだ。一度食らいつけば、骨の髄までしゃぶる連中だ。放っておけば、必ずアルウィンの害になる。とっとと始末したいのだが、よその組織からの襲撃を警戒しているのだろう。常に大勢の部下を引き連れている。

いざとなれば危険を冒してでも片付けるしかない。

一体俺は何人殺す羽目になるのか。

口元にこみ上げてくるものを押し流したくて、俺は安酒をもう一度あおった。

三日後、アルウィンたちは無事に戻ってきた。欠けたメンツもいない。

「ケガはないかい。体調は？」

「問題ない」

『迷宮病』の発作もなく、今のところは安定しているようだ。俺たちはまだ、デズの家に仮住まいだ。アルウィンが戻ってきたので今晩からはまた床で寝る。

「今回は十四階まで行ってきた」

着替えの最中でアルウィンが話しかけてくる。

「もう魔物があちこちうろつきまわっていた。この前はあんなに静かだったのに」

「だろうね」

魔物は『千年白夜《せんねんびやくや》』にとっての衛兵だ。いつまでも玉座までの道を空にするはずがない。

「近いうちに二十階まで進む。ギルドからも要請があった」

攻略組が先に進むほど後ろから来る冒険者に安全なルートが確保される。それだけ冒険者の生存率が上がるって寸法だ。

「じいさまの言うことなんぞ聞く必要はないよ」

「思わぬ時間を食ってしまったからな。早く以前のペースに戻りたい」

「焦《あせ》らなくってもいいのに」

下手したら今度こそ帰れなくなる。

「焦《あせ》ってはいない。ただ、今は前に進むべき時だ」

きっぱりと言う。俺は天を仰いだ。

「新入りの様子はどうだい」

「ニコラスはともかく、たいした暴れ馬だ。あの姉妹は」

今度はアルウィンが天を仰いだ。言うことは聞かない。平気で高火力の魔法をぶっ放す。独断専行はお手の物。

「だが実力は本物だ。安全なルートも確保されていない道を十四階まで来られたのは、あの姉妹がいたからだ」

力は強いが扱いを間違えれば、こちらが傷つく。諸刃《もろは》の剣、か。

「心配するな。乗りこなしてみせる」

「頼むよ」

翌日は休養もかねて街でお買い物だ。家具や生活必需品も買いそろえなくちゃいけない。借家の新築工事も順調に進んでいる。瓦礫と化した旧宅を撤去し、新しく作り直している。街の英雄様がお住みになるとあって職人総出で突貫工事だ。間取りは前回とほとんど同じだが、今度は離れに風呂《ふろ》もある。一緒に入る日が楽しみだ。入ってくれたら、だけど。

俺たちは並びながら街を歩く。歩幅を合わせているので少しばかり歩きにくいが、まあいつものことだ。

「まずは家具屋でベッドだな」

「大きいのにしようよ。二人並んでも窮屈じゃないやつ」

「外で寝ろ」

「ひどくない？」

姫騎士様のお陰で魔物の被害も最小限に留まった。

街を歩けば声を掛けられることも増えた。アルウィンはすっかり街の英雄だ。『迷宮病』で倒れたのも英雄譚《たん》を盛り上げる一場面に収まった。

けれど、『迷宮病』は落ち着いたが、依存症は変わらない。止めてしまえば禁断症状で地獄の苦しみを味わう。今も彼女は『クスリ』漬けの中毒者だ。解毒《げどく》剤は出来たが、金がない。

街は守られた。命を拾ったのは、善男善女ばかりではない。悪党外道クソ野郎。死ぬしか世の中の役に立たないような連中も生き残った。またこの街に寄生しながら暴力を振るい、『クスリ』をばら撒《ま》き、女子供を売り飛ばす。この街の宿痾《しゅくあ》は依然、猛威を振るい続けている。

色々変わった気もするし、何も変わらない気もする。

「そういえばな、マシュー」

歩きながらアルウィンが話しかけてきた。

「前にお前が言っていただろう。もし『迷宮』を攻略したら何がしたいか、と。色々考えて、つい最近見つかった」

「そりゃいいね。どんなの？」

「東の海で魚や貝を取る女たちがいると、前に教えてくれただろう？　私もやってみたい」

お姫様のやるような仕事でもないのだが、妙に鼻息が荒い。まあ、好きにすればいい。生きる目的があるのはいいことだ。

「いいけど君、泳げたっけ？」

「潜るだけなら出来る」

「いやいや、ダメでしょ」

海の底で沈んだっきりになっちまう。

「溺れる前にお前が引き上げてくれればいいだけの話だ」

「俺も行くのね」

「当然だろう」アルウィンは言った。「私の命綱を持つのはお前しかいない」

左様で。

「これからはキリキリ働いてもらうぞ。私のヒモらしくな」

「あのさ、前から言おうと思っていたんだけど」

ちょうどいい機会なので、釘《くぎ》を刺しておくことにする。

「人前でそれ言うの止めない？　もう知っているでしょ。その、『迷える女性の指南役』でも何でもないって」

あの童貞聖騎士様ったらあっさりばらしやがって。しかもアルウィンと同棲《どうせい》することになったその晩にだ。せっかく、最高の一夜になるはずだったのに。

「構わん」

だというのに、この姫騎士様はいまだに俺をそう呼び続ける。

「その方がお前との関係を勘ぐられずに済む」

まあ、危険な『クスリ』をあめ玉に混ぜて食べさせ、中毒者だとばれないようにフォローしています、とは言えない。

それにだ、とアルウィンは俺の方を向いて続けた。

「お前との関係を何と言っていいのか、私にもよく分からない」

俺たちの関係はちょいと複雑だ。ただのヒモと飼い主ではないし、夫婦だの恋人だのと甘ったるい間柄でもない。召使いと主人、ペットと飼い主、教師と生徒、医者と患者、悪魔と契約者。どれもが悪縁であり絆《きずな》だ。

俺たちはたくさんの絆《きずな》で結ばれている。一本一本は糸のように細くても、あちこちに絡《から》みついて簡単にはほどけない。彼女と出会って一年と三ヶ月ばかり。時が経《た》てば経《た》つほどそいつは増えていく。増えれば増えるほど、がんじがらめになって身動きがとれなくなる。

そしていつか、俺たちの首を絞める時が来る。互いの首を絞め合う時が来る。

共に歩む限り、俺たちの運命は地獄への一本道だ。

それでも、俺とアルウィンの絆《きずな》は、断ち切れない。

地獄に落ちるとしても、そこまでの道がいつも屍山血河《しざんけつが》とは限らない。道端に花が咲くこともあるだろう。鳥が歌いもするだろう。夜空には星が瞬《またた》き、風だってたまには心地よく吹くものだ。些細《ささい》な幸せをかみしめながら、今みたいに、並んで歩けたら人生も悪くない。

俺がアルウィンの命綱であるように、アルウィンもまた、俺の命綱なのだから。

「それより、あれはいつやるつもりだ？」

アルウィンが顔を赤くしながら問いかけてくる。

「あれって何」

「ほら、例の……百万回の」

ユーリア村の地下で言ったあれか。

「本当にやるの？」

「お前が、自分で言い出したんだろうが」

「止めようよ。聞き飽きるよ、絶対」

喉もカラカラになっちまう。

「大体、何が『百回くらいは言った』だ。言われたことなんか一回もないぞ！」

「そうだっけ？」

おかしいな。

「いや、前にとっ捕まった時に……あ、あれはラルフに言ったんだったか」

「大人なら自分の言葉に責任を持て。あとたったの九百九十九万……」

「待って待って。数え方がおかしい。百万回なんだから残りは……」

「ごまかすな。逃げるのも許さん。言い訳はいいから……」

「愛しているよ」

「バカ！　こんなところでいきなり……」

「あーいしてまーす」

「二言目でそれか」

「ちゅきちゅき、だいちゅき。あいちてまちゅ」

「ふざけるな！　無効だ無効！」

「愛しているよ、アルウィン。ずっとずっと愛している」

「だから耳元でささやくのは止めろっ！」

「……仲がいいんですね」

後ろからくすくすと笑い声が聞こえた。

「ああ、すまない。迷惑をかけた。……お前のせいだぞ！」

アルウィンが顔を赤くしながら肘で俺の腹を小突く。

「気にしなくても、見たい奴《やつ》には見せ……」

振り返りながらその女を見た瞬間、俺は言葉を失った。背丈はアルウィンより少し低いくらいで、年の頃は今なら二十代の後半、だったはずだ。フードの付いた深緑色のローブに、胸には革鎧《かわよろい》。首の後ろまで伸びた黒髪に、切れ長の黒い瞳。背中には長い杖《つえ》を背負い、腰には細身の剣が二本と、革袋を吊《つる》している。足にはすり切れた革のブーツと、どこから見ても旅人の格好だ。記憶よりやや髪は伸びたようだが、柔和な顔立ちは変わってはいない。首もきちんとつながっている。

「久しぶりですね、マデューカス。相変わらずお元気そうで、ほっとしました……ああ、ごめんなさい。今はマシューでしたっけ？」

「知り合いか？」

ただならぬ雰囲気を感じ取ったのか、アルウィンがささやくように聞いてくる。

勘弁してくれよ。

この前、幽霊とおさらばしたばかりだってのに、また別の幽霊が取り憑《つ》きに来たのか？

「デズさんから伺いました。今はあなたが持っているそうですね。ここでお目にかかれて幸運でした」

低く落ち着いた声も、人を食ったような喋《しゃべ》り方も記憶のままだ。『百万の刃《ミリオンズ・ブレイド》』にいた頃と変わらない。

「わたしの剣、返していただけませんか？」

微笑《ほほえ》みながら『暴風《テンペスト》』ナタリーは俺に手を差し出した。

あとがき

この度は『姫騎士様のヒモ』四巻をお読みいただきありがとうございます。

今回で第一部完結となります。ここまで来られたのも読者の皆様のお陰です。ありがとうございます。また、四巻でも素晴らしいイラストを描いていただいたマシマサキ様、編集担当の田端《たばた》様をはじめ関係者の方々にもこの場を借りて御礼申し上げます。お読みいただいたとおり、三巻と四巻は前後編のような一続きの話になっています。

元々第一部は、三巻で一区切りの予定でした。その予定でプロットも組んでいたのですが、設定や描写を加えていくうちに、一冊当たりの分量を超過することが明らかになりました。そのため内容を区切り、後半を四巻へと持ち越しました。二巻のあとがきで「物語も一区切りになる予定」と書いているのはそのためです。それなのに三巻では「次はいよいよ後半戦です」と書いているのですから、我ながら厚顔無恥もいいところです。申し訳ございません。

四巻についても、「プロット自体は出来ているから、早く完成するだろう」と思っていましたが、やはり設定やら描写を加えていくうちに書いても書いても終わらず、今回も時間ギリギリになってしまいました。

ひとえに私の不徳の致すところであります。重ね重ね、申し訳ございません。

締まりのない話ばかりですが、この巻は皆様に楽しんでいただける作品となりましたでしょうか？　作者としては切に願うばかりです。

マシューとアルウィンは大きな犠牲を払いながらも大きな苦難を乗り越えました。ですが、彼らの旅はまだ終わりではありません。これからも多くの苦難が待ち構えています。次回からはいよいよ第二部の始まりです。マシュー自身の過去にも触れていく予定です。

マシューとアルウィンの、ヒモと姫騎士の旅を今後とも見届けて下さると幸いです。

白金透《しろがねとおる》

次巻予告

姫騎士様のヒモ

He is a kept man for princess knight.

―第5巻―

Story

数多の代償を払って掴み取った悪徳の街の日常。

しかし、一度外れたタガは戻らず、溢れたミルクも元には戻らない。

現れた――現れるはずのなかったかつての仲間を前に、

マシューはいったい――

加速する異世界ノワールは第2部へと突入する！

2023年秋発売予定

◉白金　透著作リスト

「姫騎士様のヒモ」（電撃文庫）
「姫騎士様のヒモ2」（同）
「姫騎士様のヒモ3」（同）
「姫騎士様のヒモ4」（同）

本書に対するご意見、ご感想をお寄せください。

ファンレターあて先
〒 102-8177　東京都千代田区富士見 2-13-3
電撃文庫編集部
「白金 透先生」係
「マシマサキ先生」係

本書は書き下ろしです。

電撃文庫

姫《ひめ》騎《き》士《し》様《さま》のヒモ4

白金《しろがね》 透《とおる》

2023年 4 月10日　初版発行

発行者　山下直久
発行　株式会社KADOKAWA
〒 102-8177　東京都千代田区富士見 2-13-3
0570-002-301（ナビダイヤル）
装丁者　荻窪裕司（META＋MANIERA）
印刷　株式会社暁印刷
製本　株式会社暁印刷

●お問い合わせ
https://www.kadokawa.co.jp/（「お問い合わせ」へお進みください）
※内容によっては、お答えできない場合があります。
※サポートは日本国内のみとさせていただきます。
※ Japanese text only

※定価はカバーに表示してあります。

ISBN978-4-04-914869-5　C0193　Printed in Japan

電撃文庫　https://dengekibunko.jp/

電撃文庫創刊に際して

文庫は、我が国にとどまらず、世界の書籍の流れのなかで〝小さな巨人〟としての地位を築いてきた。古今東西の名著を、廉価で手に入りやすい形で提供してきたからこそ、人は文庫を自分の師として、また青春の想い出として、語りついできたのである。

その源を、文化的にはドイツのレクラム文庫に求めるにせよ、規模の上でイギリスのペンギンブックスに求めるにせよ、いま文庫は知識人の層の多様化に従って、ますますその意義を大きくしていると言ってよい。

文庫出版の意味するものは、激動の現代のみならず将来にわたって、大きくなることはあっても、小さくなることはないだろう。

「電撃文庫」は、そのように多様化した対象に応え、歴史に耐えうる作品を収録するのはもちろん、新しい世紀を迎えるにあたって、既成の枠をこえる新鮮で強烈なアイ・オープナーたりたい。

その特異さ故に、この存在は、かつて文庫がはじめて出版世界に登場したときと、同じ戸惑いを読書人に与えるかもしれない。

しかし、〈Changing Times,Changing Publishing〉時代は変わって、出版も変わる。時を重ねるなかで、精神の糧として、心の一隅を占めるものとして、次なる文化の担い手の若者たちに確かな評価を得られると信じて、ここに「電撃文庫」を出版する。

1993年6月10日
角川歴彦